U0916063

北京上河卓远文化传播有限公司　出品

《聊斋志异》二十讲

20 LECTURES ON STRANGE TALES FROM A CHINESE STUDIO

左江 著

河南大学出版社
HENAN UNIVERSITY PRESS

图书在版编目（CIP）数据

《聊斋志异》二十讲 / 左江 著 .—郑州：河南大学出版社，2018.8
ISBN 978-7-5649-3455-2

Ⅰ. ①聊… Ⅱ. ①左… Ⅲ. ①《聊斋志异》—小说研究 Ⅳ . ① I207.419

中国版本图书馆 CIP 数据核字（2018）第 210033 号

本书出版得到深圳大学高水平大学建设项目经费资助

《聊斋志异》二十讲
著　　者　左　江
责任编辑　韩　琳
责任校对　杨全强　范　昕
封面设计　郑元柏

出　版　河南大学出版社
地址：郑州市郑东新区商务外环中华大厦2401号　邮编：450046
电话：0371-86059701（营销部）　网址：www.hupress.com
制　作　北京大观世纪文化传媒有限公司
印　刷　河南瑞之光印刷股份有限公司
版　次　2019年2月第1版　　印　次　2019年2月第1次印刷
开　本　889mm×1194mm　1/32　　印　张　9.125
字　数　212千字　　定　价　45.00元

目　录

序 言

十岁之前，我生活的环境很聊斋。左家本来也有挺多房子和宽敞的庭院，新中国土地改革后都充了公，好不容易要回来一间半，在老宅子的东北角，离大路有几十米远，周围是竹园与树木，东边还有一条小沟渠。房子没有窗，只在屋顶镶了块玻璃，称之“明瓦”，能透进一丝光亮。房子本来也没有门，后来在东边墙上开了个小门，所以我家门朝东。这样的房子夏天闷热，冬天酷寒，可能比蒲松龄的居住条件还差。我家犹如村中孤岛，非常适合上演聊斋中的故事。夏天的夜晚，村里的人也喜欢聚在我家门前纳凉聊天，话题之一就是鬼故事，谁又撞了鬼啦，谁又被鬼附体啦，等等。讲故事的人煞有介事，听故事的人也很认真，可惜的是，村人故事里出现的都是恶鬼，这给我的童年蒙上了浓重的阴影。直到现在，我都不敢一个人待在老宅子里，哪怕是白天。

十岁之前，我生活的小村庄还没有通电，蒲松龄“子夜荧荧，灯昏欲蕊”时在创作《聊斋志异》，我则是在煤油灯下写作业。那时候小学生的作业很少，有大把时间玩耍与阅读。可惜的是，能找到的书太有限了。不知道父亲从哪里找来《聊斋》的白话选本，这让我幸福了很久，其中印象最深的故事是《宫梦弼》，宫氏随手抛撒在角落里的瓦砾，最后都变成了银子，实在让人神往。但我从来不是浪漫的人，所以并没有被蛊惑着也去藏点什么，指望着哪天巧遇仙人，让破铜烂铁都变成金钱。

我不信神仙故事的美妙，却对“鬼”有着莫名的恐惧，可见我是一个多么无趣的人。小时候读《聊斋》读的只是故事，随着时间流逝，慢慢地就混淆了情节，甚至忘记了内容。人到中年，重新捧起《聊斋》，看到的已不再是故事，不再是狐鬼仙怪。这哪里是故事呢？这都是人生，而人生从来就不只是风花雪月，多的是黑暗、痛苦与艰难的选择。

不同的人，有着不同的角度、立场，看到的《聊斋》也不一样，对每一篇故事的理解也不尽相同。《小翠》中，当小翠要离开元丰时，她先幻化了自己的模样，变成元丰将迎娶的钟氏的样子。小翠似乎考虑得很周到，可是，元丰眼里的钟氏究竟是谁？跟他共度余生的人又是谁？而钟氏呢，她被迫成为小翠的替代，也许一辈子都走不进元丰的心里。《阿绣》中，狐女成全了刘子固与阿绣的姻缘，看起来她很大度很宽容。那阿绣呢？生活中莫名其妙地多了一个姐姐，成为自己与丈夫之间的第三者，她应该平静地接受这一切吗？《聊斋》其实很残酷，对那些没有法力的普通人间女子来说很残酷。但这又何尝不是芸芸众生的常态呢？没有选择，人生、命运就这样被粗暴地安排、入侵。

看了太多解读《聊斋》的书籍，却难有“心有戚戚焉”的愉悦，那就自己来讲吧，讲一讲自己心中的《聊斋》故事，讲一讲自己理解的书中人物。从2014年开始我开了一门课叫"《聊斋志异》选讲"，最初的想法体现在"选讲"二字上，从书中选择一些故事，品评作品的情节设计、人物塑造，领略古典文词的优美。但这太简单了，简单得对不起蒲老先生、对不起这部书。通过不断调整、修改自己的讲稿，我的思路才逐渐清晰起来，最终按照一个个的主题将相关篇章放在一起对比阅读，细致分析。随着课程的成熟，2017年初这门课改名为"品读聊斋"，由深圳大学拍摄成MOOC（massive open online courses，大型开放式网络课程），成为更多人可以在网上收看学习的课程。从"选"到"品"的改变，是我讲课方式的变化，更是我这三四年间心境的变迁。人到中年，生活中多的是变化与无常，人生没有太多选择，再多艰难都需直接面对，想要平和从容一些，只有尽可能地抽离现场，隔着距离去坐观、去"品"。

现在讲稿即将变成书，我很开心。全书分为二十讲，有内在的脉胳，由作者，至哲思，到人的成长，再到女性、男性、狐鬼、生活，最后深入具体篇章的分析。本书延续了我讲解《金瓶梅》时采用的文本细读的方法，正如我在那本书的序言中所说："小说的文本细读如何展开，可以有不同尝试，如情节、结构、叙事模式，等等，我的方式是抓住人物，并且认为这是一个关键，因为离开了人物分析，所有的情节、结构、叙事模式等都会显得空洞。"（《欲望的浮世绘——金瓶梅人物写真》，人民文学出版社，2014年）这本书同样紧扣人物、人性而来，狐鬼仙怪故事的背后都是人，各种身份、各种性格的人，他（她）们身上表现出的何尝不是人性？

人性都是复杂的，正如作者蒲老先生一样。看似老实冬烘的蒲老先生原来对“秋波斜盼，嫣然含笑”的女子情有独钟，眼睛漂亮、笑容迷人的女子美在何处？蒲老先生说“媚”啊！这样的反差、矛盾也时时体现在书中人物身上。《娇娜》中，孔生由香奴而娇娜而松娘的变化，仅仅是因为喜新厌旧、见异思迁吗？作者喜欢“双美并峙”的模式，孔生不是最应该与娇娜在一起吗？但作者却让他们“发乎情，止乎礼义”，并美其名曰“腻友”，为什么呢？聂小倩是“肌映流霞”的女鬼，辛十四娘是“振袖倾鬟”的女狐，她们走进人世，嫁给人间男子，努力融入世俗生活，成为孝顺的媳妇、贤良的妻子，可这脱下华服、辛勤操持家务的女子还是我们熟悉的聂小倩、辛十四娘吗？

《聊斋》一书有太多的优秀篇章，但讲课受到学时的限制，并不能穷尽所有。《侠女》《商三官》《庚娘》也可以是一个系列，怎么能不讲呢？好不容易遇到一位真正“平生不二色”的安生（《花姑子》），却只能忍痛割爱了。当将讲稿变成书稿时，那些因学时所限不得不取消的内容、那些曾经觉得不得不写的内容却已经不想写了。就这样吧，带着些遗憾，先到这里吧。

本书引文出自张友鹤辑校《聊斋志异会校会注会评本》（上海古籍出版社，1978 年），在此一并致以谢意。

戊戌六一于三一斋

第一讲　蒲松龄与《聊斋》

一　蒲松龄其人其事

一位老人，身着官服，头戴官帽，端端正正地坐在椅子上。他方面大耳，气宇轩昂，正手捋白须，似乎还面带笑意。这是怎样一个人呢？还是一位老人，坐在一张长条凳上，左手按着凳子，右手执一卷书，面容清癯，眉头紧锁，双目低垂，面有愁苦之色，身后一树柳枝随风轻拂。这又是怎样一位老人？他在愁什么？他又在想什么？无论是正襟危坐还是侧身欹坐，这两个画中人都是蒲松龄，蒲老先生留给我们两张面孔，哪个才是真正的他？

蒲松龄出生于1640年，这正是明清鼎革之际，既有明清交战，又有农民起义。可谓天下动荡，烽烟四起。《聊斋志异》似乎是一部谈狐论怪的书，实际上它的很多故事都有现实背景，《乱离二则》（卷六）可称实录，清人入侵时，“乱兵纷入，父子分窜，女为牛录俘去”，“大兵凯旋，俘获妇口无算，插标市上，如卖牛马”。《仇大娘》（卷十）一文，正因清人劫掠，仇仲被俘，家中丢下弱妻幼子，

蒲松龄像，（清）朱湘麟绘。

才引发了悲欢离合的故事。《野狗》（卷一）云："于七之乱，杀人如麻。"《公孙九娘》（卷四）中有更具体的描写："于七一案，连坐被诛者，栖霞、莱阳两县最多。一日俘数百人，尽戮于演武场中，碧血满地，白骨撑天。"其情其景可惨可怖。于七之乱是清顺治年间在山东爆发的农民起义，起伏持续达十五年之久。起义失败后，清廷株连兴狱，进行血腥屠杀，连公孙九娘这样平凡的弱女子也难逃厄运。于七之乱在 1662 年被彻底镇压，此时蒲松龄已经 23 岁，看了太多的死亡，难免会对死后的世界有更多好奇吧。

蒲松龄（1640—1715）出生于一个诗书耕读之家，但到了他祖父蒲生汭这一代，由于没有考中秀才，家道开始衰落。他的父亲叫蒲槃，也没有考中秀才，后来为养家糊口只好弃儒从商。蒲松龄为蒲槃嫡妻董氏所生第二子。1658 年 19 岁时，蒲松龄应童子试，参加县府道考试，以三个第一名做了秀才。此时大诗人施闰章（1619—1683）任山东提学道，对蒲松龄的试卷赏识有加，有评语称："空中有异香，百年如有神。"这是蒲松龄第一次在科场获得殊荣，却也是最后一次了。

明清科举考试考的是八股文，要阐述圣人之言，起承转合也有严格规定，蒲松龄的文章并不符合考试的要求，但是才华横溢，这正如当下的高考作文，网上流传众人欣赏的很有可能是零分作文。所幸的是，蒲松龄遇到的是施闰章，作为"南施北宋"中的一家，施闰章很欣赏蒲松龄的才气，将他录取为第一名。可惜世间再无第二个施闰章能够慧眼识英雄，能够不拘一格用人才。1660 年，蒲松龄 21 岁，乡试落榜。乡试每三年一次，他参加了数次，但逢试必败。他是个认真的人，越挫越勇，一直考到 63 岁（一说 51 岁）那年，才放弃了这无谓又无望的拼搏。蒲松龄的科举之路在他身上烙下了深深的印迹，《聊斋》中有对施闰章的感激，说他为政清明，断案如神；更多的则是对科举的嘲讽与批判，《叶生》《考弊司》《司文郎》《于去恶》《王子安》《三生》《贾奉雉》等既揭露了科举的黑暗，也对身陷科举不能自拔的士子充满了同情。对于那些不需要学习八股文的狐与仙，蒲松龄的赞赏与艳羡之意溢于言表，如《娇娜》（卷一）中的皇甫公子所呈课业："类皆古文词，并无时艺。问之，笑云：'仆不求进取也。'"不求进取还能悠哉游哉地过着优渥的生活该是多么幸福。

蒲松龄没有这样的好运气，他家境贫寒，自称是"苦行僧"转世投胎，他得为稻粮谋，他得生儿育女，养家糊口。一个读书人，如果在科举上没什么进展，他还能做什么呢？那就只能去做幕僚，做教书先生了。蒲松龄的人生很简单，只在 31 岁那年短暂地离开过山东，去江苏宝应在同乡孙蕙的手下做幕僚。近一年的时间里，他帮助孙蕙处理公务，与官场有近距离的接触，也就有了更多的了解，官场的黑暗腐败，官员的昏聩横暴，胥吏的奸滑凶狠，百姓的水深火热，这些都成为《聊斋》故事的素材。这近一年的时间里，他还游历了一些地方，去过淮阴，游过邵伯湖，登过北固山，玩过扬州城，江苏的风情为这位山东汉子注入了几缕柔情，也令他的笔端多了一些灵秀之气，《聊斋》中的《青蛙神》《五通》《晚霞》《王桂庵》《西湖主》都以江南为背景，有着浓郁的水乡气息。

南游期间，蒲松龄还结识了一位叫顾青霞的女子，她会唱曲，善吟诗，蒲松龄称赞她的吟诵是“曼声发娇吟，入耳沁心脾”（《听青霞吟诗》），特意为她选了百首唐代香奁诗供她吟诵。顾青霞去世后，蒲松龄有悼亡诗云:“吟声仿佛耳中存，无复笙歌望墓门。燕子楼中遗剩粉，牡丹亭下吊香魂。”（《伤顾青霞》）怀念不舍之情尽在其中。蒲松龄与顾青霞是什么关系？这是个谜。顾青霞后来成为孙蕙的侍妾，按道理说二人之间不该有什么瓜葛，但彼此间大概难免有才子佳人惺惺相惜之情，让孙蕙心存疑虑。所以有人说蒲松龄后来匆匆离开江苏，一来是因为要回去应试，二来也与顾青霞有关。这些都是题外话，与《聊斋》相关的是，书中有很多颇有才情的风雅女子，如白秋练、连琐、林四娘、公孙九娘，等等，她们身上是否都有顾青霞的影子呢？那些写贫穷书生与妓女的爱情故事的篇章，如《细侯》《鸦头》等，是否有蒲松龄自己的情感投射呢？

回到山东后，因生活所迫，蒲松龄开始了长久的坐馆生涯。他33岁开始做教书先生，40岁左右到毕际有家坐馆，一直到1709年70岁，才撤馆离开毕家。蒲松龄一半的人生都与毕家相关，其教书生涯基本在毕家度过，《聊斋志异》也基本在毕家完成。坐馆的薪俸有限，加上子女较多，蒲松龄的生活仍然艰难，所幸他娶了位贤惠的妻子，刘氏为他生儿育女，料理家务，陪着他挨苦受累，总算将孩子们都拉扯大了。直到50岁以后，孩子们相继成人，蒲松龄的家境才慢慢好起来。坐馆生活是孤寂无聊的，但这独处的时光让蒲松龄可以大胆驰骋想象，沉浸在花妖狐魅的世界里，为我们带来一个又一个或浪漫或哀伤的故事。人生之不幸也许正是大幸运呢，就看如何去面对、如何去利用了。

蒲松龄70岁撤馆回家，第二年71岁时，在科举考场上奋斗了大半辈子的他终于从政府手中拿了个安慰奖，成为“岁贡士”。在他74岁那年，相濡以沫的夫人刘氏去世，蒲松龄的精神也越来越不济，儿孙们请来画家朱湘麟给他画了幅像，就是我们现在能够看到的戴官帽穿官服的画像，他自己题词云：“尔貌则寝，尔躯则修。行年七十有四，此两万五千余日。所成何事，而忽已白头？奕世对尔孙子，亦孔之羞。”他对自己的人生很不满意，觉得自己一事无成，面对后人唯剩羞愧。又过了两年，1715年的正月二十二日，蒲松龄安详地离开了人世。

蒲松龄的人生真的很简单，读书，考试，教书，写作，他的经历会让我们以为他是个迂腐的冬烘先生，满口“之乎者也”，一言不合就来一句“圣人曰”，终日不苟言笑，如木雕土偶一般。如果这么想，那就大错特错了。蒲老先生是一个极有趣的人，都说要与有趣的人谈恋爱，要与有趣的人做朋友，如此，平淡乏味的人生才会变得生机勃勃，才能更坦然地面对生活中的沟沟坎坎。如何才算是有趣的人呢？首先得有一双发现美的眼睛，然后还要有表现美的能力。蒲松龄一生穷困潦倒，但这丝毫没有磨灭他对美的欣赏与感受，他说："月光高洁，清光似水"，"小山耸翠，细柳摇青"，"乱山合沓，空翠爽肌"；一只小蜜蜂也会幻化成"绿衣长裙，婉妙无比"的女子，歌声"宛转滑烈，动耳摇心"。这就是蒲松龄眼中的风景，一花一世界，一叶一菩提，无物不美，万物皆有灵性。

蒲松龄没有做过官，也没有去过太多地方，想来交往的人也很有限，但有限的经历却未能限制他无限的想象力，他对世界充满好奇，创造出各具特点深入人心的狐鬼仙怪。他在《雷曹》（卷三）中写丘生飞上天的观感："既醒，觉身摇摇然不似榻上，开目则在云气中，周身如絮。惊而起，晕如舟上，踏之软无地。仰视星斗，在眉目间，遂疑是梦。细视星嵌天上，如老莲实之在蓬也，大者如瓮，次如瓿，小如盎盂。以手撼之，大者坚不可动，小星动摇似可摘而下者，遂摘其一藏袖中。拨云下视，则银海苍茫，见城郭如豆。"坐过飞机的人大概对此都感同身受，窗外棉絮般的云朵，格外璀璨的星河，还有下方如积木般的城市、田野。蒲松龄肯定没有坐过飞机，也没有在空中翱翔的经历，但他以奇妙的想象勾画出如此生动逼真又充满童真稚趣的景象，丘生偷偷摘下了一颗星星带回家，而我只想在云朵上痛痛快快地打个滚，然后摊成大字看星星看月亮。

死亡是件可怕的事，无论是寿终正寝还是饱受病痛折磨，提起死亡都会让人心生凉意。但死亡究竟是怎样一个过程，又是一种什么感觉呢？没有死过的人谁也说不上来。蒲松龄描写人在抱病弥留之际："忽觉下部热气渐升而上：至股则足死，至腹则股又死；至心，心之死最难。凡自童稚以及琐屑久忘之事，都随心血来，一一潮过。如一善则心中清净宁帖，一恶则懊憹烦燥，似油沸鼎中，其难堪之状，口不能肖似之。犹忆七八岁时，曾探雀雏而毙之，只此一事，心头热血潮涌，食顷方过。直待平生所为，一一潮尽，乃觉热气缕缕然，穿喉入脑自顶颠出，腾上如炊，逾数十刻期，魂乃离窍忘躯壳矣。"（卷三《汤公》）死亡是一口气的游走，是对人生历程回味反思的过程，最终灵魂离开躯壳进入了另一个世界。如此看来，死亡似乎也没有那么恐怖，甚至还带有几分幽默。

蒲老先生以他的好奇心和想象力，用一支神奇的笔为我们塑造了一个充满趣味的世界。与三百年前一个有趣的人为友，阅读三百年前一本有趣的书，人生何其幸运。

二 《聊斋》中的美女与帅哥

《聊斋自志》写于 1679 年蒲松龄 40 岁时，此时《聊斋》已初具规模。蒲松龄自称："独是子夜荧荧，灯昏欲蕊；萧斋瑟瑟，案冷疑冰。集腋为裘，妄续幽冥之录；浮白载笔，仅成孤愤之书。"半夜里，我伴着昏昏半明的烛光，孤独地在萧瑟的书斋里冰冷的书桌前写作，希望能积少成多，续写《幽冥录》；我边喝酒边写作，用它来抒发胸中的愤懑。《聊斋》是孤愤之书是批判之书也是理想之书，书中的狐鬼仙怪是作者对理想人格的向往与渴望，特别是那些容华绝代的女性狐鬼仙怪，更是个性鲜明，形象生动。那么，什么样的女子才是真正美丽的呢？蒲老先生有没有关于美女的标准呢？有。

看似冬烘的老先生认为美女必须符合两个基本条件，一是眼睛要漂亮，二是笑容要迷人。于是在《聊斋》一书中最多这样的描写："秋波转顾，启齿嫣然"；"樱唇欲动，眼波将流"；"秋波斜盼，嫣然含笑"。这不能算是蒲老先生的原创，早在《诗经·卫风·硕人》中就有关于美女"巧笑倩兮，美目盼兮"的描写，更为通俗易懂的说法正如Beyond乐队在《喜欢你》中唱的："喜欢你，那双眼动人，笑声更迷人。"这种美不是肤白高挑、樱桃小口杨柳腰的仕女图，而是充满了活泼泼的生气。眼波流转微带笑意的女子有着强大的杀伤力，张生初遇莺莺，莺莺的一个回眸已令他心荡神驰，忍不住高喊："怎当他临去秋波那一转，休道是小生，便是铁石人也意惹情牵。"（王实甫《西厢记》）

为什么这样的女子有如此大的吸引力？蒲老先生一字道破其中秘密，他说那是因为"媚"。恒娘教授朱氏的杀手锏就是一个"媚"，她说："然子虽美，不媚也。子之姿，一媚可夺西施之宠，况下者乎？"（卷十《恒娘》）所以她要让朱氏妩媚起来，第一步，让眼睛灵动，"试使睨"；第二步，要笑得好看，"试使笑"；第三步是眼神与笑容的结合："乃以秋波送娇，又辴然瓠犀微露。"经过这样的调教训练，朱氏自当如粉蝶一般"秋水澄澄，意态媚绝"（卷十二《粉蝶》），能被丈夫专宠也就成为必然。

蒲老先生深谙女性之美的本质，那就是灵动、妩媚、多情，这些女子穿行在《聊斋》中，不是美则美矣却没有个性的"灯人儿"，她们是聂小倩，是婴宁，是连城，是阿宝，是黄英，是辛十四娘……她们的一颦一笑，一举一动，都别具风情，又各有特点，成为读者心中难以忘却的理想女性。

帅哥长什么样呢？蒲老先生说“主要看气质”，男人的相貌一点不重要，《娇娜》中的皇甫公子“丰采甚都”，《贾奉雉》中的郎生“风格洒然”，《素秋》中的俞士忱“风雅尤绝”，而这些气质出众的男子都非人间所有，他们或为狐或为仙，甚至只是一个书蠹。人世间当然也有美男子，当涉及人与人之间的婚恋时，蒲松龄也会略略提及男子的外形，《封三娘》中的孟安仁“容仪俊伟”，《颜氏》中的某生“丰仪秀美”，《江城》中的高蕃“仪容秀美”，用词笼统且单调，至于他们眉眼如何身材如何，书中只字未提，俊伟与秀美全靠读者的想象了。与重气质相比，人世间似乎更看重脸蛋，总觉品位低了一层，也许只有高颜值才能帮助穷书生获得美女的青睐吧。

但蒲老先生很蔑视绣花枕头般的草包，嘉平某公子，风仪秀美，获得女鬼温姬的青睐，温姬不因路途阻隔，冒着大雨来与之相会，只“欲使公子知妾之痴于情也”（卷十一《嘉平公子》）。二人相对听雨，本是浪漫的事，温姬内心满是诗情画意，吟诗曰“凄风冷雨满江城”，让公子联诗，公子说自己不懂诗。温姬很失望，说：“公子如此一人，何乃不知风雅。使妾清兴消矣。”这的确很扫兴，但似乎还可以忍受。一天，她看到公子错字连篇的简帖后，再也无法忍受了：

> 一日，公子有谕仆贴，置案上，中多错谬：“椒”讹“菽”，“姜”讹“江”，“可恨”讹“可浪”。女见之，书其后：

“何事可浪？花菽生江。有婿如此，不如为娼。”遂告公子曰：“妾初以公子世家文人，故蒙羞自荐。不图虚有其表。以貌取人，毋乃为天下笑乎。”言已而没。

公子父母本因温姬为鬼，“百术驱之”，温姬都不愿离开，却抵不过一堆错别字带来的毁灭性打击，宁愿为娼也不愿面对这样一个“虚有其表”的男子，愤然离去，蒲老先生直赞其为“可儿”。

由此看来，世间的男子也不能只靠脸吃饭，蒲松龄更看重的还是男子的个性。第一等的是性格慷慨爽快、疏狂不羁、直谅不阿，我们熟悉的《聂小倩》（卷二）中的宁采臣如此，《娇娜》（卷一）中的孔雪笠如此，《青凤》（卷一）中的耿去病如此，《鲁公女》（卷三）中的张于旦也是如此。其他如《连城》（卷三）中的乔生“为人有肝胆”，《章阿端》（卷五）中的戚生“少年蕴藉，有气敢任”，《花姑子》（卷五）中的安生“为人挥霍好义”，《伍秋月》（卷五）中的王鼎“为人慷慨有力，广交游”。只有张狂的个性，才能无视人与狐、鬼、妖之间的差异，才能为了爱情出生入死，赴汤蹈火，才能缔结一段段感天地泣鬼神的美好姻缘。第二等的性格是纯笃朴实，《青梅》（卷四）中的张介受为一穷书生，但“性纯孝，制行不苟，又笃于学”，所以吸引青梅来自谋婚配；《阿宝》（卷二）中的孙子楚“性迂讷”，但一片至诚痴心，终于抱得美人归。张介受与孙子楚是读书人，中国古典戏曲小说中多的是才子佳人的爱情，多的是穷书生与千金大小姐的纠葛，所以我们已经习以为常，见怪不怪。但若男性变成一个小商贩呢？马二混是个卖面的小商人，家境清贫，与老母相依为命，勉强糊口度日，竟然被贬谪凡间的仙女看中，过上了神仙般的日子，而他“但朴讷，无他长”（卷六《蕙芳》）。可见“朴讷诚笃”之人太难得了，好运自是从天而降，也算是一种补偿吧。

三 《聊斋》中的情与性

看《聊斋》时常常会有这样的疑问：书中怎么那么多投怀送抱、自荐枕席的女子呢？甚至有女子为一夜情辩护，当男子问其姓名时，她回答：“春风一度，即别东西，何劳审究？岂将留名字作贞坊耶？”（卷五《荷花三娘子》）这可谓是对一夜情的极好解读，而这样的话出自三百年前的文人笔下，让人忍不住感慨：蒲松龄真大胆啊！三百年前的民风真开放啊！如果这么想，又是大错特错了。蒲老先生只是虚晃一枪，他其实是严格遵循礼教规范的人，很尊重儒家的道德伦理，其中就包括对女性贞节的注重。书中所有没有父母之命、媒妁之言的男欢女爱大多发生在狐鬼精怪幻化的女子与人间的男子之间，人间男女的婚恋故事中，《封三娘》（卷五）中的范十一娘是死后之人，《连城》（卷三）是以鬼报，《阿宝》（卷二）是在梦中与孙子楚缠绵。窦氏为南三复未婚产子，又惨遭抛弃，与襁褓中的孩子双双冻馁而亡（卷五《窦氏》）。如果说对被诱骗失身的少女作者还有些同情，那么对言行不检点的已婚女子，作者可谓深恶痛绝，如《胭脂》（卷十）中的王氏与人奸宿，透露胭脂的情思，引发了人命血案，文中只以“淫妇”称之。金生色之妻不安心守寡，丈夫灵柩未入土就与人私通，结果酿成了大悲剧，引发了一起死伤多人的重大社会事件（卷五《金生色》）。所以，《聊斋》中不符合礼仪规范的男女情事只限于花妖狐魅。

世间男子与花妖狐魅的情缘也有高下优劣之分，区分的标准就是人物是正还是邪，男女之间是情还是性。首先是蒲老先生欣赏的那两类男子，他们或慷慨任气，或纯笃朴实，如果不贪恋女色那就更好，如宁采臣“平生不二色”（卷二《聂小倩》），孙子楚见“座有歌妓，则必遥望却走”（卷二《阿宝》），陶望三“夙倜傥，好狎妓”，但“酒阑辄去之”（卷六《小谢》），不及于乱。这些正气凛然的男子有些是自己找到狐鬼门上去，如耿去病要亲自去探一探“生怪异”的宅第，于是遇到了青凤（卷一《青凤》）；有些是狐鬼自己找上门来，如狐女红玉找上了穷书生冯相如（卷二《红玉》）。这些男子对遇上的女子都用情甚深，耿去病见不到青凤就“心萦萦，不能忘情”，冯相如对红玉是“大爱悦，与订永好”。对于这样的爱情，蒲老先生赞赏有加，即使中间有较多阻碍磨难，也会让他们走向婚姻，过上幸福的生活。

有一些男子却没有那么幸运，但不幸总有不幸的原因。《画皮》（卷一）中的王生被恶鬼裂腹剖心，他收留的女鬼自称是大户人家的逃妾。虽然王生最终复活，但死时景象非常凄凉。董生吐血斗余而死（卷二《董生》），与他相交的女狐是以寡妇的身份出现的。董生去地府与狐女理论，阎罗并不同情他，反而认为他“见色而动，死当其罪”。当性剥离了情的因素，男欢女爱成为动物本能，这是作者所鄙夷的。考虑到女性的身份分别是逃妾与寡妇，也违背了道德伦常，所以必然会给人带来厄运，成为一种灾难。

为性而性已是等而下之的行为，在这样的性行为中作者竟然还有高下优劣的区分，《聊斋志异》中男欢女爱的故事大多发生在读书人与花妖狐魅之间，有浓烈的士大夫趣味。发生在书斋里的性事，是风流韵事，是缱绻缠绵，这样的性可以转化为情，甚至转化为婚姻。如果在田地山间野合呢？作者借《荷花三娘子》（卷五）中的宗相若之口感慨，此“乃山村牧猪奴所为”，并认为“即私约亦当自重，何至屑屑如此”，对野合的行径极为不齿，所以这样的行为也会带来沉重的教训。《黎氏》（卷五）中的谢中条本是“佻达无行”之人，路上见好女子，强行野合，结果引狼入室，自己的三个孩子都为狼所吃。蒲松龄对故事情节的设计很有趣味，其价值判断、道德褒贬都蕴含其中。

回到前面那位为一夜情辩护的女子，她由狐狸幻化而来，野田草露间的性事，不过是为了求取人的精血进行修炼，为其所迷的男子非病即死。所以有性无情只能开出虽美艳却有毒的恶之花，最终以悲剧收场。

第二讲 《聊斋》中的哲思（上）

一 我何往？

《聊斋》也是一部哲理小说，作者不断在追问：我是谁？生与死是什么关系？灵魂与肉体是什么关系？身体的某个部位小至眼睛耳朵大至心脏脑袋与整个人体是什么关系？自然与社会是什么关系？这一系列问题至今仍值得我们深思。

谭晋玄笃信导引之术，坚持练习几个月，听到耳中有人说话，又看到有小人从耳朵里走出来：“长三寸许，貌狞恶如夜叉状。”（卷一《耳中人》）方栋因为轻佻被惩罚，两眼都长了厚厚的膜，他心生悔意，每天念《光明经》，渐渐心境澄明。忽闻两眼中有人语，他妻子看到“有小人自生鼻内出，大不及豆”（卷一《瞳人语》），后来，两瞳人一起住在右眼，他的左眼也就复明了。

耳中可以有人，眼中也可以有人，我们以为自己是一切的主宰，身体是自己的，思想是自己的，心灵是自己的，但事实并非如此，有自我也有本我，有显意识也有潜意识，有大我也有小我。我们经常生气、怨愤、嫉妒，有很多负面的情绪，当我们从那些情绪中走出来的时候，会心存疑惑，刚刚那是我吗？我为什么会这样？所以“我是谁”才会成为一个哲学命题。

很喜欢这样一个笑话：一个愚钝的差人押解着一个犯罪的和尚去流放地，他怕忘了携带的东西，特意编了两句话：“包裹、雨伞、枷，文书、和尚、我。”一路上念念有词。和尚发现差人是个傻子，途中休息的时候，就哄骗着差人为自己解了枷锁，又陪着他喝了几杯酒，将差人灌得酩酊大醉，然后给他剃了光头戴了枷锁，自己逃跑了。差人酒醒后，查点带的东西：“包裹，雨伞，有。”摸摸脖子：“枷锁，有。”翻翻包裹：“文书，有。”再摸摸光头：“和尚，在。”他东张西望，大惊失色：“我呢？我去了哪里？”一个简单的笑话，笑过后却有些心酸：是啊，我去了哪里？人生在世，最容易丢失的就是“我”吧？那个本初的“我”究竟去了哪里？

周生与成生从小一起读书，二人情同手足，成生因为贫贱要依附周生生活。周生脾气暴躁，与邻居黄吏部家发生纠纷，不但要去黄家理论，还要去官府告状，说：“黄家欺我，我仇也，姑置之。邑令为朝廷官，非势家官，纵有互争，亦须两造，何至如狗之随嗾者？”（卷一《成仙》）黄家欺负我，是我的仇人，这个暂且不论。知县是朝廷任命的官员，不是权势之家任命的，即使互有争执，也应该两面兼听，哪里会像狗一样，主人一嗾使就随意咬人呢？结果县令得了黄家好处，诬陷周生是海盗，要置他于死地。周生在狱中受尽折磨，几乎没有活着走出来的可能。成生为了兄弟不辞赴汤蹈火，千辛万苦奔赴京城，冒着生命危险找到告御状的机会，最终解救了周生。

成生对社会之黑暗本已有清醒认识，经此磨难，更是看破世情，心如死灰，便邀周生与他一起归隐山林。周生刚续娶了年轻的妻子不久，贪恋娇妻，自是不愿离去，还笑话成生迂腐。时间一晃八九年过去了，成生忽然出现，头戴道冠，身穿道袍。周生想让成生换下道士服饰，并说他："愚哉！何弃妻孥犹敝屣也？"你太傻了，怎么能像扔掉破鞋子似的抛弃自己的妻子儿女呢？正如《红楼梦》中《好了歌》唱的"世人都晓神仙好，只有姣妻忘不了"，"世人都晓神仙好，只有儿孙忘不了"，但妻子是"君生日日说恩情，君死又随人去了"，更何况多的是自己未死，妻子已经变心跟了别人的。儿孙又怎么样呢？"痴心父母古来多，孝顺儿孙谁见了"，世间一切本是虚幻，荣华富贵，乃至爱情亲情，也不过是"好"跟"了"罢了。但这时的周生还未能参悟这一切，反而觉得遁世而去的成生是个愚蠢的家伙。成生笑着回答："不然，人将弃予，其何人之能弃。"你说的不对，是别人要抛弃我，有谁是我能够抛弃的呢？这句话看起来像是推卸责任，明明是他抛妻弃子离别了家人，怎么说"人将弃予"呢？他的用意何在？

晚上，二人抵足而眠，奇怪的事情发生了，周生梦见成生赤裸着身子压在自己胸口，压得他气都喘不上来。他惊讶地问成生要做什么，成生也不回答。周生一下从梦中惊醒，成生已经消失不见，而自己睡在成生床上。家人拿着灯火来看，发现房间里的明明是成生。周生本来胡须浓密，现在自己用手一捋，只剩稀稀落落的几根。他又取来镜子，大惊："成生在此，我何往？"成生在这里，"我"去了哪里？周生不是那个笨差人，但问出了同样的问题，"我"究竟是什么呢？是那个消失的躯壳，还是存在成生躯壳里的周生的思维与灵魂？当灵与肉分开时，哪个才是真正的“我”？

周生也不知道答案，但他还算有些慧根，知道这是成生在点化自己，于是决定去崂山上清宫寻找成生。等进入崂山，只见许多道士来来往往。其中一个道士一直注视着他，这个道士就是跟周生换了张面孔的成生，而周生却没认出对面那张自己的脸，反而上前跟道士打听成生的下落。等道士离去，又经别人提醒，他才发现这点。周生很惊讶：“怪哉！何自己面目觌面而不之识。”太奇怪了，怎么自己的面孔我对面碰见了竟然不认识呢？这仍是对“我”的追问：“我是谁？我是怎样一个人？”这其实是最难回答的。“我”是我与生俱来的，但我并不了解“我”并不认识“我”，这是多么吊诡的问题。

周生终于找到成生，也顺利换回了自己的身体，做回了完整的“我”。周生急着要回家，三天后，成生说要送他回去。很快他就到了家，等待他的并不是年轻妻子的笑颜，而是灯下妻子与仆人一起饮酒的淫邪景象。在成生的帮助下，周生抓住了二人，一问之下，才知道早在八九年前他入狱期间，妻子已经与仆人有了私情。周生一怒之下借成生的剑杀了妻子，然后跟着成生出来寻路返回。

周生忽然醒来，发现自己正躺在床上，他很惊讶，说：我做了个奇怪的梦，让人又惊又怕。成生笑着说：“梦者兄以为真，真者乃以为梦。”周生问成生是什么意思，成生拿出剑来，上面还残留着血迹。这篇小说很考验读者的哲学思辨能力，正如庄周梦蝶，“不知周之梦为胡蝶与，胡蝶之梦为周与？周与胡蝶，则必有分矣”。究竟周生是在做梦还是真的杀了人呢？再往深处想：周生与妻子的幸福生活是现实还是梦呢？他杀了与人偷情的妻子是梦还是现实呢？再想想前面成生说的“人将弃予，其何人之能弃”，是否是对这件事情的预言呢？原来周生的妻子早就弃他而去，他若离家隐遁何来抛妻弃子之说。但在我想来，所谓的抛弃只对没有自主能力没有行为能力的人或物而言，比如我们抛弃了一只猫一只狗，抛弃了一个年幼的孩子，抛弃了没有生活能力的老人。在男女关系里，无论是恋人还是夫妻，如果彼此都是独立的，没有互相的依附关系，那么就只有离别与分手，并无抛弃一说。我们可以说陈世美抛弃了秦香莲，因为秦香莲没有经济能力，无力独自抚养孩子，如果现代知识女性仍将自己想象成秦香莲像藤蔓一样依附一个男人，然后说“我被抛弃了”，那我会觉得这是对自己的轻贱，为什么你要把自己看成猫狗或者一个东西一件物品呢？

周生到此时也未醒悟，仍以为成生是在用幻术迷惑自己。成生一眼看穿了他的想法，送周生回去。到家才发现一切都是事实，妻子被杀，死相惨烈。至此，周生如梦初醒，决定追随成生而去。最后他给弟弟的赠言是：“忍事最乐。”这让人很感慨，当年家奴被黄家欺负，他“大怒”，“气填吭噫”，“怒终不释，转侧达旦”，去告状时，也是“怒，语侵宰”，甚至见到妻子出墙，也是“怒火如焚”，这是一个最不能“忍”的人，但在经历了牢狱之灾、妻子背叛、杀人雪耻等人世间的一切恩怨情仇后，他看透了也放下了，所以他说“忍耐是最大的快乐”。能忍耐就能化解也就能放下，他不会因愤怒迷了心智，也不会因贪恋美色忘乎所以，才能真正面对自己的初心，这时候他大概不会再有“我何往”的疑问，也不会再有“何自己面目觌面而不之识”的困惑了。

世间不认识自己本来面目的何止周生一人，人生最重要的不是如何与别人相处，而是如何与自己相处，所以我们要经常追问“我是谁”“我何往”，在这样的追问中明心见性，找到与自己相处的最佳方式、最佳状态。

二 梦里乾坤

有一部美国电影叫《盗梦空间》，由莱昂纳多主演，故事中，造梦师可以进入他人梦境，从他人的潜意识中盗取机密，并且能够重新塑造他人的梦境。一个人的梦境可以分成四五个层次，每一个层次都精彩纷呈。电影结尾那旋转不停的陀螺成为留给观众的不解之谜，造梦师究竟是留在了梦中，还是回到了现实？其实，现实与梦境本无界限，现实就是梦境，梦境也是现实。无论在现实还是梦境中，同行的人只要进入彼此不同的空间，人生也就从此分道扬镳了。死亡也不是解脱，而是更深的痛苦与牵绊。

梦境是中国戏曲小说惯用的写作手法，如《西厢记》中张生草桥夜梦，梦中的莺莺跋山涉水私奔而来，二人还没来得及互诉相思情，莺莺已被追兵抓走。张生从梦中醒来，“只见一天露气，满地霜华，晓星初上，残月犹明”，真是满目凄凉。梦境对故事情节的发展和人物形象的塑造都有很大作用。梦境是张生的渴望，他希望莺莺能挣脱社会的、家庭的、身份的束缚，来到他的身边，两个人一起享受自由甜蜜的二人世界，但在内心深处他也很清楚相国小姐不可能做出如此大胆的行为，所以即使在梦中这样的渴望也无法圆满。《红楼梦》以“梦”为名，书中大大小小的梦有二三十个，最长的梦首推第五回贾宝玉梦游太虚幻境，交代“万艳同悲”“千红一哭”的主旨，预设了十二钗的人生走向与最终结局。最短的要数第十三回，贾宝玉在梦里听见有人叫“秦氏死了”，只用了一两句话，十几个字。

蒲松龄也是写梦的大家，在《成仙》中我们已经看到了梦的运用，第一次成生利用梦境点化周生，在梦中与他交换了身体；第二次成生又利用梦境帮助周生看清了现实，在梦中杀了偷情的妻子。《聊斋志异》中与梦相关的篇目特别多，其他还有《凤阳士人》《莲花公主》《伍秋月》《连琐》《梦狼》《王桂庵》《寄生》，等等。蒲松龄笔下的梦复杂多变，帮助小说人物穿行于天上、地下与人间，沟通了过去、现在与未来，连接着虚幻与现实，梦有结构有层次，梦里有大乾坤。

《凤阳士人》（卷二）一篇并不复杂，作者都懒得给小说中人物一个姓氏，文中共出现四个人物，全都无名无姓，但要从梦的构造和小说的叙事性来说，这篇实在很精彩。凤阳士人负笈远游，说好了半年就回来，结果一去无影踪，十个月过去了，音讯全无。妻子在家是“翘盼綦切”，每天心神不定左思右想：他会不会出了什么意外？生病了？钱被偷被抢了？最大的可能还是被什么狐狸精迷住了吧！想至此，恨得牙痒痒，却又无计可施。日有所思，夜有所梦，这一天在梦中，忽然出现一位“珠鬟绛帔”的美丽女子，说要带她去见丈夫。妻子一开始很犹豫，山高路远，她一个闺中女子怎么去呢？丽人让她不必担忧，“即挽女手出，并踏月色”，两个女子踏着月光携手同行也是一幅美丽的画面，但丽人走得太快，妻子“步履艰涩”，根本跟不上。于是丽人在路边脱下自己的鞋子给她穿上，大小正合适，穿上后健步如飞，也不觉得累了。

移时，见士人跨白骡来。见妻大惊。

妻子与丽人正在路上疾行，突然看见自己的丈夫骑着白骡过来了，两人都很惊讶。丈夫“急下骑，问：‘何往？’女曰：‘将以探君。’又顾问丽者伊谁”。妻子还没来得及回答，其实她也不知道该如何回答，她哪里知道丽人是何方神圣呢？丽人已经开了口，邀请夫妻二人去她家做客，并热情设宴款待他们。在酒桌上，“士人注视丽者，屡以游词相挑。夫妻乍聚，并不寒暄一语。丽人亦美目流情，妖言隐谜。女惟默坐，伪为愚者”。坐中三人，心思各异，夫妻久别重别，连寒暄的话都没有一句，丈夫只顾跟别的女人调情，妻子只能装聋作哑隐忍不发。

不知过了多久，丽人与士人都有些醉了，两人言语越发亲热。丽人又拿出大酒杯苦苦劝酒，士人说：你为我唱首曲子，我就喝。丽人立刻抚琴而歌：“黄昏卸得残妆罢，窗外西风冷透纱。听蕉声，一阵一阵细雨下，何处与人闲磕牙？望穿秋水，不见还家，潸潸泪似麻。又是想他，又是恨他，手拿着红绣鞋儿占鬼卦。”丽人主动提出要带妻子去找丈夫，现在却视妻子如无物将她晾在一边，并且当着妻子的面与她丈夫调情狎戏，可是她唱的俗曲，每一字每一句都是妻子的心声，都是妻子的血泪。丽人似乎在故意嘲弄妻子的相思等待，妻子在一旁看着一切听着一切，大概心如针扎，如坐针毡吧。

丈夫与丽人越发毫无顾忌，“丽人伪醉离席，士人亦起，从之而去”，两人将妻子当作了空气，“女独坐，块然无侣，中心愤恚，颇难自堪”。妻子一人被孤零零地扔在了外面，又是愤怒，又是难堪，百味杂陈，想一人离去，却不知道回家的路。起身去找丈夫，只听到他与丽人欢爱的声音，还将平时与自己亲热的情况一一告诉了对方。妻子羞愧难当，气得双手发抖，只想一死了之，不必再忍受这样的羞辱。

妻子“愤然方行”，忽然看到自己的弟弟三郎骑着一匹马过来了，妻子把所有的事情告诉了弟弟。三郎大怒，来到丽人家，“举巨石如斗，抛击窗棂，三五碎断”，立刻听到里面惊呼：“郎君脑破矣！”妻子一听很惊慌，她宁愿自己去死，也不愿丈夫死，所以埋怨弟弟杀了自己的丈夫。弟弟也很愤怒，说：你既向我哭诉，现在你又护着他，埋怨我，我懒得理你了。说完扭身就走。妻子拉着弟弟说：“汝不携我去，将何之？”三郎将她推倒在地，抽身就走。情形如此恐怖，“女顿惊寤，始知其梦”。

这个梦写得很有层次，从遇丽人开始，到碰到丈夫，再碰到弟弟，完成了一个先被羞辱，后复仇的过程。下面更离奇的事情出现了：

> 越日，士人果归，乘白骡。女异之而未言。士人是夜亦梦，所见所遭，述之悉符，互相骇怪。既而三郎闻姊夫远归，亦来省问。语次，谓士人曰：“昨宵梦君归，今果然，亦大异。”士人笑曰：“幸不为巨石所毙。”三郎愕然问故，士以梦告，三郎大异之。盖是夜，三郎亦梦遇姊泣诉，愤激投石也。

三个人竟然做了相同的梦，作者问：“三梦相符，但不知丽人何许耳？”这是蒲松龄的问题，也是读者的问题。

《凤阳士人》受白行简所写唐传奇《三梦记》的影响，白行简在《三梦记》中说：“人之梦，异于常者有之：或彼有所往而此遇之者；或此有所为而彼梦之者；或两相通梦者。”他在文中举了三个例子来阐述梦的这三种情况，以说明梦之异。《凤阳士人》中的梦要比这三种情况复杂得多，梦中的情形更多的还是人的心理状态、潜意识的折射。梦具有一种不确定性，人物身份、梦境都是多变的。其实丽人就是妻子，是妻子的另一面。妻子长久不见丈夫，既担心他出意外，又很渴望见到他，但是作为一个女性没有能力离开家门，所以她希望自己能像丽人一样换上一双鞋就能够健步如飞。在迫切的需求下，她幻化出了另一个自己。这是第一层梦境。当见到丈夫以后，梦境进入另一个状态。妻子在家时的焦虑感重新回来了，一个独守空房的妻子最担心的就是丈夫在外另有佳人，所以在这个时候，丽人变成了挑逗者、诱惑者，丈夫也成为一个浪荡子，两人做出狎昵亲热的行为。这是第二层梦境。梦境继续转换，当往日的焦虑变成了眼前的现实，妻子羞愧欲死，这时候需要一个拯救者，帮自己摆脱尴尬、耻辱，惩罚丈夫的负心，于是弟弟就出现了。这是第三层梦境。即使丈夫是个浪荡子，只要他好好活着，自己就还有一个完整的家，弟弟的行为激起了妻子关注丈夫生死的另一重焦虑。这已是第四层梦境了。正如但明伦所言：“梦中遭逢，皆因结想而成幻境，事所必然。”

《凤阳士人》在《聊斋》中算不上特别精彩，但是从现代心理学的角度来分析的话，却非常具有典型性。梦是妻子内心焦虑的外化，丽人是妻子在梦中身份的转换，她的渴望、向往、忧伤、恐惧，种种情感都通过人物关系的变化体现出来。幸好，这只是一个梦，丈夫还是回来了。只要丈夫走出了家门，就如断了线的风筝，谁也不知道他在外会发生什么事情，留恋异乡花草乐不思蜀是情理中的事，做妻子的只能在家无望地等待，只要丈夫能回来就好，哪怕他带着别的女人，自己也只能将愤怒、嫉妒、羞愧藏在心间。

《莲花公主》（卷五）全篇也以梦为主，写法又不一样。我们在做梦的时候，常常会惊醒，当梦醒以后，还能继续下去吗？窦旭正在午睡，迷迷糊糊间看到有人站在他床榻前，说主人邀请他去做客。在哪里呢？“近在邻境。”窦生很好奇就跟着去了，“转过墙屋，导至一处，叠阁重楼，万椽相接，曲折而行，觉万户千门，迥非人世”。亭台楼阁重重叠叠，两人曲曲折折穿行其间，窦生疑窦丛生，从人并不回答，只说：“少间自悉。”终于来到大殿，拜见了君王。殿门上挂着题有“桂府”二字的匾额，宴席上，大王出上联“才人登桂府”，众人还在思考下联，窦生已应声而答：“君子爱莲花。”大王听后，说莲花是公主的闺名，二人有夙缘，便让公主出来拜见窦生。公主“年十六七，妙好无双”，窦生一见之下，“神情摇动，木坐凝思”，连大王说要将女儿嫁给他的话都听不见了。等他告退出来，内官问窦生：“适王谓可匹敌，似欲附为婚姻，何默不一言？”窦生不由得“顿足而悔，步步追恨”。到家后，“忽然醒寤”，原来这只是一个梦。作者很注意时间的推移，前面是窦生“昼寝”，这时已是夕阳西下“返照已残”时分。梦中的情景如此清晰，比现实更真实，梦中因为一时疏忽错过了一段好姻缘，窦生懊恼不已。晚上，他灭了蜡烛，早早上床，希望能重新回到梦中，将未完成的梦继续下去，可惜根本没有进入梦境的途径，唯有悔叹而已。

事情并没有就此结束，情之所至，梦之门再次打开了。这是一个晚上，窦生正与友人同榻而眠，上次梦中见到的内官又出现了，说大王召见。大王说知道他对莲花公主情根深种，决定将女儿嫁给他。窦生这次再不会错过，赶紧拜谢。洞房花烛夜，窦生与公主有一番有趣的对话：

> 生曰："有卿在目，真使人乐而忘死。但恐今日之遭，乃是梦耳。"公主掩口曰："明明妾与君，那得是梦？"诘旦方起，戏为公主匀铅黄；已而以带围腰，布指度足。公主笑问："君颠耶？"曰："臣屡为梦误，故细志之。倘是梦时，亦足动悬想耳。"

幸福来得太突然，身在梦中的窦生不知其是梦，反怀疑这是不是梦。莲花公主虽然明确回答这不是梦，窦生还是不能相信，第二天早上，他帮公主涂脂、敷粉、画眉，又是用带子量公主的腰围，又是用手量公主的金莲。公主笑问："你疯了吗？"窦生的回答是："我被梦骗怕了，所以要仔细记下你的样子。即使这是个梦，以后也可以慰我相思之情。"这里看似写闺房之趣夫妻调笑，却颇为感人，既写出了窦生的患得患失，又写出了他对公主的一往情深，通过帮助妻子化妆，丈量她的身材，构建起一个立体的人，让相思有所依托。我们读者知道这是窦生的一个梦，但对于莲花公主来说，这究竟是梦境还是真实呢？这种梦中说梦的议论颇费思量，如但明伦所言："翻空妙笔，最足启人智慧。"

窦生正与公主调笑，突然有妖怪闯进王国中，大王与众臣民一片哀号。窦生将公主带回了家。窦生只是一贫穷书生，只有"茅庐三数间"，与"叠阁重楼，万椽相接"的王宫不可同日而语，但公主说："此大安宅，胜故国多矣。"并且要求窦生"别筑一舍，当举国相从"。窦生很为难，我们读者也觉得这是不可能的事，一个书生怎么可能片刻之间盖起一座王宫，安置举国之人呢？公主的要求太无理了。但公主不这么想，她号啕大哭，认为窦生不能急人所难。进了家门，公主仍然"伏床悲啼，不可劝止"，窦生焦头烂额，一下醒了过来，原来这还是一场梦。然而，"耳畔啼声，嘤嘤未绝。审听之，殊非人声，乃蜂子二三头，飞鸣枕上"。至此，读者大概已心中有数，原来窦生去的桂府是一个蜂巢，莲花公主是蜜蜂幻化而来。如果小说在此结束，读者会觉得意犹未尽，余味无穷。但作者却觉得故事还需要一个更明确的结局，首先让同榻的友人见证了窦生的梦；其次窦生果真去筑了蜂巢，大批蜜蜂聚集而来；再次，蜜蜂从何而来？原来邻翁旧圃有一个三十多年的蜂巢，现在被巨蟒占据，蜜蜂都去了窦生家。

将这个梦与《盗梦空间》对照来看，梦同样是可以塑造的，这里的造梦者就是那些成了精怪的蜜蜂；梦与现实又是相通的，窦生之梦，对那些蜜蜂而言就是现实，巨蟒就是妖怪，它所带来的举国惊惶是实实在在的；梦既然可以被塑造，也就可以被延续、被见证。

《伍秋月》（卷五）也是一个与梦相关的故事。王鼎有三四夜的时间总是梦到一个"年可十四五，容华端妙"的女子来与他交合。这个女子就是伍秋月，她死的时候，其父预言："女秋月，葬无冢，三十年，嫁王鼎。"现在正好过去了三十年，王鼎又出现了，所以来找他。这个梦的奇特之处在于伍秋月一开始就说了这是个梦，"假之梦寐耳"。王鼎知道秋月是鬼，就想随她去地府看看。到地府突然发现自己的兄长被抓，一怒之下就杀了鬼卒，然后带着兄长逃回了家。虽然救活了兄长，王鼎却与伍秋月失去了联系。王鼎想念秋月，回到故地，一天在似睡非睡间，忽然有一妇人来告诉他，说因为鬼卒被杀，凶犯逃跑，伍秋月被关押在地府，受尽折磨。王鼎一听，悲愤不已，跟着妇人来到地府，又把看押伍秋月的鬼卒给杀了，带着她逃了出来。“裁至旅舍，蓦然即醒。方怪幻梦之凶，见秋月含睇而立。生惊起曳坐，告之以梦。女曰：‘真也，非梦也。’”这究竟是真还是梦呢？这是作者惯用的写作手法，借助梦的力量，帮助普通的世间之人上天入地，做下人力无法完成的惊天动地的大事。

《连琐》（卷三）中有与《伍秋月》相类的梦，连琐与杨于畏的相处如诗如画，但因为被王生惊吓，连琐很久没出现。这天，连琐突然到来，向杨生求助，说地下有一鬼隶，逼她做媵妾，令她倍受屈辱。杨生一听很愤怒，要置鬼隶于死地，“但虑人鬼殊途，不能为力”。连琐说不用担心：“来夜早眠，妾邀君梦中耳。”第二天，连琐果然将杨生带至地府，但鬼隶极凶残，扔石头击中了杨生的手腕。危急之中，曾经惊吓过连琐的王生忽然出现，王生孔武有力，射杀了鬼隶，解救了二人的危难。中午，王生来找杨生，说起梦中的奇事：“杨曰：‘未梦射否？’王怪其先知。杨出手示之，且告以故。”

在这个故事中，杨于畏与王生做了相同的梦，我们知道，这是连琐进入他们的梦境，将他们带到了地府，这也回答了伍秋月所说的“假之梦寐耳”带给我们的困惑，原来无论是精怪还是鬼都是了不起的造梦师，人之梦，对他们而言，都是现实，是真实发生的事。

《盗梦空间》是一部优秀的影片，无论是巧妙的构思、精湛的演技、人性的探索、惊险的特技，都让人印象深刻。《聊斋》是一部数百年前的小说，二者似乎没有什么可比性，但就对梦的塑造而言，就梦的层次感而言，可以说《聊斋》之梦并不亚于《盗梦空间》，如果将这些与梦相关的小说拍成影视作品，加入各种特技处理，其带来的视觉震撼、心理冲击大概不会比《盗梦空间》逊色。

第三讲 《聊斋》中的哲思（下）

一 幻由人生

《聊斋》中多讲狐鬼仙怪的故事，有些缠绵，有些有趣，也略有些恐怖。这些狐鬼仙怪从何而来？那天上的、地下的、洞穴中的世界又何从得知？作者说“幻由人生”。孟龙潭与朱孝廉来到一个并不甚宏大的寺院，院中只有一挂单和尚。但寺院中壁画精美，东壁画的是散花天女，“内一垂髫者，拈花微笑”（卷一《画壁》）。拈花微笑是佛教中的经典故事，《五灯会元·七佛·释迦牟尼佛》卷一记载：“世尊于灵山会上，拈花示众。是时众皆默然，唯迦叶尊者破颜微笑。世尊曰：‘吾有正法眼藏，涅槃妙心，实相无相，微妙法门，不立文字，教外别传，付嘱摩诃迦叶。’”这就是禅宗的起源。但这里少女的拈花微笑却不是佛陀与迦叶尊者的妙心相会，而自有一种天真与魅惑。在中国古代文学里，鲜花与美女是经常一起出现的组合意象，无论是诗词中“人面桃花相映红”的明艳女子，还是“倚门回首，却把青梅嗅”的青涩少女，都给人们留下了深刻的印象。这里同样是手拈鲜花的少女，画中人唇角上扬，眼波流动，樱唇微启，似乎有无数的话语想倾诉，无限的情意想表达。看画的人也不免心旌摇荡，为少女的美丽与多情所诱惑了。

朱孝廉注视良久，幻由心生，自己仿佛腾云驾雾般飞到了壁上，也站在人群中听画上的僧人说法。忽然，有人悄悄牵他的衣角，回头一看，正是那位拈花微笑的少女，这时的她辗然而笑，更添无邪与明朗。朱孝廉跟随少女来到房内，一待就是两天。事情被少女的姐妹们发现了，她们打趣少女说：肚子里孩子都有了，怎么还梳着少女的发型？于是为少女换上妇人的发髻，“髻云高簇，鬟凤低垂”，越发美艳动人。朱氏与少女两情和美，不想有金甲神人来巡视，女子大为惊恐，将朱氏藏在了床下，自己仓皇遁去。这时的朱氏情状极为狼狈，先是听到各种喧嚷之声远去，心下稍安，但门外一直有来来去去说话的人，他不敢出门观看，只能躲在房中静候女子的归来，可是左等也不来右等也不来，越发地焦燥，“觉耳际蝉鸣，目中火出，景状殆不可忍”。在这千钧一发的时候需要有人来将他解救，既然等不来女子，还有谁能帮他呢？

作者的笔触重新回到了寺院中。这时在寺院里赏玩壁画的孟龙潭忽然发现朱氏不见了，只觉惊诧莫名。问挂单的僧人，僧人说：“往听说法去矣。”僧人用指头弹弹墙壁，说：“朱檀越，何久游不归？”孟龙潭定睛一看，看到壁画中真有朱氏的身影，“倾耳伫立，若有听察”，在僧人的一再呼唤下，朱氏忽然从墙壁上飘然而下，“灰心木立，目瞪足软”，八个字准确刻画出朱氏由幻境而现实的转

内一垂髫者，拈花微笑，樱唇欲动，眼波将流。朱注目久，不觉神摇意夺，恍然凝想。

换。本来还在壁画中警惕着外面的动静，忽然就回到了现实中，真有不知今夕何夕身在何方的茫然无绪之感。三个人再看壁画，画中本来垂髫的拈花少女，这时已是螺髻高耸的妇人装束。

所谓“一念成佛，一念成魔”，情由心动，幻由人生，《胡四姐》（卷二）中的尚生：“会值秋夜，银河高耿，明月在天，徘徊花阴，颇存遐想。”结果胡三姐、胡四姐、骚狐精接踵而来。《梅女》（卷七）中的封云亭：“时年少丧偶，岑寂之下，颇有所思。”于是缢死鬼梅女出现了。《金姑夫》（卷七）中金生入梅姑祠“颇涉冥想”，当即被梅姑招去，“衣冠而死”。《五通·又》（卷十）中的金生“设帐于淮，馆缙绅园中。园中屋宇无多，花木丛杂。夜既深，僮仆散尽，孤影彷徨，意绪良苦”，引来了金龙大王之女霞姑。夜凉如水，万籁俱寂，年轻的书生倍感孤寂，所思所想不外是红袖添香、朝云暮雨的绮丽风光，于是狐、鬼、仙分别走进了他们的生活。《画壁》中孟龙潭只是在眨眼间不见了朱氏，朱氏已在画中度过了两日，与少女有了男女情事。这究竟是一人的幻境还是大家的幻境？看起来好像只是朱氏一人的奇遇，但孟龙潭分明看到他真的在画中，又从墙上下来，而画中女子也已换了一副装扮。“真亦假来假亦真”，作者奇妙的想象力让一个人的幻境多了几个旁观者，共同见证了一个奇迹的发生。

作者虽有警戒之意，说“人有淫心，是生亵境；人有亵心，是生怖境”，但如此幻境如此奇遇，让旁观者也不免心动吧。《心经》云：“心无挂碍，无挂碍故，无有恐怖，远离颠倒梦想，究竟涅槃。”这总不是一般人所能领悟的。

二　缘来缘去（上）

中国人相信缘分，我们经常用来劝慰自己、安慰别人的一句话是“这要看缘分”。“缘”之一字涵盖了人际关系的一切形态，无论是亲情、友情还是爱情，无论是良缘、恶缘，或只是萍水相逢。“缘”是如此深入人心，大俗人西门庆如此阐释自己游走花丛的行为：“却不道天地尚有阴阳，男女自然配合。今生偷情的、苟合的，都是前生分定，姻缘簿上注名，今生了还。”（《金瓶梅词话》第五十七回）既然今生一切皆前世注定，那他与女人之间的关系岂不也是必然要发生的？于是在“缘”的掩护下，所有的孽缘也就有了合理性。《红楼梦》中，神瑛侍者凡心偶炽，“意欲下凡，造历幻缘”，绛珠仙子为报其灌溉之德，也要下世为人，“但把我一生所有的眼泪还他，也偿还得过他了”，为的也是了结彼此的缘分。无论是风流浪子的淫滥肉欲还是世外仙姝的凄丽爱情，都离不开缘分，离不开因果。

同样，“缘”也贯穿着人与物的遇合，你养的一只猫一只狗，你种的一株树一盆花，甚至是路边捡的一块石头，都是冥冥之中的缘分让它们走进了你的生活。一切的一切，都是因缘而起、因缘而散。邢云飞喜欢石头，见到好石头，不惜重金也要买回来。一次，他从河里打捞上来一块石头，有一尺多长，“四面玲珑，峰峦叠秀”（卷十一《石清虚》）。邢云飞大喜过望，将石头像宝贝一样供着。那石头也确有异相，每到天快下雨的时候，山石的孔窍里就会生出云气，像塞进了洁白的新棉絮。这斋中案头的云雾山景，怎能不让人心生欢喜？于是，想将此石占为己有的达官贵人纷至沓来，邢云飞为此石被关进监狱，为此石损失了三年的寿命；当痛失此石后，他屡次欲自杀。这人与石的缘分岂是人力所能阻隔？石有灵性，它挑选了自己的主人，主人也为它遭受了各种磨难，当主人离世后，它也不会留在人世，“忽堕地，碎为数十余片”。蒲老先生忍不住感慨：“卒之石与人相终始，谁谓石无情哉？古语云：‘士为知己者死。’非过也！石犹如此，何况于人！”石选择人，人未辜负石，石头与人相伴终始，草木本非无情物，石头也是多情种，这一份人与石的情缘让人感动。

《聊斋》中有一篇故事，我每看一遍都会湿了眼眶，这篇叫《蛇人》（卷一）。蛇人以弄蛇为业，开始有二蛇，一为大青，一为二青，“二青额有赤点，尤灵驯，盘旋无不如意”。大青死后，二青出去为蛇人领回一小蛇，取名小青，亦是聪明异常。二青越来越壮大，已不适合用来表演，“世无百年不散之筵”，蛇人决定将它放归山林，“蛇乃去，蛇人目送之。已而复返，挥之不去，以首触笥”，原来它是要与小青告别。蛇人将小青也放出来，“因与交首吐舌，似相告语，已而委蛇并去”。蛇人以为小青也一起离去了，不料一会儿小青“踽踽独来，竟入笥卧”。不知道二蛇交流了一些什么，二青是如何交待小青继续留在蛇人身边的呢？二青同时离开了主人与小伙伴，该是怎样的心情呢？小青要离开自己如母如侣的伙伴，又是怎样的难过呢？让人忍不住落泪。

又过了数年，小青亦已长大。一天，蛇人经过一山中，一大蛇“暴出如风”，“而视其首，朱点俨然”，原来大蛇就是二青。蛇人认出了二青，二青也认出了主人，“蛇顿止，昂首久之，纵身绕蛇人如昔弄状”，想起网上那些身躯庞大却喜欢让主人抱抱的大型宠物狗，真的，谁还不是个宝宝呢！但二青太重了，蛇人被它缠绕得快喘不过气来，连声呼叫，二青这才放开了他。二青与小青也终于见面了，“二蛇相见，交缠如饴糖状，久之始开”。蛇人让二青将小青带走，并叮嘱它们：“深山不乏食饮，勿扰行人，以犯天谴。”二蛇离去，“蛇人伫立望之，不见乃去”。此后，一方太平，二蛇也不知去了哪里。这篇小小的故事，无论是写人与蛇的感情还是蛇与蛇的感情，都很感人。

万物有灵，万物有缘。草木石头有情，看似冷血的蛇亦有情，因为缘分，它们与人走到了一起，留下一个个动人的故事，更何况号称“万物之灵”的人呢？人与人的交集，更是因为缘分。我们先来看看父母子女的缘分吧。

蒲老先生将父母子女的亲情也看作缘分的遇合。“昔有老而无子者，问诸高僧。僧曰：‘汝不欠人者，人又不欠汝者，乌得子？’盖生佳儿，所以报我之缘；生顽儿，所以取我之债。生者勿喜，死者勿悲也。”（卷一《四十千》）好孩子是来报答善缘的，顽劣之子是来讨债的，如果与别人两不相欠，那就不会有孩子，所以，生了孩子不必高兴，死了孩子也不必伤悲。这听起来很有道理，但又如何能做到呢？

《四十千》（卷一）中说，王大司马家主管账目的仆人家里富有资财，有一天忽梦见一人奔入，说：“汝欠四十千，今宜还矣。”等醒来，妻子生下一男孩，他知道这是前世的恶缘，“遂以四十千捆置一室，凡儿衣食病药，皆取给焉”。等过了三四年，四十千只剩下了七百，他对孩子说：“四十千将尽，汝宜行矣！”孩子当即死去，七百钱正好够料理孩子的丧事。这个故事听来让人心里发凉，家中添子，本是喜事，但因为知道孩子是来讨这四十千钱的，做父母的还会爱他吗？会抱一抱他亲一亲他吗？会陪他玩耍陪他嬉戏吗？更大的可能就是将孩子扔给奶妈，让他在漠视中结束这极其短暂的人生吧。

《四十千》里的父亲因为梦兆预示，可以对孩子的生死无动于衷。但我们一般都不能预知孩子的到来是善缘还是恶缘，所以我们都会欢天喜地地迎接孩子的出生，当孩子先离世时，即使心里明白这是缘分走到了尽头，那数年相处的情分又如何能轻易割舍？

李化五十多岁才生一子，取名珠儿，珠儿“性绝痴”（卷二《珠儿》），李化仍将他视作掌上明珠。不想珠儿五六岁时就夭折了，李化悲痛欲绝。为何父子如此缘浅？原来当年李化在金陵做生意，欠了严子方的钱未归还。珠儿不过是严子方死后投胎，来讨还欠他的钱财罢了，他们本无父子缘分。这一观点在《柳氏子》（卷五）中有更清晰的表达，让人读来颇有毛骨悚然之感。柳氏子投生到柳西川家为子，也不过是为了报前世之仇，先将其家产倾荡一空，在夭亡做了鬼后，仍然仇恨难消，恨不能杀了柳西川才解心头之恨。蒲老先生是想通过这样的故事来规劝世人不要做昧心之事，不然恶有恶报，逃不脱命运的责罚，也逃不脱缘分的安排。再回头想想，即便李化、柳西川后来都知道了儿子是前世的孽缘，可那些养育孩子的乐趣能够忘却吗？那些付出的父爱能够收回吗？除了缘分还有情分，“情”之一字又岂是能说得清道得明的？

以上都是前世的恶报延续到这一世，但父母子女更多的还是善缘的遇合。刘亮采据说是狐狸转世投胎而来。当年他的父亲居住在南山，一天，忽然有一老翁登门拜访，刘公问他居所，他说：“只在此山中。闲处人少，惟我两人，可与数晨夕，故来相拜识。”（卷六《刘亮采》）二人相谈融洽，把酒言欢。空山幽静也寂寞，忽得一知己，亦是人生快事。老者原是山中老狐，“与若有夙因，故敢内交门下”，同样因为命定的缘分，二人成为知交，狐不惧，人不疑，往来如兄弟。过了一段时间，老者忽然说，我寿命已到尽头，离转世投胎的日子不远了，“与其他适，何如生故人家？”于是投胎到刘家，是为刘亮采。这是一个很美的故事，前世是寂寞山林间的知己，今世是滚滚红尘中的父子。

《雷曹》（卷三）也是一个让人愉悦的故事。乐云鹤与夏平子“少同里，长同斋，相交莫逆”，夏平子不幸早逝，乐云鹤义不容辞负担起两家人的生活，以致“家计日蹙”，生活越来越窘迫。他很有决断力，与其纠结于科举一途，凄凄惨惨地生活，不如早作打算。于是，他“去读而贾”，放弃科举开始经商。他运气不错，做了半年生意，家产就达到了小康。

一天，乐云鹤客居金陵，在旅馆里见到一人神色黯然面带忧伤，就请他吃饭，这人一口气吃了几个人的饭菜才算吃饱。此人原来是雷神，只因耽误了行雨，被罚下人间三年。乐云鹤赤诚相待，雷神亦是倾力相报：当乐云鹤的商船在江中遇风暴翻覆时，他将货物一样不少地找了回来；当乐云鹤好奇天上的景象时，雷神将他带到了天上。上文我们已经看过了，这是《聊斋》中最浪漫、最优美、最富想象力的情节，乐云鹤从天上摘下一颗小星星回到了人间，故事并未就此结束，回来后，“归探袖中，摘星仍在。出置案上，黯黝如石，入夜，则光明焕发，映照四壁”。乐云鹤将小星星当宝贝一样珍藏着，偶有佳客来到，“出以照饮”。“一夜，妻坐对握发，忽见星光渐小如萤，流动横飞。妻方怪咤，已入口中，咯之不出，竟已下咽。”原来这颗小星星就是夏平子，他去世后变成了少微星，“君之惠好，在中不忘。又蒙自天上携归，可云有缘。今为君嗣，以报大德”。孩子出生后，非常聪明，十六岁就中了进士，早早完成了父辈们未了的心愿，弥补了人生的遗憾。这一份父子情缘，是善缘的延续，读来如此美好幸福。

三 缘来缘去（下）

父母子女的遇合需要深厚的缘分，更不用说“千年修得共枕眠”的男女情缘了。《聊斋》中多的是忽然而来忽然而去的男女关系：我来，是因为缘分到了；我走，是因为缘分尽了。

天界的神仙被贬谪至人间，总有个期限，期限一到就得重回天界，留给人的只有深深的相思与怀念。嫦娥嫁给宗子美，不但给他带来富足的生活，也给他带来精彩有趣的人生体验。一天，家中忽然来了强盗，将嫦娥抢走了。历经曲折，宗子美又与嫦娥相逢，嫦娥说：“妾实姮娥被谪，浮沉俗间，其限已满。托为寇劫，所以绝君望耳。”（卷八《嫦娥》）蕙芳是一个十六七岁“光华照人”（卷六《蕙芳》）的美女，马二混是个卖面为生的小商贩，家境贫寒，与老母相依为命。蕙芳找上门来，自愿嫁给马二混为妻。无论马母如何拒绝，蕙芳还是一再坚持，终于嫁入马家。马二混自从娶了新妇，不用再去卖面，而且“门户一新，笥中貂锦无数”，过上了神仙般富足的生活。过了四五年，蕙芳忽然说：“我谪降人间十余载，因与子有缘，遂暂留止。今别矣。”

与嫦娥、蕙芳不同，云萝公主从来没有隐瞒自己神仙中人的身份，她嫁给安大业，对二人的缘分也讲得很清楚："若为棋酒之交，可得三十年聚首；若作床笫之欢，可六年谐合耳。"（卷九《云萝公主》）为何有三十年与六年的差别，她后来也说得很明白："人生合离，皆有定数。撙节之则长，恣纵之则短也。"人生的离合自有定数，节约用就长些，随意用就变短。面对如此佳人，安大业怎么可能只安于棋酒之交呢？怎么可能做到有情无欲呢？他自然选择了床第之欢，二人育有二子，当期限已满，云萝公主"竟不复返"。

宗相若得狐仙指点，娶回了荷花三娘子，二人两情谐好，生下一子，六七年后，三娘子说："夙业偿满，请告别也。"（卷五《荷花三娘子》）宗相若不忍，三娘子说："聚必有散，固是常也。"她走了，留给宗相若的唯有相思，当他想念三娘子时，就抱起她初来时穿的冰縠，"抱呼'三娘子'，则宛然女郎，欢容笑黛，并肖生平，但不语耳"。

这就是人与神的聚合，女神们给平凡的人间男子带来富足带来幸福，甚至给他们安排好未来的生活，蕙芳为马二混娶妻，云萝公主指明二子的未来，但主导权始终在这些神女手中，她们来了，她们走了，她们可以挥一挥衣袖不带走一片云彩，那些平凡的男子该如何面对人生中天翻地覆的变化呢？他们能安慰自己的也只有"缘"之一字。

人与狐与怪的遇合又是怎样的呢？仍然离不开缘。张鸿渐因惹上官司，被迫逃亡，流落异乡，幸得狐仙舜华相救，才有了安身立命之所。舜华之所以帮助张鸿渐，只因"与君固有夙缘"（卷九《张鸿渐》）。刘洞九在汾州为官，官署多狐。一天他独坐署中，有四女子进入室内，最末为一垂髫者，她“出一红巾戏抛面上，刘拾掷窗间”（卷三《狐妾》），可见少女的活泼，亦可见刘洞九的刚正不阿。一天，年长的女子跟刘说：“舍妹与君有缘，愿无弃葑菲。”少女成为刘氏之妾，二人相处融洽。女子有预知事情的能力，帮助刘家解决了很多难题。“后数年忽去，纸裹数事留赠，中有丧家挂门之小幡，长二寸许，群以为不祥。刘寻卒。”这一人一狐的缘分以人的死亡终结了。

我们以为只有读书人才有与狐、怪相逢的艳遇，其实不尽然，只要是人都有可能因为缘分与她们相遇。冯木匠就很有艳福，碰到一美丽少女投怀送抱，相处日久，精神日渐委顿，才知少女非人。他虽请巫师驱邪，但毫无效果。“一夜，女艳妆来，向冯曰：‘世缘俱有定数，当来推不去，当去亦挽不住，今与子别矣。’遂去。”（卷十一《冯木匠》）她来得突然，走得也潇洒。

韩大千的仆人夜里睡在房廊，“见楼上有灯，如明星。未几，荧荧飘落，及地化为犬”，仆人跟踪而去，见此物“入园中，化为女子”（卷三《犬灯》）。仆人也是胆大的，看到灯化为犬又化为美女，竟然还能回原地安眠。这时，女子也过来了，两人极尽欢会。二人相处了一些时日，主人知道了，让仆人将狐女捉来。仆人不敢违抗主命，狐女奋力才得以挣脱。后来仆人又与狐女相遇，狐女原谅了他的过往，说：“缘分已尽，今设小酌，请入为别。”她不忘旧情，设宴款待，为缘分划了一个句号。想起有人说过：“告别的话要趁早说。”其实告别的话更要好好说，不然空留遗憾，让人生多了很多负担。

魏运旺本来也是世家子弟，但后来家道式微，连书都读不起了，只能跟随岳父卖酒。一天，他独卧酒楼，先是听到楼梯上的脚步声，接着就有“双婢挑灯，已至榻下”（卷四《双灯》），然后有一年少书生领着一个女郎出现在他面前。魏运旺非常恐惧，少年说：“舍妹与有前因，便合奉事。”如此美事，魏运旺求之不得。二人相处半年后，魏运旺回归故里。一天，时值月夜，他正与妻子在窗下说话，忽然看到女郎穿着华服坐在墙头向他招手。他走过去，女郎将他拉过墙头，说：“今与君别矣。”魏运旺追问原因，女郎说：“姻缘自有定数，何待说也。”二人行至村外，“前婢挑双灯以待，竟赴南山，登高处，乃辞魏言别。魏留之不得，遂去。魏伫立彷徨，遥见双灯明灭，渐远不可睹，怏郁而返”。既然要分别，就要好好说再见，这又是一个为缘分划了句号的故事，让人很心安，而那在风中摇曳的双灯和渐行渐远的身影，将成为刻在心灵深处的永恒记忆。

最让人心动的缘分属于《绿衣女》（卷五）。故事的开头没有什么特别，于璟读书于醴泉寺，夜深人静正在诵读间，忽然出现一女子赞叹他的苦读。女子“绿衣长裙，婉妙无比”，于生虽知其非人，但贪念女子的美好，两人也就有了云雨之事。等解下罗襦，女子“腰细殆不可盈掬”，如此纤细，如此风情，让人心生怜惜。女子从此每个晚上都会过来与于生作伴。日常总是平淡的，让我们回到最后一夜。

这一晚，二人在饮酒聊天时，女子谈话间看起来精通音律。于生说：你声音娇细，如能唱一曲，定能使人销魂。女子开玩笑说：“不敢度曲，恐销君魂耳。”于生不死心，一再恳请，女子很为难，说：“妾非吝惜，恐他人所闻。”动听的声音，为什么要害怕让别人听见呢？虽然不想让别人听见，但既然你一定要我唱，那我就献丑了。女子“以莲钩轻点足床”，唱道：“树上乌臼鸟，赚奴中夜散。不怨绣鞋湿，只恐郎无伴。”树上的乌臼鸟啊，惊散了深夜幽会的我。我不怕露水打湿自己的绣花鞋，只担心郎君无人陪伴。短短数语，是一女子的痴情与自我牺牲。女子声音纤细如蝇，勉强能听出唱了什么，“而静听之，宛转滑烈，动耳摇心”。

于生享受着美妙的歌声，女子似乎很不安，刚唱完，就开门出去察看，说：“防窗外有人。”并且绕着屋子走了一圈，都巡查一遍才肯进屋。于生问她为何如此恐惧，女子自我解嘲说“偷生鬼子常畏人”，说的就是我啊。当二人上床就寝时，女子仍然提心吊胆，闷闷不乐，说：“生平之分，殆止此乎？”我们的缘分，恐怕到此为止了吧？于生忙问怎么回事，女子说：“妾心动，妾禄尽矣。”于生百般慰解，女子才稍微释然。五更过后，女子要离开了，刚要开门，又迟疑不决地走回来说：我心中害怕，请送我出门。于生起床，将女子送到门外。女子又叮嘱：你站在这里看着我，等我翻墙走了，你再回去。于生看着女子消失不见，正准备回房睡觉，忽然听到女子急切的呼救声。奔出去一看，只见屋檐下一弹丸大小的蜘蛛，捉住了一只虫子，虫子正发出哀鸣声。于生赶紧挑破蜘蛛网，被网缚住的原来是一只绿蜂，已是奄奄一息。于生将绿蜂带回屋内放在案头，过了很久，绿蜂才能爬行，“徐登砚池，自以身投墨汁，出伏几上，走作‘谢’字。频展双翼，已乃穿窗而去。自此遂绝”。

绿衣女原来是蜜蜂变化而来，她腰肢纤细，她精通音律，她歌声曼妙。她也知道歌声会给自己引来敌人，所以她不想唱，但因为心爱的人想听，她还是唱了。想象她纤纤玉足轻点床脚的风姿，让人心动让人神往。她是最脆弱的物种，有着无数的天敌，所以她心慌恐惧，要开门查探，绕屋巡视；她说“偷生鬼子常畏人”，这不是玩笑，这是她的生存状态。她感觉到了灾难将临，胆战心惊，徘徊不前；她向心爱的男子求救，但还是遭遇不测，奄奄一息，失去了变成人的法力。她从不想让喜欢的男子看到自己如此狼狈，但他终是救了她，拼尽全力也要跟他说一声“谢谢”。

这是一个凄婉而迷人的故事，不知道离开后的绿蜂是否还能好好活下来，是否还能修行成人，希望在世界的某一个角落，她仍能用纤足打着拍子轻声歌唱，不为男人，只为自己，只因为自己想唱自己喜欢唱。

第四讲　爱情让人成长

一　少年情怀

一束阳光透过浓密的树叶在地上洒下斑驳的光影，一个少年迎面走来，高大帅气，脸上是微微的笑意，少女怦然心动，一抹红晕漫上脸颊。哪个少女不怀春，哪个少年不钟情，在我们每个人的记忆中是否都刻有这样一个画面，带着秋日暖阳的慵懒气息？

贵族少年的爱情很艰难，贾宝玉与林黛玉虽然青梅竹马，一同长大，到了情窦初开的年纪却不能大胆表白，只能将爱意深藏内心。这隐藏的爱情如何才能让对方明白呢？又如何知道对方是不是也爱着自己呢？这些不确定因素也就带来了内心的焦虑，于是，我们看到林黛玉总是在跟贾宝玉闹别扭，一个哭哭啼啼，一个唉声叹气，书中人不胜其苦，读书人不胜其烦。但除了找别扭找麻烦他们还能做什么呢？这一次次的吵架不正是他们彼此心意的剖白吗？长在深宅大院的贵族少年，活在仆人丫环的包围中，一言一行都有人听着看着，自不能有任何逾矩越规的地方，所以活得很辛苦。相对而言，市井间的少男少女虽然生活艰辛，却有更为开阔的天地，也就多了一份自由。

胡大成十四岁，因为母亲是虔诚的佛教徒，他每天放学后也都要去观音祠叩拜。这天照例去祠中，例行公事忽然有了光彩。有一名少女正领着小孩子在祠中玩耍，少女的头发才到颈部，也就十岁左右的年纪吧，但“风致娟然”（卷六《菱角》），胡大成眼前一亮，情愫暗生。少年情怀没有什么好遮遮掩掩的，直接问起女孩子的姓氏，于是有了下面有趣的对话：

> 女笑云：“我祠西焦画工女菱角也。问将何为？”成又问：“有婿家无？”女酡然曰：“无也。”成言：“我为若婿，好否？”女惭云：“我不能自主。”而眉目澄澄，上下睨成，意似欣属焉。成乃出。女追而遥告曰：“崔尔诚，吾父所善，用为媒，无不谐。”成曰：“诺。”因念其慧而多情，益倾慕之。

虽是胡大成主动，但写菱角的动作、表情、心理变化更为生动，她先是“笑云”，将家庭住址、姓氏甚至闺名都报了出来，是孩子的天真爽快。胡大成问她有没有婆家，一派天机自然的少女不禁红了脸，说“没有”；胡大成趁热打铁，问：“我做你的丈夫好不好？”少女更害羞了，说：“我自己做不了主。”话虽如此，却偷偷将胡大成上上下下打量了一番，眼波流转清澈似水。胡大成情窦初开，还是个懵懂少年，少女这是愿意还是不愿意呢？一时不知如何是好，只好走出观音祠。菱角追出来远远地说：“崔尔诚是我父亲的好朋友，请他说媒，没有不成的。”胡大成喜出望外，赶紧答应

“好”。一个多情纯朴的少年，遇到了一个多情聪慧的少女，如清风霁月般明朗舒服，让人忍不住会心一笑。

还是一对少年，女孩子应该比菱角略长几岁，也就多了几分风情。刘子固十五岁了，路途遥遥去舅舅家作客。新到一地，对什么都感到新奇，上街随意遛达，见到杂货铺中有一少女在看守店铺。少女“姣丽无双”（卷七《阿绣》），子固一下堕入情网，只觉得时空在这一刻已凝固，街上来来往往的人，喧嚣嘈杂的声音，都已与己无关。他悄悄走进店铺里，借口要买扇子。少女对傻愣愣的少年并不以为意，喊父亲出来做生意。子固很失望，故意死命压价，东西没买就走了。少年自有少年的狡猾，少年也有着少年的执着，他不忍离去，找个地方远远地盯着杂货铺，希望重睹少女的芳容。机会来了，等少女的父亲一走，子固又赶紧走进杂货铺，少女还不知少年的心思，又要叫父亲出来。子固立刻阻止，说：“无须，但言其价，我不靳直耳。”没关系，你尽管说价钱，我不跟你计较。此时的少女该是眉毛轻扬唇角上挑吧，她故意高抬了价格，刘子固不好意思讨价还价，放下钱拿了东西就走，少年该是一脸红满头汗手忙脚乱吧。第二天刘子固又来了，又是买东西，又是高价，又是拿了就走。走了不远，后面传来少女清脆干净的声音：“返来！适伪言耳，价奢过当。”你回来！刚刚要的价钱太高了。面对如此实诚的少年，少女的恶作剧也无法继续了。刘子固也更珍惜少女的纯朴，只要一有时间就往杂货铺跑，一来二往，两个人就熟悉了。少女问刘子固是哪里人，刘子固也知道少女姓姚。少女有着市井孩子的慧黠，多多少少也明白刘子固的意思，但你不道明我不说破，就这么朦胧着美好着。

这杂货铺中的少女就是阿绣，刘子固是什么时候知道少女的名字的呢？作者没说。既然刘子固不能打听少女的闺名，那应该是在父亲喊女儿出来帮忙的时候吧。《聊斋》中的故事多发生在书斋、寺院，女子多是狐鬼仙魅，难得有这样一位身在闹市守着杂货铺的充满生活气息的女子，连名字都是那样的朴实可亲，你甚至能看到父女俩在铺子里忙碌的身影，父亲喊女儿帮忙的着急，女儿招呼客人的聪慧伶俐。对于刘子固买的东西，“女以纸代裹完好，已而以舌舐粘之”，一派旖旎风光。少女用舌头舐纸，透着娇憨妩媚，少年目不转睛地看，也许看到了少女额头细细的汗珠，唇边淡淡的绒毛，不由得红了耳根。少年怦怦心跳怀揣小鹿般将东西带回家，“怀归不敢复动，恐乱其舌痕也”，怕乱了舌痕，更怕乱了少女的美妙。半个月后，刘子固不得不回家了，“以所市香帕脂粉等类，密置一箧，无人时，辄阖户自捡一过，触类凝思”，每一样东西都是一个画面，有阿绣的气息，有阿绣的声音，还有阿绣姣好的身影，陪着他度过了无数孤寂的时光。一直到数年后，二人历经曲折终成眷属，刘子固才小心翼翼地打开了他的珍藏，不想红粉竟然化作了红土，刘子固一脸愕然，阿绣噗嗤笑出声来。当年刘子固买东西从来不细看，阿绣孩子心性，忍不住想捉弄他，而他竟然真的没发现，真是个痴情郎。

《阿绣》的故事源于南朝小说《幽明录》中的“卖胡粉女子”。写一富家子爱上了卖胡粉的女子，每天借口买粉去见女子。女子被感动，相许以私。哪知乐极生悲，男子在幽会时竟一命呜呼，卖粉女子也因恐惧逃跑了。男子之母告官追查，卖胡粉女子跑到富家子家抚尸恸哭，富家子复生，二人结为夫妻。《阿绣》虽然跟“卖胡粉女子”有契合之处，但人物不再扁平，由情到性也非如此简单直接，而是重在小儿女春情萌动的心理刻画，无论是刘子固的痴情朴实还是阿绣的活泼俏皮都引人入胜，让读者似乎也回到了那紧张又甜蜜的时光。

菱角与阿绣都是市井中的女孩，有着市井女孩的大方天然；胡大成与刘子固也只是小户人家的孩子，虽然读点书，但并非埋头举业的书呆子，所以这两对少年的相遇更多生活气息，似乎是发生在我们每个人身边的故事，甚至就是我们每个人自己的故事，读起来分外亲切。那如果男孩出身世家，又是在过度呵护下长大的呢?

霍桓“聪惠绝人”(卷七《青娥》)，是个天才少年，十一岁就考中秀才入县学读书，有神童之称。因为是遗腹子，母亲对他极为珍爱，禁止他走出家门，以致霍恒十三岁都分辨不清叔叔、伯伯、外甥、舅舅的关系，对于违法违纪之类的事情更加毫无概念。放在现在，他就是典型的高分低能儿，连最简单的生活常识都莫名所以，但这并不妨碍生命的成长，情欲的觉醒。同乡武评事的女儿青娥有着超乎寻常的美丽，霍桓一瞥之下，“只觉爱之极”，心痒难耐，每个毛孔都有亲近青娥的渴望，但他“不能言”，什么都说不出来。回家就将心事告诉了母亲，让她请人做媒。青娥想修道成仙，誓不嫁人，霍桓的渴望也就成了泡影。如果是一般的孩子不成也就罢了，可惜关在家里长大的孩子大都一根筋，霍桓行走坐卧，都在想着这件事，却没有好办法。这时，霍桓从一道士手中得到一把能挖墙的小铲子，他第一时间想到的是“穴墙则美人可见”，只要把墙挖个洞，就可以见到青娥了，完全不知道这是非法的事。他这么想也就这么行动了，真的进了青娥的闺房，“潜伏绣褶之侧，略闻香息，心愿窃慰”。在青娥身边躺下，只是闻着青娥的气息，他已心满意足，一下陷入黑甜乡。等被发现惊醒，他“目灼灼如流星”，眼神明澈。对于别人的呵斥，他说：“实以爱娘子故，愿以近芳泽耳。”因为喜欢因为爱，所以我想靠近她，为此，做什么都是对的。那是一个男女大防的时代，他却振振有词。对于这样一个一往情深又不谙世事的孩子，读者只能心存怜惜又无可奈何地摇头苦笑了。

还有一个关在家中长大的孩子，同样地绝顶聪明，十四岁就做了秀才；同样很早父亲就去世了，母亲对他极为呵护，不让他外出郊游。这名少年叫王子服。正月十五元宵节，他难得地一人独自赏灯游玩，忽然看到一个女郎带着个丫环走过来，女郎手拿一枝梅花，“容华绝代，笑容可掬”（卷二《婴宁》），这又是鲜花与美女的经典组合，更何况这位少女还有着迷人的笑容呢？“窈窕淑女，君子好逑”，相思恋慕是一种天性，并不会因为不出家门就被扼杀，相反，只要一有机缘它就会被激活被唤醒。王子服目不转睛地看着女郎，完全不顾是否失态。女郎走过去几步，回头对丫环说：“个儿郎目灼灼似贼！”那小子，目光灼灼，跟贼一样。说完将梅花扔在地上，跟丫环说笑着离开了。王子服将花拾起来，感觉神魂俱失。回家后，将花藏在枕底，倒头便睡，不说话也不吃饭。母亲很焦虑，以为他中了邪或者生了病，但无论问卜还是求医都毫无效果，王子服急剧消瘦憔悴下去，真是“平生不会相思，才会相思，便害相思。身似浮云，心如飞絮，气若游丝”（徐再思《双调·折桂令·春情》）。对于母亲的追问，王子服无论如何开不了口。直到年龄相仿的表哥过来，才吐露了心声。数月后，当王子服再次与女郎重逢，将珍藏的早已枯萎的梅花拿了出来，“以示相爱不忘也”，才终于了却了一桩情缘。

蒲松龄在《聊斋》中将小道具运用得炉火纯情，刘子固买的花粉，霍生手中的铲子，王子服珍藏的梅花……它们在文中穿针引线，结构着故事情节，也牵引着男女主人公情感的发展。这些小道具中铲子比较少见，其他如花、胭脂花粉、诗笺、古琴、镜子等都是常见之物，当然，这中间肯定少不了手帕、汗巾。《红楼梦》中，小红与贾芸在大观园中相遇，二人都动了心思，“那贾芸一面走，一面拿眼把红玉一溜；那红玉只装着和坠儿说话，也把眼去一溜贾芸：四目去相对时，红玉不觉脸红了”（《红楼梦》第二十六回）。这里的眉目传情真是生动。碰巧贾芸拣到了小红的手帕，当坠儿来追索时，贾芸“心中早得了主意，便向袖内将自己的一块取了出来”，让坠儿交给了小红。这样，他们在坠儿的眼皮底下互换了手帕，传递了彼此的心意，两个都是玲珑剔透的人儿。这样玲珑的人在《聊斋》中也有，江城是书中少见的悍妇，但她又是美丽的聪慧的。高蕃与江城八九岁的时候曾在一起玩耍，二人可谓青梅竹马，两小无猜。其后有四五年不通音讯，一天，高蕃在一陋巷中遇到一“艳美绝俗”（卷六《江城》）的女子，身后跟着一个只有六七岁的小丫头。高蕃：

> 不敢倾顾，但斜睨之。女停睇，若欲有言。细视之，江城也，顿大惊喜。各无所言，相视呆立，移时始别，两情恋恋。生故以红巾遗地而去。小鬟拾之，喜以授女。女入袖中，易

以己巾，伪谓鬟曰："高秀才非他人，勿得讳其遗物，可追还之。"小鬟果追付生。生得巾大喜。

高蕃还在斜眼偷看时，少女已一眼认出了他，欲语还休。竟然是江城！高蕃不由喜出望外。意外地重逢，两人纵有千言万语也不知从何说起，只能四目相对傻傻地站着，眼神里的相思、渴望、眷恋在流淌。青天白日之下总不能一直站着啊，两人只能悻悻地离去，竟有难分难舍的感觉。机会稍纵即逝，如不抓住也许一辈子就这样错过了，高蕃没有辜负自己的智商，故意将一方红巾扔在了地上。二人利用小丫头的少不更事，很有默契地互换了汗巾，留下定情的信物。这是一段很美的文字，江城多情且聪慧，高蕃朴实又略带狡黠，小丫头天真稚气，人物的个性特点、心思的跌宕起伏都如在目前。高蕃与江城的关系可谓是一段孽缘，虽然作者用因果之说解释了一切，也让江城回头是岸夫妻重归于好，但二人曾经的相处模式还是让人不寒而栗，不知当江城对高蕃大展雌威百般虐待时是否还记得重逢那一刻"两情恋恋"的柔情？

少年情怀都是诗，十五岁左右的少男少女，随着身体的发育成熟，情思萌动，对异性有好奇也有渴望，在适当的时间适当的氛围很容易堕入情网，他们或大胆表白，或暗藏内心，那浓浓的甜蜜淡淡的哀伤都在心头弥漫。蒲松龄用他细腻的笔触写出了这份单纯与美好，让读者身在其中流连忘返。但少年终究会成为青年，他们还能保持那份纯真那份美好吗？

二　青年心性

《聊斋》中多的是直奔主题的男欢女爱。桑晓独宿斋中，莲香夜来叩扉，自称是“西家妓女”，桑晓信以为真，二人“息烛登床，绸缪甚至”（卷二《莲香》）。其后李氏亦来自荐枕席，鸡鸣乃去。不知桑晓何德何能，能得双美垂青。冯相如月下独坐，“忽见东邻女自墙上来窥。视之，美；近之，微笑；招以手，不来亦不去。固请之，乃梯而过，遂共寝处”（卷二《红玉》）。像一部微电影的一个个分镜头，作者用字简练精准，将男女相遇时的挑逗、诱惑表现得很迷人，但直至同床共枕，两人似乎都没有说过一句话。这样的例子在书中触手可及，未有情已先有性，由性才及情，似乎有了身体的愉悦才能带来情感的契合。虽然我们知道这些故事中的女性非狐即鬼即花妖精怪，虽然故事中的男男女女也上演了一出出缠绵悱恻的情感大戏，但与少年之恋的明澈纯真相比，还是觉得其间少了一分婉约蕴藉的美感。

当然，在写青年男女的婚恋时，作者也有描摹他们心理过程的细腻文字。聂小倩随着宁采臣回到家中，本想成为宁采臣的姬妾，但由于宁母对身为女鬼的她心存畏惧，她只能与宁采臣兄妹相称。到晚上，宁母不为她准备床铺，她只好离开。经过宁采臣的书房，在宁采臣取走剑囊以后，小倩走了进去。宁采臣是二十出头，慷爽自重的男子，又从恶鬼手中将聂小倩救了出来，小倩自是情愫暗生。小倩呢？十七八岁的年纪，是“肌映流霞，足翘细笋”（卷二《聂小倩》）的绝色女子，要说宁采臣一点不动心大概没人会相信。二人在书房中坐了下来，昏暗的烛光下，小倩更添了几分妩媚。两人都没有说话，屋子里静悄悄的，似乎能听到彼此的心跳声呼吸声，暧昧的氛围在空气中弥漫。两人都有些尴尬有些不知所措，还是小倩先打破了沉默，问：“夜读否？”晚上待在书房不读书还能做什么呢？一听就是没话在找话说。又说了：“妾少诵《楞严经》，今强半遗忘。浼求一卷，夜暇，就兄正之。”我小时候读过《楞严经》，现在都忘得差不多了。我想得到一卷，晚上有空的时候可以向你请教。借书还书是现代男女交往的媒介，烛下共读岂不更是增进情感的好机会？再一起听听雨落虫鸣，这是多么浪漫的事？宁采臣自然是满口应承。话说完，两人再次陷入沉默，说是兄妹，却无血缘，实在没法自然相处；说是情侣，又没得到母亲的许可，所有情绪只能藏在心间。时间一分一秒地流逝，已是二更天时分，小倩再也没有继续待下去的理由，宁采臣也没有让小倩继续待下去的理由，宁采臣首先狠下心肠让小倩回去，小倩面带凄苦，说：“异域孤魂，殊怯荒墓。”自己是异域孤鬼，真的很害怕荒凉的墓穴。宁采臣也没有办法，拿出兄妹大防的威严，小倩只好起身离开。她眉头紧锁，泫然欲泣，一步三迟疑，缓缓走出门去。宁采臣岂是铁石心肠的人，看着小倩柔弱孤单的身影，心头隐隐地痛，忍不住就要将她唤回，让她在另外的房间留宿；又害怕母亲责怪，终是忍了下来。我想，即使两个人恩爱到白头，宁采臣大概都会记得小倩那一刻的背影，会一直有一份歉疚吧？这一段描写，将两个心中虽有爱意却不能在一起的青年男女的压抑犹豫表现得非常真切，一个有着不想走又不得不走的酸楚，一个有着想留又不能留的挣扎。

蒲松龄在写青年男女相恋相爱的过程时，不但能生动表现他们的小心思，而且能写出人性的复杂性，让人不得不佩服他的洞察力。耿去病是蒲老先生欣赏的第一类男子，他“狂放不羁”，听说叔叔家的大宅院不太安宁，一定要去探个究竟，果然碰到了青凤及青凤叔叔一家。老先生自称是“涂山氏之苗裔”，耿去病大谈涂山女辅佐大禹的功绩，不免夸夸其谈，多粉饰之词。但老者很开心，将女眷——妻子及青凤——都叫出来一起听家史，还让青凤将故事记下来。青凤“弱态生娇，秋波流慧，人间无其丽也”（卷一《青凤》），耿去病一见之下不免心猿意马：

> 生谈竟而饮，瞻顾女郎，停睇不转。女觉之，辄俯其首。生隐蹑莲钩，女急敛足，亦无愠怒。生神志飞扬，不能自主，拍案曰：“得妇如此，南面王不易也。”媪见生渐醉，益狂，与女俱起，遽搴帏去。

耿去病先是目不转睛地盯着青凤看，火辣辣的眼神直让女孩羞红了脸低下了头。接着又在桌底下偷偷用脚去钩青凤的金莲，慌得女孩赶紧收回了脚。耿去病见青凤并不恼怒，更加意气飞扬，拍案大叫：“能娶到这样的女子，让我做皇帝我也不干。”耿去病家中已有妻室，其行为颇为轻狂放纵，这时候的他跟在桌底摸潘金莲小脚的西门庆似乎并没有太大的差别。《聊斋》中不乏这样胆大妄为的男子，在《辛十四娘》（卷四）中，当冯生向辛父求婚被拒绝时，他：“乘醉搴帘曰：‘伉俪既不可得，当一见颜色，以消吾憾。’”趁着酒劲闯入别人家的内闱，即使娶不到辛十四娘，也要好好看个够，其行为之莽撞无礼让人很难喜欢。总觉得蒲老先生在乱点鸳鸯谱，怎么让青凤、辛十四娘这样的优秀女子碰到如此不入流的男性呢？这似乎是作者欲扬先抑的写作手法，随着故事情节的发展，男主角的个性也会得到多方面的呈现，原来他们并不是一味轻狂，他们用情至深，他们责任敢当，的确有其可爱的一面。

由于耿去病的大胆，老者不得不带着一家搬离。耿去病在大宅院中等了一晚又一晚，终于等来了青风：

> （青凤）骤见生，骇而却退，遽阖双扉。生长跽而致词曰："小生不避险恶，实以卿故。幸无他人，得一握手为笑，死不憾耳。"女遥语曰："惓惓深情，妾岂不知？但叔闺训严，不敢奉命。"生固哀之，云："亦不敢望肌肤之亲，但一见颜色足矣。"女似肯可，启关出，捉之臂而曳之。生狂喜，相将入楼下，拥而加诸膝。……言已欲去，云："恐叔归。"生强止之，欲与为欢。

青凤忽然看到耿去病，吓了一跳，赶紧关上门。耿去病跪在地上说："我不避风险，就是为了来见你。这里没有别人，我只要能拉拉你的手就死而无憾了。"青凤说不行，耿去病又退而求其次苦苦哀求说："我不敢奢望跟你肌肤相亲，只要能看你一眼就满足了。"青凤心软了，开门走了出来，拉着耿去病的手臂将他扶起来。这时候还会是看你一眼就足够、拉拉你的手就死而无撼吗？耿去病狂喜不已，借着青凤搀扶自己的机会就将她搂在了怀里，两个人相拥着下了楼，并抱着青凤坐在自己腿上。青凤告诉耿去病叔叔一家要搬离这里，说完就要离去。此刻，耿去病呼吸间都是少女的芬芳，怀里都是少女身体的温暖柔软，早已是箭在弦上，如何肯就此罢休？所以一直拉着青凤，要行云雨之事。如果不是青凤的叔叔及时赶到，男欢女爱已成定局。从“握手为笑”到“一见颜色”的退让，从“相将入楼下”到“加诸膝”再到“欲与为欢”的得寸进尺，蒲松龄对男性欲望的描写细腻生动，对人性的把握洞若观火。

爱情是永恒的，但对一个人的爱是天长地久的吗？我们真的知道自己是不是在爱着一个人吗？这是一道生命的难题。孔雪笠的生活中出现过三位女性，一位是“红妆艳绝”的香奴，一位是“娇波流慧，细柳生姿”的娇娜，一位是“画黛弯蛾，莲钩蹴凤”的松娘，在他的人生中，三位女性哪位是主角，哪位是配角，哪位只是匆匆过客？

孔雪笠为圣人后裔，为人蕴藉，颇有文才，但生活困顿，流落异乡。幸亏遇到皇甫公子，在他家设馆教书，日子才算安顿下来。年轻人一起学习，也一起娱乐。“红妆艳绝”的香奴是公子家中的歌女，常来弹琵琶为二人诗酒助兴。其琵琶技艺高超，弹《湘妃》“激扬哀烈，节拍不类夙闻”。

孔生虽是圣人之裔，毕竟是血肉之躯，正当风华正茂血气方刚的年纪，对女性产生遐想也是理所当然。一天晚上，又到了孔生与皇甫公子聚饮的时候，香奴同样来助兴。“酒酣气热”，酒至半酣，热血沸腾，欲望也在发酵，孔生毕竟是谦谦君子，只是目不转睛地看着香奴，并未像耿去病或冯生那样有太过失礼的举动。皇甫公子心领神会，说孔生尚无家室，自己一直在帮他留意着，一定要为他谋娶佳偶。孔生说：“如果惠好，必如香奴者。”香奴是孔生身边出现的第一位比较亲近的女性，而且容貌艳丽，身怀绝技，他觉得能有这样一位妻子就很满足了。但公子不以为然，觉得孔生少见多怪，以香奴作为择妻的标准实在太低了。事情暂且搁置一边，香奴与孔生也没有了下文，所以香奴只是孔生人生中的一个过客，但她唤醒了孔生对于女性的渴望，帮助他勾勒出一个理想女性的轮廓。

孔生与皇甫公子相遇时还是“大雪崩腾”的冬天，现在已是夏天，孔生生病了，胸口肿起一个大包，终日“痛楚呻吟”。公子于是让自己的妹妹娇娜从外祖母家回来，给孔生看病。娇娜只有十三四岁，眼睛很美，流露着聪慧；身材细长，颇有风韵。虽然还未成年，但已是绝色美女的胚子。孔生觉得香奴已经很美，没想到娇娜更为动人，只觉眼前一亮，精神为之一爽，忘记了疼痛，更顾不上呻吟了。

娇娜走近俯身为孔生治病，孔生只觉“芳气胜兰”，闻到的都是少女清新的气息。当娇娜为他动手术时，要紧贴他身边，弯腰俯在他胸口，在那个男女授受不亲的时代，孔生活了二十几岁第一次如此亲近一个年轻女子，所以他“贪近娇姿，不惟不觉其苦，且恐速竣割事，偎傍不久”，根本不觉得疼痛，只希望手术能慢点结束，可以在娇娜身边逗留得久一点。孔生此时此刻的心理活动很微妙也很精彩，是那个时代男子心境的真实写照。

孔生第一次与如此漂亮的女子亲密接触，闻到她兰花般的气息，感受到她手指的柔软和身体的温度，并且这个女子还救了他的性命。孔生难以抗拒娇娜的美好，一下就堕入了情网，无时无刻不想着她的容颜她的身姿，“自是废卷痴坐，无复聊赖”，书也不想读了，每天傻傻地呆坐着，做什么都觉得没有意思。爱情带来的冲击与年龄无关，无论是少年还是青年。皇甫公子看出了孔生的心思，说：“弟为兄物色，得一佳偶。”我已经为你找到一个合适的女子。

女乃敛羞容，揄长袖，就榻诊视。把握之间，觉芳气胜兰。……而贪近娇姿，不惟不觉其苦，且恐速竣割事，偎傍不久。

孔生的第一反应很激动，问："何人？"皇甫公子的回答模棱两可，说："亦弟眷属。"孔生"凝思良久"，说："勿须！"孔生为什么要想很久？他又想了些什么？为什么说不要呢？这是一个复杂而有趣的心理过程。孔生此时心心念念只有娇娜，当公子说也是我家里人时，他也很期待，在盘算是不是娇娜。但转念一想，娇娜才十三四岁，尚未成年，公子应该不会将这么年幼的女孩子嫁给他。如果手头有朵花，孔生大概要一边扯着花瓣一边问"是"或"不是"了，最后决定赌一把，说"我不要了"，但又心有不甘，觉得应该让公子明白自己的心思，忽然"面壁吟曰：'曾经沧海难为水，除却巫山不是云'"。看到这里忍不住放声大笑，蒲老先生真是个妙人，你可以让孔生不要这么"作"吗？不久前还说自己想要的是香奴一样的女子，现在就变成娇娜了，并且很有非娇娜不娶的坚决。公子很了解孔生，说：娇娜是我妹妹，父亲也很希望她能嫁给你这样的人，但是她确实太年幼了。松娘是我姨娘的女儿，十八岁，长得也很好。你不信的话，明天她会去花园，你可以去偷偷看一下。心如磐石的孔生怎么会去呢？但他就是去了，见松娘"画黛弯蛾，莲钩蹴凤，与娇娜相伯仲也"。昨天刚刚说了"曾经沧海难为水，除却巫山不是云"，现在呢？孔生"大悦"，非常高兴，立刻求公子保媒，很快与松娘结了婚，"甚惬心怀"，一切很满意，人生很美好。

孔生是个见异思迁喜新厌旧甚至是见一个爱一个的人吗？如果这么简单地理解，实在辜负了蒲老先生对人性入木三分的刻画。当我们的爱情意识觉醒后，都会对异性有好奇有渴望，会对自己未来的另一半心存憧憬，但自己究竟喜欢什么样的人？什么样的人才能与自己感情契合心灵相通？年轻的时候我们都不知道。容貌是选择的第一因素，在一面订终身男女无法交往的情况下容貌更成为唯一因素。所以孔生由香奴而娇娜，由娇娜而松娘是一个很自然的过程，一介穷书生能抱得美人归身陷温柔乡，已是上天的眷顾，至于美人是谁并不重要。

数年后，孔生已步入仕途，松娘“事姑孝，艳色贤名，声闻遐迩”，二人还育有一子，人生似乎已经圆满。孔生又与皇甫公子重逢了，二人闲话家常，“问妹子，则嫁；岳母，已亡”。先问娇娜，再问松娘的家人，可见其心里的位置孰轻孰重。第二天，“娇娜亦至，抱生子掇提而弄曰：‘姊姊乱吾种矣。’生拜谢曩德。笑曰：‘姊夫贵矣。创口已合，未忘痛耶？’”第一句，孩子是人与狐的结晶，娇娜说“乱吾种”，可见其爽直磊落；后一句是对孔生的调侃，“贵人多忘事”、“好了伤疤忘了痛”，可见其幽默风趣。再看看松娘，她是一个美丽的妇人，她是贤良的妻子、孝顺的媳妇、温柔的母亲，她是女性的典范，但她是没有个性的，整篇故事里她没有一句话也没有一个表情，我们不知道她是活泼的还是端庄的，是柔弱的还是坚强的，与娇娜的鲜明生动相比，她只是一个模糊的身影，没有给我们留下任何印象。

皇甫公子一家是狐狸，忽然天降灾殃，孔生誓死相救，在电闪雷鸣天地震动的时刻，孔生巍然不动。在繁烟黑絮中，他忽然看到鬼物捉走了一个人，“瞥睹衣履，念似娇娜。乃急跃离地，以剑击之，随手堕落。忽而崩雷暴裂，生仆，遂毙”。过去女性的衣服首饰发型是如此复杂，又是如此相似，而男性对女性的服饰又是如此迟钝，甚至辨别无能，孔生如何在一瞥之下就知道被抓的是娇娜呢？因为那是刻在心里的影像，是深入骨髓的爱恋，不需要刻意想起但也从不会忘记，所以他几乎是条件反射般跳了起来，用生命回报了娇娜。

娇娜苏醒过来，看到孔生死在自己身边，大哭说："孔郎为我而死，我何生矣？"她让松娘捧着孔生的头，自己一手用簪子撬开孔生的牙齿，一手捏着孔生的下巴，"以舌度红丸入，又接吻而呵之。红丸随气入喉，格格作响"，过了一会儿，孔生就醒了过来。这是娇娜第二次救孔生，上次他们有偎傍互相依靠的动作，娇娜也动用了自己的红丸，然后"收丸入喉"，将红丸收了回来。这一次，娇娜用舌头将红丸送入孔生口中，又两唇相接向孔生吹气，类似于现在的人工呼吸，在男女授受不亲的时代，这是非常大胆的行为。娇娜的红丸随着气息滑入孔生喉咙，也就进入了他的体内。红丸当是娇娜辛苦修行，利用精气神炼成的内丹。她将内丹给了孔生，也就是将自己的修为渡给了他，放弃了自己的所有，这样的牺牲并不亚于献出了生命。

娇娜的夫婿一家在同一天也遭遇劫难，"一门俱没"，孔生就带着皇甫公子一家以及娇娜一起返回了故里。孔生以一闲置的院落安置公子一家，"生与公子兄妹，棋酒谈宴若一家然"，孔生与娇娜像兄妹一样相处，并没有真正走到一起。蒲老先生喜欢一男多美的格局，一妻多妾的生活才符合他的理想。宁采臣娶了聂小倩，又纳了妾；乔生与连城是出生入死的爱情，乔生还娶了宾娘……在所有的男女关系里，孔生不是最应该娶娇娜吗？他们相识数年，彼此间有多次的救命之恩，他们有亲密的肢体接触，甚至唇舌相接。但他们就是不能在一起，因为娇娜是寡妇。花妖狐魅可以在没有"父母之命媒妁之言"的情况下与人间男子享受男欢女爱，但这样的自由与快乐不属于守寡的女性，属于这些女子的只有青灯孤眠，只有没有未来的余生。

于是小说中出现了《聊斋》中最奇特的情况，最应该在一起的有情男女只能像兄妹般相处，看起来虽然也很和谐温馨，但读者总觉得有些别扭，情感上理不顺。作者似乎也觉得应该给读者一个交代：

> 异史氏曰：余于孔生，不羡其得艳妻，而羡其得腻友也。观其容可以疗饥，听其声可以解颐。得此良友，时一谈宴，则“色授魂与”，尤胜于“颠倒衣裳”矣。

他将娇娜定义为孔生的“腻友”，也就是漂亮的女性朋友，看到她的容貌，会忘记饥饿；听她讲话像解语花，可以开颜一笑。这样的异性好友，时常一起聊天，一起吃饭，两个人之间情感的、心灵的沟通所带来的愉悦和满足远胜于男女之间宽衣解带、颠龙倒凤的情欲之事。

蒲老先生的思想很超前，在他的时代似乎已经触及了“友情之上，爱情未满”的第四种情感，我们又称之为“红颜知己”“蓝颜知己”。他认为男女之间可以摈弃情欲跨越身体的纠葛成为异性知己。无论他所说能否解释孔生与娇娜之间的关系，至少他提出了男女之间新的情感状态，这一点让人不得不佩服蒲老先生的过人之处。

当然，要说孔生对娇娜的感情是“爱情未满”，实在让人难以信服。危急时刻一瞥之下即能认出娇娜，只能说明其用情极深。而爱一个人，也意味着要做出牺牲，他压抑自己成就的是娇娜的贞洁和清誉。再回头看看文中作者关于香奴、娇娜、松娘的描写。“红妆艳绝”只是一个喜欢穿红衣的美女，美在何处不明所以；到松娘有了细节，“画黛弯蛾，莲钩蹴凤”，弯弯的眉毛小小的脚，可以用来形容所有美女，并且如画中人没有特点、没有生气；而娇娜呢？“娇波流慧，细柳生姿”，眼神里都是聪慧，身形颇有韵致，这是灵动的、活泼泼的女子。松娘有着无可挑剔的完美，因为完美所以没有个性，因为完美所以不可亲，如何比得上娇娜的笑靨如花言语生动呢？

我们觉得人生只是行旅，遇到的每一个人都可能是匆匆过客，擦肩而过，从此消失于茫茫人海，永无交集，不会再记起，也不会再想起。可是啊，走过了千山万水，过尽了千帆以后，才发现，原来那个人啊，才是自己最难忘、最深刻的相思。没想到，那时心里撒下的一颗种子不知不觉间已长成了参天大树。当孔生与娇娜“棋酒谈宴”时，面对眼前美丽的容颜，是否会有深深的惆怅与遗憾呢？

就这样吧，每天见见面，聊聊天，散散步，下下棋，也是一种细水长流的幸福。

第五讲　寡妇的命运

一　守还是不守

每个人走进婚姻时，大概都有“愿得一心人，白首不离分”的憧憬与期待，可是，一心人是如此难得。张氏次女不计较毛公的贫穷，代替姐姐嫁给了他，毛公虽视妹妹为知己，心存感激，但因为她头发稀疏，就想富贵后另娶高门（卷四《姊妹易嫁》）。书生景星遇到了阿霞，一个绝色美女，为了将阿霞娶回家，对自己的妻子百般诟骂，将其休弃（卷三《阿霞》）。姚安是一美男子，为娶美女绿娥，将自己的妻子推入井中溺死（卷八《姚安》）。我们感动于耿去病对青凤的一往情深，但别忘了，他是有妻室的人。

既然等不来一心人，唯愿白首不离分了，总比一个人孤零零地活在人世间来得安心踏实。《聊斋》中很少写老人们的情感生活，当写人间男子与狐鬼仙怪的悲欢离合时，也很少会提到他们白头的时候，偶尔及之，让人心生安慰。湘裙随晏仲回到了人间，晏仲虽曾为鬼妓所惑，差点丧命，终于还是健康地活了下来。他八十岁的时候，湘裙说："我先驱狐狸于地下可乎？"（卷十《湘裙》）随后盛妆而殁。半年后，晏仲也去世了。神女为南岳都理司之女，嫁给了米生。米生八十岁，神女仍貌似少女，神女未用"姻缘自有定数"等理由提前离去，"生抱病，女鸠匠为材，令宽大倍于寻常。既死，女不哭；男女他适，女已入材中死矣"（卷十《神女》）。虽然因神女未生育，米生纳了妾，但他们做到了相依相伴。

如果，如果不能恩爱到白头，还是让女性先走吧。男性活在世上，还有好姻缘在等着他们，孙子楚、封云亭、宁采臣他们的妻子都去世了，但他们遇到了阿宝、梅女、聂小倩，他们可以再婚，可以生儿育女，可以继续美好的人生。如果男性先走了，将女性留在世间呢？一场天灾让娇娜成了年轻的寡妇，在与孔生"棋酒谈宴"的日子里，她会不会有一点动心呢？他们是彼此的救命恩人，他们之间有过唇吻相接的亲密，他们本应在一起，但他们不能，因为她是寡妇，寡妇的人生注定是孤独的凄清的。

耿十八死了，来到阴间，登上望乡台，"翘首一望，则门闾庭院宛在目中。但内室隐隐，如笼烟雾。凄恻不自胜"（卷二《耿十八》）。他对人世有太多的眷恋，母亲已年迈，自己走了，谁来照顾她？妻子吗？想至此，耿十八内心一阵痛，临终的一幕又浮上心头。

耿十八想得很清楚，也很通情达理，自己死了，妻子改嫁也是人之常情。你如果能为我守节，我会很安慰；如果你要改嫁，我也就断了挂念。当下就得规划好自己的下半辈子，妻子很为难，所以沉默不语，在耿十八的一再追问下，才凄然回答："家无儋石，君在犹不给，何以能守？"家中无存粮，你活着都不能维持生活，你死了我一个人如何守寡度日？是啊，耿十八死了，贫寒已极的家庭失去了劳动力，一个年轻的女人，家中尚有老母亲，如何支撑门户呢？如何养活自己呢？在贫寒中苦熬乃至冻馁而亡？或者沦为走街窜巷的三姑六婆？这本来是含情脉脉的夫妻话别，但当耿十八听说妻子不能守节时，画风立刻变成了恐怖片。“耿闻之，遽握妻臂，作恨声曰：‘忍哉！’言已而没，手握不可开。妻号，家人至，两人攀指力擘之，始开。”耿十八突然抓住妻子的手臂，恨恨地说：“你好狠心啊！”断气后仍紧紧握住不松手。妻子吓得大声呼叫，要两个人使劲才将耿十八的手指掰开。

临终的一幕成为耿十八心头的刺，虽然理论上觉得女子可以改嫁，但事情落到自己头上，却如何也不能坦然面对，更何况妻子一走家中老母无人照顾。死后也无法心安的耿十八想起母亲就“不觉涕涟”，上天也眷顾他的拳拳孝心，竟然让他从阴间逃了回来。耿十八又活过来了，但心头的刺一直在扎着他，“由此厌薄其妻，不复共枕席”，本来也许还算恩爱的夫妻终于成了陌路人。如果说妻子不能守节是耿十八心头的刺，那耿十八临终时的表现又何尝不是妻子头顶巨大的阴影：哪一面才是这个男人的真实面貌呢？可怜的女人，她的日子将比守寡更艰难。守寡也许日子困顿，但心总有放松的一刻，而现在，她将永远活在阴影中，活在冷暴力之下，活在男人厌弃的目光中，她的神经将时刻紧绷，她将永无自由。

金生色的孩子刚刚周岁，他也忽然病重。他比耿十八想得更明白，所以跟妻子说：“我死，子必嫁，勿守也！”（卷五《金生色》）我死后，你一定要改嫁，不必为我守节。妻子木氏信誓旦旦，说一定会守节至死。金生色只是摇手，又跟母亲说：“我死，劳看阿保，勿令守也。”我死后，有劳母亲照看孙子，别让她守节。金生色的态度非常坚决，但金母并不如此想，当听到木母劝女儿早日改嫁时，更是大怒，扬言一定要木氏守节。但金生色托梦给自己的母亲，乃至“涕泣相劝”，金母感觉很蹊跷，于是答应在儿子入土后让木氏改嫁。但风水先生说，今年不适合安葬，事情也就耽搁了下来。

信誓旦旦说要守节的木氏却不愿意多等，在戴孝期间，就开始涂脂抹粉，并且很快就与无赖子董贵好上了。既然金生色一再要求木氏不要守节，那她现在与人私通跟日后改嫁有什么区别呢？金生色觉得大不相同，他不能忍受自己未入土妻子就与他人厮混，更不能原谅妻子玷污了自己的婚床：

> 一夕，两情方洽，闻棺木震响，声如爆竹。婢在外榻，见亡者自幛后出，带剑入寝室去。俄闻二人骇诧声。少顷，董裸奔出。无何，金捽妇发亦出，妇大嗥。母惊起，见妇赤体走去，方将启关。问之不答。出门追视，寂不闻声，竟迷所往。

《聊斋》中虽多狐鬼精怪，其实并不恐怖，而这一节是书中少见的细思恐极的场景。荧荧灯火下，各种声音在屋子里回荡，先是棺材如爆竹燃放似的巨响，接着是木氏、董贵惊骇的叫声，董贵奔逃的声音，木氏恐怖的呼喊，金母的问话声，最后一切归于沉寂。所有的声响与动作都是从婢女与金母的角度来写的，通过两人的视角，场景在切换，人物在变化。但婢女与金母所见又有不同，婢

俄闻二人骇诧声。少顷，董裸奔出。无何，金捽妇发亦出。

女看到金生色从帷帐后出来，带剑走入寝室，也看到金生色揪着木氏的头发走出来。而金生色大概怕吓着母亲，并没有让母亲看到自己，所以金母只看见木氏一人光着身子跑了出去。

金生色的鬼魂导演了一起重大社会事件，小说中因私刑而死的，有木氏、董贵，还有邻人子的妻子；因官司而受到惩处的，邻媪被杖毙，金生色的岳母被笞。木翁一家还被烧被勒索，家产荡尽。最可怜邻人子的妻子，一个清白无辜的女子，不但被人奸污，还死在丈夫手中，仅仅因为自己的婆婆帮助木氏与董贵牵线搭桥。对于这样一起悲剧事件，金生色是始作俑者，难免有口是心非的嫌疑，作者却对他大为赞赏，称他为神人，说他“一人不杀，而诸恨并雪，可不谓神乎？”他没有动手杀一个人，却使所有的怨恨都得以昭雪。而所谓的怨恨，不就是木氏不安于室，在戴孝期间与人私通吗？至于邻人妻及木氏的死亡，作者说：“邻媪诱人妇，而反淫己妇；木媪爱女，而卒以杀女。”即使木氏与人私通，也罪不至死；邻媪做了淫媒，竟然要搭上儿媳的一条性命吗？作者给予不贞节女性的惩罚可谓惨烈之至。

二 想守不让守

自从宋儒提出“饿死事小，失节事大”“好女不事二夫”等论调，对女性贞节的倡导就成为中国伦理道德的重要组成部分。在明代，节妇烈女更是层出不穷。有这样的思想基础，自觉守节的女子自然不在少数。《聊斋》一书多的是容华绝代倾国倾城的女子，偶有相貌丑陋的女性出入其间，常让人有格格不入的感觉。我们甚至会觉得一个长得难看的人，她就没有情感的需求，没有灵魂的厚度。乔女又黑又丑，豁鼻，跛足，二十五六岁才嫁给四十多岁因贫穷娶不起妻子的穆生做续弦。三年后生下一子，不想穆生又去世了，本就家境贫寒，至此“家益索，大困”（卷九《乔女》）。耿十八的妻子因为贫困觉得没有办法守节，乔女也觉得日子过不下去了，她向家人求援，但她的母亲非常不耐烦。乔女也很有骨气，从些不再回娘家，靠纺织维持生活。

这时孟生亦丧偶，留下一个周岁的嗷嗷待哺的孩子，他见到乔女，“大悦之”，一再派人来向乔女求婚，不知道他看中了乔女什么，大概月老暗中牵了红线，但乔女坚决不肯，她说：“残丑不如人，所可自信者，德耳；又事二夫，官人何取焉？”自己又残又丑，各方面都不如人，唯一能让她克服自卑活在世间的就是自己的品行，如何能做出有损品行的改嫁之事呢？

孟生不久也病死了，月老的红线也断了。但乔女感动于孟生的知己之情：“妾以奇丑为世不齿，独孟生能知我。……今身死子幼，自当有以报知己。”她实践了自己的诺言，以一介弱女子，为孟生守护家产，为他养育孩子，直至孩子成家立业，直至死而后已。对于孟生的知遇之恩，乔女说自己虽然拒绝了他的求婚，但“固已心许之”。我们只是猜测娇娜在与孔生朝夕相处的时光里，也许会有那么一点点动心，乔女则很明确地说自己将心交给了孟生。蒲老先生又给我们出了一个难题，在男女关系里，究竟是身体重要还是心重要？她将心交给了孟生，算不算是一种背叛？也许这些都不重要，重要的是她的身体是清白的，死后她葬在了穆家的坟地里。

贫寒之家的女子要守节，最难的就是对抗物质的困顿，如果薄有资产呢？是不是守节就很容易呢？因为明清交战，仇仲做了清人的俘虏，家中留下两个年幼的儿子仇福、仇禄，还有继室邵氏。仇仲这一去肯定凶多吉少，邵氏与守寡无异。幸好家中颇有资产，“遗业幸能温饱”（卷十《仇大娘》），邵氏安心抚养两个孩子，过着清心寡欲的日子，但这样温饱自足清静无为的日子竟然也不属于寡妇。首先是天灾人祸不断，庄稼欠收成；再加上豪门大户欺负孤儿寡母，不断侵占他们的田地，以至于到了衣食不保的境地。雪上加霜的是，还有人不想让她守节，逼着她改嫁，那就是仇仲的叔叔仇廉。邵氏不改嫁，她带着两个孩子，就是一门一户，仇仲的田地财产就归她所有。如果她改嫁了，趁两个孩子年幼，仇廉可以慢慢吞占仇仲的家产，并且邵氏改嫁他还可以获得一笔彩礼，这也是一笔不小的收入，何乐而不为？虽然邵氏立志守节，誓死不动摇，仇廉还是悄悄将她卖给一大户人家。幸好有小人从中作梗，仇廉的阴谋才未能得逞。可见，寡妇要守节也并非一件容易的事。

王慕贞是世家子弟，在江浙一带游历时，受一老妇人所托救了一死囚犯。妇人为东山老狐，为感谢王慕贞的救命之恩，让自己的女儿小梅来报答。王慕贞妻子生病时，小梅一直在旁照顾；其妻去世后，小梅即嫁与他为续弦。小梅非常能干，王妻去世，她“排拨丧务，一切井井，由是大小无敢懈者”（卷九《小梅》），平日里她“御下常宽，非笑不语”，但不怒自威，下人们都恪尽职守，如此数年间王家即成巨富，“田地连阡，仓禀万石矣”。王慕贞原有一妾，产一子，名保儿。数年间，妾又生一女；小梅亦生一子，因孩子左臂有朱点，起名“喜红”。一日，小梅忽带着喜红归宁，临别之际，告诉了王慕贞自己的真实身份，并且说王家大难将临，自己带孩子回去避难，又告诉了王慕贞在家避难的方法。六七年后，忽然乡里瘟疫流行，死了很多人，瘟疫也蔓延到王家，王慕贞虽然记住了小梅叮嘱的避难方法，却错过了最好的时机，很快就染病去世了。这时候王家只有一妾以及妾生的一儿一女。“王族多无赖，共凭陵其孤寡，田禾树木，公然伐取，家日陵替。”过了一年，保儿也去世了，一家更无人主持。“族人益横，割裂田产，厩中牛马俱空；又欲瓜分第宅。以妾居故，遂将数人来，强夺鬻之。妾恋幼女，母子环泣，惨动邻里。”当王慕贞去世后，其族中的无赖之徒就开始欺负孤儿寡母，从公然伐取庄稼、树木，一直到瓜分田产，抢掠牛马。为了瓜分宅院，竟然要强行卖掉住在里面的王慕贞的妾。妾因为舍不得自己的孩子，并没有想过改嫁，但在钱财面前利益面前，这是一个连想守寡都不可能的社会。若不是小梅带着喜红及时赶到，世间又多了一幕母女被迫分离的惨剧，也许当女孩长大的那一天，族中之人为了一点钱财，也会将她卖到不堪的地方。

这些看似虚构的故事，实际上都来源于现实生活。郯县也在山东省，1673 年的《郯县县志》与《聊斋》差不多同时，里面就记载了一些这样的故事。吴氏的丈夫去世，扔下她与一个一岁大的孩子，“姑卒，大兄逼令改嫁。乃剪发毁面，尽归故产于夫兄。携孤祉依母以居”。高氏，“以弱孀幼子，孤伶苦守。族人又逼嫁而谋其产。氏毁容破面，死不再适。投于县，泣诉，誓无二心”。无论是夫兄还是族人都想谋取孤儿寡母的财产，她们为保贞节不得不自残毁容，前者让出了所有财产，后者是向官员请愿寻求保护。为什么身边的人会逼着寡妇改嫁呢？这与《大清律》中一条关于寡妇权利及继承法的条例有关，条例云：“其（妇人）改嫁者，夫家财产及原有妆奁，并听前夫之家为主。”这条规定原意是鼓励寡妇对亡夫永志不忘，但却产生了一个明显的负面效果——即丈夫的亲戚们不但不鼓励她们保持忠贞的情操，反而强迫寡妇再嫁。这样他们不仅免掉了照顾孤儿寡母的花费，并且还能获得实质上的利益。（参见史景迁：《王氏之死》，广西师范大学出版社，2011年，第87—88页）

如果没有人逼着寡妇改嫁，寡妇就能守着家产好好活下来吗？《儒林外史》中，赵姨娘是严监生的妾，并育有一子。严监生虽然吝啬，但为了让赵姨娘扶正可谓不惜血本，花了大笔银子收买妻子王氏的两个兄弟，赵姨娘在王氏面前也是做足了功夫，这样，王氏死后，赵姨娘总算做了太太。可惜，太太的命不太好，严监生很快去世了，大伯严贡生及家中五个如狼似虎的儿子对赵太太母子可是虎视眈眈。不想，孩子在五岁上又夭折了，赵太太如何能保得住自己的家产？虽然她不惜抛头露面与严贡生打官司，最后的结果仍是立了他家已成年娶妻的二儿子继承严监生的家业，“将家私三七分开”，赵太太只分得三股家私过日子，万贯家财留给她的大概只够勉强度日，而这仅剩的三分家产她是不是能够保住也非常值得怀疑。费尽心机折腾一场，终究还是空，寡妇的生存环境实在恶劣。

三　不可能的假想

寡妇的出路究竟在哪里呢？改嫁逃不脱道德的谴责世人的白眼，守节呢？贫者难以度日，富者难逃欺凌。蒲老先生也不知道该如何回答这个问题，但他又想给守节的女人们一些安慰，所以写了一篇有趣的《土偶》（卷五）。马姓男子娶了王氏为妻，两个人琴瑟和谐，感情极深。但马生命薄，很早就去世了，没有留下一儿半女。王氏父母甚至做婆婆的都心疼她年纪尚轻，劝她改嫁，但王氏坚决不从。王氏的母亲说："汝志良佳，然齿太幼，儿又无出。每见有勉强于初，而贻羞于后者，固不如早嫁，犹恒情也。"人这一辈子很漫长，孤独三年五年也许可以忍受，孤独变成三十年五十年又如何熬过那缓慢流淌的时光？改嫁也是人之常情，现在一时冲动立誓守节，以后难免寂寞难耐做下羞辱的事。

这里可以比较一下《金生色》中木母劝女儿改嫁的话："人尽夫也。以儿好手足，何患无良匹？小儿女不早作人家，眈眈守此襁褓物，宁非痴子？倘必令守，不宜以面目好相向。"王母的话通情达理，真诚体贴，劝女儿改嫁是小户人家的本分。木母的话则处处透露着心机与奸诈，襁褓中的孩子可以弃之不顾，婆婆如果让你守节，不要给她好脸色看，甚至说出了"人尽可夫"这样的话，根本无视世俗道德礼教。不同的母亲教导出了不同的女儿，木氏因私通走向了死亡，王氏则是誓死不改嫁，她请人塑了一座丈夫的泥像，每当吃饭时，就像丈夫也活着一样，给泥像也端上一份。

过了些时日，土偶竟然活了过来，说："感卿情好，幽壤酸辛。……冥司念尔苦节，故令我归，与汝生一子承祧绪。"王氏的忠贞感动了阎王，让她的丈夫回来跟她生个孩子。两个人像以前一般恩爱，一个多月后，王氏真的怀孕了，她的丈夫也就彻底消失了。十个月后，王氏生下一个儿子。誓死守节的寡妇竟然生下孩子，说是鬼丈夫的孩子又有谁会相信呢？不知道王氏与婆婆是如何在世人的口水中煎熬的。事情终究要有个答案，据说鬼子无影，于是“抱儿日中，影淡淡如轻烟然。又刺儿指血傅土偶上，立入无痕；取他偶涂之，一拭便去。以此信之”。等孩子长到几岁后，相貌言行没有一处不像马生，众人的怀疑才最终消解。

好好守节吧，你会感动天地，上天会让丈夫重回你身边，为你带来一个孩子。这是真的吗?

第六讲　妻子的哀愁

一　贫贱夫妻百事哀

男耕女织，夫妻和睦；虽不富裕，足以温饱；一双儿女，聪明灵秀；晚来无事，灯下闲话；外无债务，内无争吵……这是我想象中的古代普通人的幸福生活，有田园牧歌式的宁静安然。但这样的幸福是要以温饱为基础的，如果缺衣少食的话，一切都只是空谈。所谓“贫贱夫妻百事哀”，何来幸福感可言？蒲松龄深谙贫穷的滋味，他笔下的贫穷是如此真实。

王成也是故家子，因为非常懒惰，家境一天天没落下去。最后只剩下几间破屋子，家徒四壁，空空荡荡，连床都没有一张，妻子只能跟他一起躺在麻草席里。做丈夫的还可以出门混吃混喝，做妻子的只能在家苦挨了。王成巧遇祖父的狐妻，将老太太带回家去，“王呼妻出见，负败絮，菜色黯焉”（卷一《王成》）。此时已是盛夏时节，酷暑难当，妻子还穿着破棉袄，面带菜色，一脸灰暗，家中已是几天揭不开锅。说起家里的贫苦，做妻子的忍不住“呜咽饮泣”，但是有什么办法呢？“嫁鸡随鸡，嫁狗随狗”，嫁给了这样一个懒惰的丈夫只好跟着受苦挨穷，困顿度日。

除了像王成这样因为懒惰导致家境贫寒，也有原因不明的贫困。申氏也是读书人的后代，家中贫穷已极，常常一整天无法生火做饭，夫妻二人相对而坐，想不出什么好办法。作者虽然没说申氏为何贫困，大概也能猜出来，家中数代读书，却都未能入仕，“百无一用是书生”，加上不会经营不会劳作，日子想要不艰难都不可能。王成的妻子对于王成的懒惰致贫也有抱怨责备，更多的还是暗自流泪，申氏的妻子要比王成的妻子泼辣得多，夫妻二人有一段争吵：

> 妻曰：“无已，子其盗乎？”申曰：“士人子不能亢宗而辱门户、羞先人，跖而生，不如夷而死！”妻忿曰：“子欲活而恶辱耶？世不田而食者止两途：汝既不能盗，我无宁娼耳！”申怒，与妻语相侵。（卷十《申氏》）

妻子说：“实在没办法，你去做强盗吧！”申氏说：“我一个读书人的后代，不能光宗耀祖，反而有辱门户有辱先人，要像盗跖一样活着，不如像伯夷一样饿死。”妻子很生气：“你想活下去又怕羞辱吗？世上不种田就能吃上饭的只有两条路：既然你不想做强盗，那我只好去做妓女了。”申氏守着读书之家的骄傲，不肯做辱没家门的事情，但这样贫贱的日子怎么过得下去呢？不想活活饿死，就只能男为盗或女为娼。身为男子，却不能养家糊口，妻子被逼得要去做妓女，申氏觉得已无法苟活于世间，不如一死了之。想自缢的他被父亲的亡魂救了下来，并指点他一条致富的路：打死一个龟精，解救被祟的富翁之女，获得三百两酬金。申氏的妻子难道真的要他去当强盗吗？当他将钱带回家放在床上时：

> 妻开视，几骇绝，曰：“子真为盗耶！”申曰：“汝逼我为此，又作是言！”妻泣曰：“前特以相戏耳。今犯断头之罪，我不能受贼人累也！请先死！”

以为丈夫真的做了强盗的妻子只想以死相谢。贫苦的本分人，喊打喊杀也只不过是发发狠过过嘴瘾，给自己一点安慰罢了，他们无力与现实抗争，只能作贱自己，哪里又真会去做非法的或有辱道德的事呢？如果申氏没有这番奇遇，他难免一死。他死了，其妻要么改嫁，要么也是一死。这大概就是贫贱夫妻的日常了。

关于女人要选择什么样的丈夫，元杂剧中赵盼儿曾经仔细思量过：“姻缘簿全凭我共你？谁不待拣个称意的？他每都拣来拣去百千回，待嫁一个老实的，又怕尽世儿难成对；待嫁一个聪俊的，又怕半路里轻抛弃。”（关汉卿《救风尘》）谁都想嫁一个称心如意的夫婿，但想来想去，要嫁一个老实人，又怕难以到白头；要嫁一个聪明人，又怕半路被抛弃。后者容易理解，但为什么嫁个老实人也难恩爱到白头呢？因为贫穷因为疾病更因为外在的人祸。

宣德年间，宫中盛行斗蟋蟀，每年都向民间征收蟋蟀。迂腐的成名多年没考中秀才，一直是个童生，因为老实本分，拙于言辞，被迫做了里正。这个老实人不愿为害乡邻，又要应付上司的勒索，只好一切由自己承担，不到一年就将不多的家产赔光了。现在又轮到他负责征收蟋蟀的工作，他不敢按户摊派，自己又无法赔偿，愁得直想死。碰到这样无用的丈夫，妻子真是累。幸好妻子还比较有主见，说："死何裨益？不如自行搜觅，冀有万一之得。"（卷四《促织》）死有什么用？还不如自己去捉蟋蟀，说不定还能捉到一两只呢。于是成名放下书本，开始早出晚归找蟋蟀，不是一无所获，就是找到一些根本没用的家伙。十多天里，他因完不成任务被打了上百板子，大腿间流脓流血，连去捉蟋蟀也不可能了。他在床上辗转反侧，唯一的念头就是自杀算了。

还是妻子出面，向村里的巫婆求了一幅画，成名按照图中的指示，还真的捉到一只看起来很俊健的蟋蟀。成名将蟋蟀带回家放在土盆中，用蟹肉、栗实来喂养，只等着期限一到，就将它交出去应付官差。区区一只蟋蟀，竟然吃蟹肉、栗实，这是自己都吃不到的东西，成名九岁的儿子完全不能理解大人的所作所为，为什么要将蟋蟀当皇上一样供养着？他忍不住好奇偷偷打开了土盆，蟋蟀跳了出来，等他将蟋蟀扑到手里，蟋蟀已经死了。

虽然只是一只蟋蟀，但那是全家性命所系啊。成名的妻子一听之下，面如死灰，哪里还有心情安慰惊慌失措的儿子，大骂："业根！死期至矣！而翁归，自与汝覆算耳。"孽种！你的死期到了，你爹回来自然会跟你算账。儿子流着眼泪跑了出去。"未几，成归，闻妻言，如被冰雪。怒索儿，儿渺然不知所往。既得其尸于井，因而化怒为悲，抢呼欲绝。夫妻向隅，茅舍无烟，相对默然，不复聊赖。"寥寥数句，写一个陷入绝境的家庭是如此生动，又如此凄凉，让读者都心痛不已。成名的情绪变化也很有层次，听说蟋蟀死了，像掉进了冰雪中透心凉，于是怒气冲冲寻找儿子，要惩罚他。这时候他如找到儿子大概少不了一顿暴打。不想却在井中发现儿子的尸身，所有的愤怒顿时化作了悲伤，呼天抢地痛哭不已，恨不能自己代儿子死去。蟋蟀死了，儿子也没了，这个家还有什么希望呢？夫妻二人向隅而坐，相对无言。静默才是渗入骨髓的绝望，不哭不闹，无声无息，两人身上笼罩着死亡的气息，眼神中流露的也唯有死亡二字。作者的文字很有节制，我们可将这里的“向隅”与另一“向隅而哭”进行比较，《姊妹易嫁》（卷四）中，做姐姐的不想下嫁给一个穷小子，临出嫁时，不肯化妆，也不肯上花轿，“女掩袂向隅而哭，……女犹眼零雨而首飞蓬也”，先是对着墙角哭，后面更是泪如雨下首如飞蓬，看起来惊天动地，却不免有演戏的做作感，与前面一句那种无声无息却深入骨髓的绝望相比，差别立刻体现出来。

小说中成名一家是幸运的，孩子并没有死，而是魂魄变成了战无不胜的蟋蟀，为家中带来了荣华富贵。但现实不会如此美好，成名的妻子嫁给了成名这样迂腐木讷的丈夫，得不到任何庇护，虽然她很顽强地活着，但小小的生活空间还是被挤压得支离破碎，她已失去了家产，又失去了孩子，她还能剩下什么呢？

在一个家庭中，妻子是最重要的支撑，她要孝敬公婆，照顾丈夫，抚育儿女，还有操持不完的家务。一位贤良的妻子，理应受到尊重，但在《聊斋》中，妻子们很少成为作者关注的焦点，她们大多只是小说中的配角，昙花一现已足以展示她们的焦虑与哀伤。

一个家庭中，一般“女主内，男主外”，像成名这样百无一用的书生，既不能下田劳作又不能出门经商，既不能溜须拍马讨上司欢心，又不能一刀一枪反上梁山去，只能受欺压，以致家破人亡。如赵盼儿所说：“待嫁一个老实的，又怕尽世儿难成对。”若碰到有能力的，是不是就能恩爱到白头呢？

张鸿渐因起草了告官员的状子，遭到追捕，只好逃离家乡（卷九《张鸿渐》）。他在异乡遇到了狐女舜华，与她结为夫妻，生活很美满。他的妻子方氏，一个美丽而贤惠的女人，被孤零零扔在了家中，上要应付官府的追查，下要对付村中无赖子的纠缠。就这样，三年的时间过去了。所幸，张鸿渐还有些良心，身在温柔乡还会惦记家中的妻子，要回乡探望。舜华虽不悦，但还算通达，说："妾有褊心。于妾，愿君之不忘；于人，愿君之忘之也。"在多角的男女关系中，一定会有嫉妒有竞争，舜华所说实是人之常情，她略施小计考验了一下张鸿渐，觉得他还算有心，未全然不顾自己的一片恩情，就将他送回了家。已经过去了三年的时光，家还是原来的样子吗？妻子还在等着自己吗？张鸿渐多少有些忐忑：

> 怅立少时，闻村犬鸣吠，苍茫中见树木屋庐，皆故里景物，循途而归。逾垣叩户，宛若前状。方氏惊起，不信夫归，诘证确实，始挑灯呜咽而出。既相见，涕不可仰。

方氏听到叩门声，非常惊讶，根本无法相信离家三年的丈夫突然回来了，隔门再三盘问，确实无疑了才点上灯，又惊又喜又悲，忍不住呜呜咽咽哭出了声。打开门，看到丈夫实实在在站在门外，所有的相思、委屈一起涌上心头，一下泪如雨下，哭得抬不起头来。作者对人的体察细致入微，写方氏的情绪变化非常真切，连"挑灯"这样的细节都不会忽略。一幅幅影像似在作者面前飘过，而他带给读者的就是一部部小影片。

但张鸿渐还没有从舜华的影响中走出来，仍然以为这是舜华幻化在考验他，竟嬉笑着出言调戏，“方氏不解，变色曰：‘妾望君如岁，枕上啼痕固在也。甫能相见，全无悲恋之情，何以为心矣。’”几句话让读者大略知道方氏是如何度过这三年的，她度日如年，她担惊受怕，她以泪洗面……这些都是妻子所要面对的人生和承担的悲苦。可是更大的悲剧还在等着她，乡里有恶少一直觊觎方氏的美艳，这天正好路过，发现了张鸿渐就要去告官，张鸿渐一怒之下就将对方杀了，这下是罪上加罪，张鸿渐自首后被拘押被刑讯。夫妻二人一别三年，还没来得及好好说说话，又再次离别了，这一别也许就是永远。方氏作为杀人犯的家属如何面对世人的白眼，又如何应对死者亲人的指控与羞辱呢？作者虽然没写，但我们知道方氏的人生是无边的黑暗。但这个坚强的女人还是好好活了下来，将儿子抚养成人，助他成才，为他娶妻，一家人最终团聚。在这样的悲欢离合中，妻子承受的生活磨难以及心理压力要远远大于惹事的丈夫。

二　传宗接代责任大

好在方氏还有一个儿子，人生多少还有些盼头。在那样的时代，女性最重要的人生职责就是生儿育女子嗣传承，如果自己不能生育，就得主动帮助丈夫纳妾。神女贵为仙子，“数年不育，劝纳妾”（卷十《神女》），米生一开始虽然不肯，最终还是娶了顾博士为妾，生下两个儿子。小翠本是狐女，为了报恩来到王太常家，嫁给他“绝痴”的儿子元丰，似乎在嬉笑玩闹间，她就帮助王太常扳倒了政敌，治好了元丰的痴病。她同样也不能生育，一再劝元丰另娶他人：“今亲老君孤，妾实不能产，恐误君宗嗣。请娶妇于家，旦晚侍奉翁姑，君往来于两间，亦无所不便。”（卷七《小翠》）为了让元丰心无挂念，她自己还先幻化成新妇的模样，在元丰娶妻后就飘然离去了。

颜氏是女中翘楚，非常聪明，从小跟在父亲后面饱读诗书，做父亲的称她为家中“女学士”（卷六《颜氏》），只可惜不是男儿身，不能参加科举考试步入仕途。她嫁给了“丰仪秀美”的某生，不想此人却是绣花枕头，虽然书信写得漂亮，却写不出一篇完整的八股文。她如严师般训练丈夫写八股文，丈夫仍然场场应试场场落第，她实在看不下去了，换上男装进了考场，结果中了进士做了官。最后她趁着明清鼎革的混乱，让丈夫接替自己的官衔，自己仍退回深闺，闭门不出。这样一位奇女子，因“生平不孕，遂出资纳妾”。对此，她其实心有不甘，说：“凡人置身通显，则买姬媵以自奉，我宦迹十年犹一身耳。君何福泽，坐享佳丽？”自己辛辛苦苦努力而来的富贵，不过便宜了丈夫坐享其成，还得心甘情愿地让他沉醉温柔乡。神女、小翠以及颜氏，她们为仙为狐为人，都是优秀的女性，与普通的人间男子结为夫妻，因为不能生育，都得顾全大局，帮助丈夫纳妾或者劝其另娶。如果不如此，则会被视为妒妇，成为家族的罪人。

段瑞环四十无子，想纳妾，但妻子连氏不允，一直不敢。因为没有子嗣，等段氏夫妻年老，诸侄开始侵占他们的家产。段瑞环去世后，“诸侄集柩前议析遗产”（卷十一《段氏》），不给连氏留下一砖片瓦。幸好段氏曾私一婢，产下一私生子，才帮连氏保住了家产。所以连氏在临终前给女儿及孙媳的遗嘱是："汝等志之：如三十不育，便当典质钗珥，为婿纳妾。"子嗣问题，实际上也是养老问题、财产问题，因为牵扯很广，所以成为古人最为关心的议题，所谓"不孝有三，无后为大"，妻子为夫纳妾也就成为贤良与否的重要标准，所以作者称连氏为"疾转"，为"杰"。

林氏是美丽而贤惠的女子，嫁给戚安期为妻。清兵入境时，林氏被俘，她为保贞节，自刎求死。幸运的是，她虽受重伤，竟然活了下来，但"首为颈痕所牵，常若左顾"（卷六《林氏》）。林氏自惭形秽，丈夫戚安期倒是不离不弃，他本是轻浮之人，喜欢狎妓。在救林氏时，他曾发下毒誓："卿万一能活，相负者必遭凶折！"这时，林氏让他纳妾，他坚决不肯。又过了数年，林氏一直不育，因此劝戚生纳婢海棠，戚生仍然不肯。戚生志意已绝，林氏只能另想他法，与戚生定下欢会的时间，"既夕，林灭烛呼婢，使卧己衾中。戚入就榻"。等房事已毕，"婢伪起溺，以林易之"，如此李代桃僵，七年的时间里，婢女海棠产下二男一女，戚生竟然一无所知。林氏亦曾笑问：如果海棠假冒我，与你交合怀孕了，你怎么办？戚生回答得很决绝："留犊鬻母。"留下孩子卖了母亲！

乍看之下，我们佩服于林氏的智慧，也感动于戚生的痴情执着，再读之下，则又不能不心生怀疑，七年的时间里，戚生真的不知道与自己同床的是别的女人吗？海棠在家里怀孕产子，戚生真的不知道吗？这个故事究竟是林氏瞒着戚生上演了一出好戏，还是戚生顺水推舟帮助林氏完成了一出大戏？所谓"人生如戏，全靠演技"，张贡士病重时，"忽见心头有小人出，长仅半尺，儒冠儒服，作俳优状。唱昆山曲，音调清彻，说白、自道名贯，一与己同。所唱节末，皆其生平所遭”（卷九《张贡士》）。但明伦评曰：“人之一生，不过一场戏耳。祇要问心，自己是何脚色，生平是何节末。”戚生与林氏夫妻二人可是扮足了各自的戏份，林氏也赢得了“贤德”的美誉。

三　被买卖被无视

帮助丈夫纳妾的妻子们也许心有不甘，总也是自己左右思量后的选择，在这一过程中，会帮助自己赢得丈夫的尊重，赢得世人的赞许，也算是留下了一段佳话。如果履行了一个妻子的所有责任与义务，却完全得不到认可呢？岂不是更加可悲可叹？姜氏也是一个贤能的女子，虽然仇家内外交困，还是遵循婚约，嫁给了仇福。她入门后，“百事赖以经纪，由此用渐裕”（卷十《仇大娘》），丈夫却因小人教唆，酷嗜赌博，倾荡家产，最后竟“券妻代资”，将姜氏卖给乡中大盗换取赌资。所谓的“一日夫妻百日恩”全成了空谈，姜氏之绝望可想而知，只想一死了之。

比姜氏的遭遇更让人扼腕叹息的是云翠仙。梁有才是个贫穷的小商贩，轻薄无行，竟骗取了云母的欢心，让云母将女儿嫁给了他。翠仙千万般不愿意，但迫于母命，只好答应。梁有才从此过上了温饱无忧的日子，生意也不做了，每天招引乡里的无赖子饮酒赌博，甚至发展到偷翠仙的首饰做赌资。有人怂恿梁有才将翠仙卖了：卖给别人做妾，可得百金；卖为妓女，可得千金。还愁没有赌资？梁有才一听就动了心，“归辄向女欷歔，时时言贫不可度。女不顾，才频频击桌，抛匕箸，骂婢，作诸态”（卷六《云翠仙》）。

才闻，朴诚自表，切矢皦日。媪喜，竟诺之。女不乐，勃然而已。

梁有才诸般做作，丑态百出，又是叹息掉泪，又是拍桌子扔汤匙扔筷子，骂丫环。直到翠仙说卖了自己，梁有才才高兴了，竟将她卖作官妓，真是个狼心狗肺的东西。翠仙一家本是仙人，负心汉也得到了惩处。翠仙对梁有才的痛斥可谓大快人心："豺鼠子！曩日负肩担，面沾尘如鬼。初近我，熏熏作汗腥，肤垢欲倾塌，足手皴一寸厚，使人终夜恶。自我归汝家，安坐餐饭，鬼皮始脱。……自顾无倾城姿，不堪奉贵人，似若辈男子，我自谓犹相匹。有何亏负，遂无一念香火情？我岂不能起楼宇、买良沃？念汝儇薄骨、乞丐相，终不是白头侣！"云翠仙骂得痛快淋漓，读者也大大地出了口气，但她是仙人啊，略施法力就可以惩处忘恩负义的白眼狼，如果只是一个普通的女子，又没有娘家的力量支撑呢？要么只能沦为妓女，要么只能以死求解脱了。

因为"父母之命，媒妁之言"缔结的婚姻，夫妻间很难说有什么情感基础，只要丈夫能顾家，妻子能操持家务，日子似乎就可以很好地过下去。在"夫为妻纲"的时代，丈夫们会考虑一下妻子的需求吗？会对她们多少有一点尊重吗？朱尔旦虽然愚笨，但他是蒲老先生欣赏的第一类男子，"性豪放"（卷二《陆判》），所以他能够与地府的陆姓判官成为朋友，一人一鬼常相聚饮酒，甚至"时抵足卧"。相处日久，陆判很为朱尔旦的不开窍发愁，所以去地府为他找了一颗"慧心"换上了，从此朱尔旦文思大进，过眼不忘。既然陆判能换心，那就一定能换头。朱尔旦说："予结发人，下体颇亦不恶，但头面不甚佳丽。尚欲烦君刀斧，如何？"陆判说小事一桩，只要找到合适的脑袋就可以。朱妻一觉醒来：

觉颈间微麻，面颊甲错，搓之得血片。甚骇，呼婢汲盥。婢见面血狼藉，惊绝。濯之，盆水尽赤。举首则面目全非，又骇极。夫人引镜自照，错愕不能自解。

朱妻只觉得脖子微微发麻，脸上也干涩不平，用手一搓就掉下一些血片。朱妻惊骇已极，忙让丫环打水洗脸。丫环见夫人脸上血迹斑斑，差点儿吓得昏过去。等洗完脸，盆中的水已变成红色，朱妻抬起头，已是面目全非，丫环又被吓得半死。朱妻自己照照镜子，也是惊愕万分，不知道发生了什么事。这是细思恐极的一段描写，朱妻毫不费力地获得了每个女人渴望的美貌，但还有什么比一觉醒来发现自己已不再是自己更可怕的吗？那张脸虽然美，但那不是熟悉的自己啊！我去了哪里？镜子里的女人又是谁？我们感受到了朱妻的恐惧，她微微颤抖的身体颤抖的手，还有惶惶不安的心。朱尔旦将事情的原委告诉了妻子，妻子又如何能高兴呢？原来我的丈夫不爱我，他嫌弃我的长相。朱尔旦心满意足，但我们不知道他的妻子要多久才能熟悉镜子里的脸，要多久才能与不属于自己的脑袋和平共处，又要多久才能不对丈夫心存芥隙。也许这将是永远的心结，她将永远走不出一张陌生的脸带给自己的阴影。

蒲老先生有丰富的想象力，当这样的想象力用在妻子们身上时，你会觉得他是如此的冷酷。王生将一美女藏在了自己的书斋，妻子陈氏听说后，认为是豪门大族逃亡的姬妾，劝丈夫将女子打发走，但王生执意不从。一天，他去书房，门从里面锁上了，他“蹑迹而窗窥之，见一狞鬼，面翠色，齿巉巉如锯，铺人皮于榻上，执采笔而绘之。已而掷笔，举皮，如振衣状，披于身，遂化为女子”

(卷一《画皮》)。这就是《聊斋》中最著名的篇章之一《画皮》，不得不佩服作者的想象力，原来鬼幻化为人还有这样一种方法。这是一个只有动作没有声音的画面，恶鬼聚精会神地为自己画着美女图，窗外的王生簌簌发抖。静，静得让人毛骨悚然，身不由己地跟着王生一起发抖。王生清醒过来，赶紧去找道士求救，道士给他一个拂尘让他挂在卧室门上。王生躲回了家，躲在了妻子陈氏的身边，半夜，听到门外嘁嘁嚓嚓的声响，自己不敢去看，让陈氏去查看。一个拂尘又如何能挡得住一个恶鬼，它“取拂碎之，坏寝门而入。径登生床，裂生腹，掬生心而去”。这一切就发生在陈氏的眼皮底下，眨眼之间，丈夫只剩下一个“腔血狼藉”的尸身。这是深入骨髓的恐怖，不知道为什么这个无辜的女人要面对如此惨烈的场面。

道士能捉恶鬼，却不能救王生，他指示陈氏一条路，让她去求街市上的一个时常躺在粪土中的疯子，并且叮嘱:“倘狂辱夫人，夫人勿怒也。”无论他怎么侮辱你，你都不要生气。为了救丈夫，陈氏真的去了：

> 见乞人颠歌道上，鼻涕三尺，秽不可近。陈膝行而前。乞人笑曰:“佳人爱我乎？”陈告之故。又大笑曰:“人尽夫也，活之何为？”陈固哀之。乃曰:“异哉！人死而乞活于我。我阎摩耶？”怒以杖击陈，陈忍痛受之。市人渐集如堵。乞人咯痰唾盈把，举向陈吻曰:“食之！”陈红涨于面，有难色，既思道士之嘱，遂强啖焉。觉入喉中，硬如团絮，格格而下，停结胸间。乞人大笑曰:“佳人爱我哉！”遂起行，已，不顾。

尾之，入于庙中。迫而求之，不知所在。前后冥搜，殊无端兆，惭恨而归。

每读至此，内心有强烈的不适，还有深深的愤怒。为了一个放荡无行的丈夫，陈氏被一个乞丐调笑、痛殴，甚至要在众人的围观下吞下他的痰唾。丈夫虽然因此得救了，但陈氏每思及所遭受的羞辱，大概都是锥心的痛苦，又如何能好好活在世间？作者说："爱人之色而渔之，妻亦将食人之唾而甘之矣。天道好还，但愚而迷者不寤耳。"你爱别人的美色而贪得无厌地猎取，自己的妻子也将会去舔吃别人的痰唾，并将它当作美味，天地间的一切就是这样往复还报的。既然善有善报恶有恶报，为什么不去找当事人报，而让无辜的女性成为替罪羊呢？《金生色》中说："邻媪诱人妇，而反淫已妇。"邻媪因为做淫媒，她的报应就是让自己的媳妇被人奸污，这样的天理轮回是多么的不公平，对女性又是多么的残酷。

妻子作为家庭的支撑，是一个家庭和睦富足的重要元素，甚至是一个社会稳定发展的重要因素，但妻子又是被文学作品忽略的一个群体，在《聊斋》中她们大多只是一个背影、一个陪衬。但在有限的篇幅中，我们同样能感受到她们的悲苦，她们不被尊重，她们是工具性的存在，她们要背负丈夫的罪孽。她们是整个社会的弱势群体，她们的不幸是中国女性苦难人生的缩影。

第七讲　精怪的尊严

一　见疑则缘尽

无论是阴界的黑暗阴冷还是山林的寂寞萧瑟，都让女性的鬼狐精怪纷纷步入了人世间，我们以为她们都应该如《双灯》中的狐女一样，她们是积极主动的，她们也是强势的。魏运旺虽曾是世家子，但因家道式微，只能跟在岳父后面卖酒。不想姻缘天定，竟得到狐女的垂青。女子如此美丽，“楚楚若仙”（卷四《双灯》），魏运旺虽然满心欢喜，但自惭形秽，竟说不出一句调笑的话。女子嘲笑他：“君非抱本头者，何作措大气？”你又不是死读书的呆子，怎么也冒穷酸气呢？并且走到床前，将手放在魏运旺的怀里取暖。女子的主动，让魏氏也放下了紧张羞惭。第二天，女子又来了，调笑道：“痴郎何福？不费一钱，得如此佳妇，夜夜自投到也。”自称“佳妇”，对于自己的自荐枕席不隐晦不害羞，这种大气坦荡实属罕见。半年后，当缘分已尽，她来跟魏运旺告别：“请送我数武，以表半载绸缪之义。”仍是坦坦荡荡。在与魏运旺的关系中，狐女一直是主导者，她为人大气磊落，语言生动有趣，这样优秀的女子怎么会看上魏运旺呢？让读者也忍不住要问一声：“痴郎何福？”

《双灯》中的狐女潇洒地来也潇洒地走了，因为她只是魏运旺生命中的插曲，她不是他的妻，她并非真正步入了人世间的生活。如果她嫁给了魏运旺呢？也许如此洒脱的狐女就不复存在了吧。因为人类世界对女性从来没有那么友善，她们受到各种伦理道德、规矩礼仪的束缚，她们要学会忍耐学会听话。所以当鬼狐精怪要与人一起生活时，我们首先看到的是她们努力让自己成为一个贤淑的女子，聂小倩“朝旦朝母，捧匜沃盥，下堂操作，无不曲承母志”（卷二《聂小倩》），辛十四娘则“为人勤俭洒脱，日以纴织为事”（卷四《辛十四娘》），她们不再是“肌映流霞”“振袖倾鬟”的艳丽女子，即使如此，这个世界真的欢迎她们的到来吗？

红玉是狐女，与冯相如私下交往半年，此事被冯父发现，做父亲的大发雷霆，先骂儿子学轻浮放荡之事，不但败德而且折寿。接着又骂红玉：“女子不守闺戒，既自玷，而又以玷人。倘事一发，当不仅贻寒舍羞！”（卷二《红玉》）一个女子不守闺训，既玷污自己，也玷污别人。倘若事情败露，绝不是仅仅给我家带来耻辱。言下之意，这更会让红玉自己的家人蒙羞。遭此辱骂，红玉流下了眼泪，说：“亲庭罪责，良足愧辱！我二人缘分尽矣。”对此，冯相如并不是想着如何获得“父母之命，媒妁之言”，竟然说出这样的方法：“父在不得自专。卿如有情，尚当含垢为好。”父亲在，我不敢自作主张。如果你有情义，还请含垢忍辱，继续这地下的情缘。红玉“言辞决绝”，一定要离去。看起来她这是对社会规范的妥协，不愿在无“父母之命，媒妁之言”的情况下继续做“逾墙钻隙”的苟且之事，实际上，这更是她对自己尊严的维护，被长辈当面训斥，如何还能心无芥蒂地两情和悦呢？

刘仲堪娶得艳妻司香，司香自称是“铜雀故妓”（卷七《甄后》），本已隶仙籍，因偶有过失被贬人间。二人结婚两年，大家都惊讶于她的美艳，“而审所从来，殊恍惚，于是共疑为妖”。只要一家人彼此信任，外人的猜疑本无关紧要，但刘仲堪的母亲也起了疑心，追问儿子司香的来历，刘仲堪稍微透露了一点，刘母非常害怕，要儿子与司香断绝关系。刘仲堪不肯，刘母竟然暗中找来术士作法。司香目睹了这一切，说：“本期白首，今老母见疑，分义绝矣。”惩处术士后消失得无影无踪。

二　阿纤与小翠

怀疑是对尊严的无情践踏，从来都是人与人相处时的致命伤。奚山初见阿纤，只见她“窈窕秀弱，风致嫣然”（卷十《阿纤》），他第一反应就是要为自己的弟弟三郎说亲，让这个美丽的少女成为自己的弟媳。阿纤姓古，她的父母也很赞成这门婚事。因为古父意外去世，阿纤就跟着奚山回去，与三郎结了婚。阿纤“寡言少怒，或与语，但有微笑，昼夜绩织无停晷”，这样一位美丽、勤劳、温和、谦抑几近完美的女子，大家都很喜欢，于是“上下悉怜悦之”。后来奚山偶然听说古家的一些异事，怀疑他们一家是老鼠精。虽然阿纤还是那个勤快的阿纤，但已不再是他心中理想的弟媳。奚山“归家私语，窃疑新妇非人，阴为三郎虑”，阿纤觉察到了别人的猜疑议论，对三郎说：“妾从君数年，未尝少失妇德，今置之不以人齿。请赐离婚书，听君自择良偶。”我嫁给你已经好几年了，从来没有做过有失妇德的事情，现在你们竟然不把我当人看。请你给我一纸休书，你自己另找好妻子。三郎深爱阿纤，一再表白：我的一片心意，你应该早就知道了。自从你进门以来，我家日益富足，大家都认为是你带来了福气，怎么会有人说你坏话呢？阿纤说：“君无二心，妾岂不知？但众口纷纭，恐不免秋扇之捐。”你没有二心，我自然明白。但现在众说纷纭，恐怕我最终还是免不了被抛弃。三郎再三安慰，阿纤才平静下来。但奚山却放不下这件事，他甚至找来一只猫试探阿纤，“女虽不惧，然蹙蹙不快”，终于还是与母亲一起消失了。

作者在文中虽未明写阿纤一家是老鼠精，又无处不写他们一家有着老鼠的属性。她家的位置是“庑下”，家中陈设是“堂上迄无几榻”，吃的食物是“品味杂陈，似所宿具”。家里经营的生意是倒卖粮食，贩卖对象是“硕腹男子”。阿纤秀弱的外形、寡言少怒的个性、昼夜纺织的勤劳，以及善于储积粮食的能力，都有着老鼠的特性。阿纤作为一个能幻化成人的精怪进入了人类社会，她遵循着世间的一切道德礼法，履行着一个妻子的职责，她觉得自己无愧于人，她不能忍受别人的猜疑，尊严是最后的底线，所以这个自尊自重的女子跟着母亲决绝而去。

三郎是难得的多情种，当别人都在议论阿纤时，他是“笃爱如常”；当阿纤离开后，他“骇极，使人于四途踪迹之”；在没有阿纤的消息后，他“中心营营，寝食都废”，等待年余，仍“思阿纤不衰”。阿纤能遇到如此痴情人，也不枉她入世间一回。在叔弟奚岚的帮助下，数年后，这对苦命鸳鸯终于又相聚了。“不以人齿”

的遭遇深深刺痛了阿纤，是她内心沉重的阴影，这次她不再妥协，提出了回归奚家的条件："如欲复还，当与大兄分炊。"这唯一的条件就是要与奚山分家。从此三郎家日渐富裕，奚山家日渐贫困，阿纤不念旧恶，不但将公公婆婆接到自己家中赡养，还不时拿钱拿粮接济奚山家。此后三郎家也没发生什么奇特的事情。

真心喜欢阿纤，喜欢她对事情的清醒认识，知道人言之可畏，知道猜疑的杀伤力，它会毁掉亲情，也会毁掉爱情，所以主动提出要离去，决不在当下的温柔中迷失自我。当尊严被侵犯时，她决绝而去，不自怜自艾，不辩解，不乞怜。她也有自己的坚守，提出分家的要求，即使这看上去与礼法相悖，与孝悌不符。这样一位聪慧清醒又自尊自重的女子如何让人不喜？

因为身为精怪，她们有一定的法力，也就多了一份保护自己的能力。她们可以远离是非，远离背后的指指点点，躲开一切阴冷的目光。这一点点空间，也就使她们可以守住自己的底线，有了维护自己尊严的可能。

王御史小时候曾无意中保护过遭雷劫的狐狸，此后果然大贵，但人生难得圆满，富贵如他有一子名元丰，"绝痴"，非常傻，十六岁还不分男女。这一天，有一妇人，自称虞氏，带着女儿小翠上门来，自愿将女儿嫁与元丰为妻。小翠不但美貌，"嫣然展笑，真仙品也"（卷七《小翠》），而且很聪明，"能窥翁姑喜怒"，王公夫妇对小翠也很宠爱。

小翠并不嫌弃元丰呆傻，每天带着元丰在家中嬉戏玩耍，一天，元丰蹴踘正好打中了王公的脸：

> 王怒，投之以石，始伏而啼。王以告夫人，夫人往责女，女俯首微笑，以手刓床。既退，憨跳如故，以脂粉涂公子作花面如鬼。夫人见之，怒甚，呼女诟骂。女倚几弄带，不惧，亦不言。夫人无奈之，因杖其子。元丰大号，女始色变，屈膝乞宥。夫人怒顿解，释杖去。女笑拉公子入室，代扑衣上尘，拭眼泪，摩挲杖痕，饵以枣栗，公子乃收涕以忻。

这一段写一家四口的关系以及彼此的个性都很生动细致。王公是一家之主，自有一家之主的威严，见儿子媳妇在家中胡闹，气不打一处来，直接就捡起石块向儿子扔了过去。但这属于内室的事，得交由夫人处置。对于夫人的训斥，小翠只是低头微笑，用手指抠床，看起来都听进去了，实际上全当作了耳边风，仍然我行我素，又将元丰涂成了大花脸。夫人也真动了怒，将小翠喊来大骂。小翠仍是油盐不进的样子，靠着几案玩衣带。夫人没办法，只好找元丰出气，拿起棍子打儿子，小翠这才变了脸色，跪在地上求饶。夫人一见小翠如此护着自己的儿子，所有的怒气也烟消云散了。等夫人一走，小翠开始哄元丰，又是拍灰尘，又是擦眼泪，又是按揉伤痕，又是喂零食，直到元丰破涕为笑。

日子就在小翠与元丰的胡闹中流逝，本来寂静的屋子忽然有了生机，“喧笑一室，日以为常”。小翠看似胡闹的行为却暗藏玄机，不但扳倒了王御史的政敌，还治好了元丰的痴病。至此，元丰的“痴”、小翠的“癫”都未再发作，两人“琴瑟静好，如形影焉”。如此“一生一世一双人”该多好，如此岁月静好一起慢慢变老该多好，但天不遂人意，过了一年多，王御史因弹劾被免官，他想将一价值千金的玉瓶送给上司行贿。小翠很喜爱玉瓶，捧在手中欣赏时不小心掉在地上摔碎了。小翠很愧疚，赶紧告诉公婆。不想公婆并不体谅，二人交口大骂。小翠生气地跑出来，对元丰说："我在汝家，所保全者不止一瓶，何遂不少存面目？"我在你家，保全的可不止一个玉瓶，为什么就不给我留点面子？原来小翠并非人，她的母亲就是曾为王御史庇护躲过雷劫的狐狸，又因为小翠与元丰有五年的缘分，所以让小翠过来"报曩恩，了夙愿耳"。现在受此羞辱，实在太伤自尊，虽然五年未满，小翠再也无法忍受，"盛气而出，追之已杳"。

元丰相思成疾，骨销形立，就这样近两年时间过去了。一天偶然路过自家在村外的亭园，不想小翠竟然在里面。元丰请小翠跟自己回去，小翠不肯，只答应在园中住下来。夫人来请，小翠"峻辞不可"，坚决不答应。小翠与元丰又在一起了，他们还能琴瑟静好吗？不能。小翠常劝元丰另娶新人，元丰一直不同意。过了一年多，"女眉目音声，渐与曩异"。小翠又劝元丰为了子嗣，赶紧结亲，这次元丰答应了，与钟太史的女儿定了亲。等新人入门，"则言貌举止，与小翠无毫发之异"。原来小翠早已预知元丰会娶钟氏之女，"故先化其貌，以慰他日之思云"。元丰大婚之日，也是小翠离去之时，她留下玉玦一枚，飘然而逝。

阿纤被兄长怀疑，小翠被公婆责骂，都很伤自尊，为了自己的尊严，她们都选择了逃离，但她们又是幸运的，因为她们的丈夫深爱着她们。阿纤离去后，虽然父兄都很庆幸，三郎却是相思不衰，坚决不肯再婚，因为父兄一直讥诮责骂，才无奈纳了一妾。小翠离去后，元丰"恸哭欲死，寝食不甘，日就羸悴"，他也同样拒绝再

村外有公家亭园，骑马墙外过，闻笑语声，停辔，使厩卒捉鞚；登鞍一望，则二女郎游戏其中。

婚，“惟求良工画翠小像，日夜浇祷其下，几二年”。枕边人的一往情深，坚信不疑，让阿纤、小翠这样的精怪虽然在人世间受尽了委屈，内心满是伤痛，也足以感到慰藉吧。柔情融化了尊严前立起的寒冰，她们又回到了丈夫身边，阿纤再未离去，小翠也为元丰做足了工作后才因五年缘尽从容而去。这样的故事也算圆满了吧。

三　“今见猜疑，何可复聚”

如果猜疑来自枕边人，又该如何捍卫自己的尊严呢？常大用是洛阳人，癖好牡丹。他听说曹州的牡丹名冠齐鲁，去曹州时，就借住在一个缙绅的花园中。虽是二月，牡丹未开，他每天徘徊在花园中，注视着花枝上的嫩芽，期待着花蕊的绽放，还作了《怀牡丹》绝句一百首。不久，花儿渐渐含苞待放，他的盘缠也快用完了，便典当了春衣，流连忘返。一天凌晨，常大用又前往花园，看到一女郎与一老妪；傍晚再去，又见到她们。他慢慢躲到一旁，只见女子“宫妆艳绝”（卷十《葛巾》），如神仙中人。他忍不住冒失现身，长跪说：“娘子必是神仙！”老妪出言训斥他，女郎倒不生气，微笑着说：“去之。”让他走吧。常大用返回书斋，既悔恨自己的冒失，又担心女郎的父兄来辱骂自己，又悔又怕一夜下来竟然病倒了。天亮后，见无人来兴师问罪，心才渐渐安定下来，“而回忆声容，转惧为想”，想起女子的声音容貌，恐惧转化为思念。这样过了三天，几乎憔悴而死。

女郎就是葛巾，她被常大用的痴情感动，几经曲折，两人终于走到了一起。过了些时日，葛巾说：“近日微有浮言，势不可长，此不可不预谋也。”常大用大惊失色，说：“且为奈何！小生素迂谨，今为卿故，如寡妇之失守，不复能自主矣。一惟卿命，刀锯斧钺，亦所不遑顾耳！”我一切听你的安排，上刀山下火海也在所不辞。于是两人计划一起逃亡，葛巾跟着常大用回家。等二人到家，常大用还有些害怕，葛巾却很坦然，说：“无论千里外非逻察所及，即或知之，妾世家女，卓王孙当无如长卿何也。”不必说千里之外他们查不到这儿，就是被人知道了，我是官宦大家的女儿，就像当初卓王孙对司马相如也不能怎么样，你大可放心。

常大用的弟弟大器，十七岁，葛巾觉得他颇有慧根，就将自己的妹妹玉版嫁给了他。姐妹二人嫁兄弟二人，自是美事一桩，“兄弟皆得美妇，而家又日以富”，日子可谓蒸蒸日上，越来越红火。又过了两年，姐妹二人各生一子，才稍稍透露她们的身世，说：“姓魏，母封曹国夫人。”常大用心中存疑：一来曹州没有姓魏的世家大族，二来大族人家丢了两个女儿，怎么会置之不问呢？心中种下的怀疑的种子，不会随着时间消失，反而会越长越大，直到破土而出，长成参天大树。所以常大用又借故去了曹州，“入境咨访，世族并无魏姓”。他仍旧借住在原来那个花园，忽然看到墙壁上有《赠曹国夫人》诗，内容颇有些怪异，便询问主人。主人就请他去观赏曹国夫人，原来是一株牡丹，此花为曹州第一，所以朋友戏封它为曹国夫人。常大用问这是什么品种，主人说是葛巾紫。常大用心中越发惊骇，疑心葛巾姐妹是花妖，猜疑的种子果然变成了大树。他回到洛阳后，不敢当面质问，只是叙述那首《赠曹国夫人》诗来一探究竟：

> 女蹙然变色，遽出，呼玉版抱儿至，谓生曰："三年前，感君见思，遂呈身相报。今见猜疑，何可复聚！"因与玉版皆举儿遥掷之，儿堕地并没。生方惊顾，则二女俱渺矣。

常大用自从心中有了疑惑以后就想给自己找一个答案，答案不外乎两个，一葛巾姐妹是花妖，二她们的确是世家之女。他为什么需要这样一个答案呢？知道了答案他又能做什么呢？如果是世家女，当然是皆大欢喜。那如果是花妖呢？是立刻请巫师来驱逐她们？还是心存芥蒂带着畏惧继续生活在一起？常大用肯定也不知道自己要怎么做，他只想"觇之"，他并不知道"觇之"的结果是什么。但葛巾是如此决绝，她让他立刻面对一个残酷的结果。三年前，她因为被他的深情感动，所以显出人形，以身相报。现在既然被猜疑，就不能再生活在一起了。不但自己不能跟你在一起，连孩子也不能留给你，因为他们是花妖之子，不能再让他们在人世间的冷漠与猜疑中长大。但明伦评曰："金可求，盗可退，而浮言终不可灭，猜疑究不可消。遂使玉碎香消，谁能解语？"是的，流言蜚语与猜测怀疑都是男女关系中的致命伤，有了裂痕就再难愈合。

常大用悔恨不已，但葛巾还是给了他一点安慰，在孩子堕地的地方，长出了一紫一白两株牡丹，比普通的葛巾、玉版花瓣更繁更密。你从此就老老实实做个爱花人，守着牡丹好好过日子吧。常大用当得起"花痴"二字吗？马子才酷爱菊花，当他知道黄英姐弟是菊花精时，"益敬爱之"（卷十一《黄英》）。黄生爱着香玉，当他知道她是花妖时，"怅惋不已"（卷十一《香玉》），"日日临穴涕洟"，期盼着她的重新归来。临终时，他对儿子说："此我生期，非我死期，何哀为！”因为他的魂将化去与香玉、绛雪为伴。这样的情谊无论是友情还是爱情，都已超越了人妖的界限，超越了生死的界限，所以作者大为赞叹:“情之至者，鬼神可通。花以鬼从，而人以魂寄，非其结于情者深耶？”感情的极致，可以沟通鬼神。花死了可以化成鬼来陪伴，人死了可以将魂寄托在花的旁边，这难道不是因为他们之间深厚的情谊吗？跟马子才、黄生相比，常大用实在是卑微怯懦的小人，作者也对他进行了嘲讽:“怀之专一，鬼神可通，偏反者亦不可谓无情也。……何必力穷其原哉？惜常生之未达也。”心怀专一的人，也就是“情之至者”，才能沟通鬼神，如此也就不能说葛巾无情了。怎么能说葛巾无情呢？她是因为被常大用的深情感动才来到人间，没想到常大用是叶公好龙之徒，胆小多疑，这是对用情专一的背叛，这样的人如何能在一起生活呢？

狐鬼精怪因为缘分因为贪恋人间的温暖走入了人的生活，她们努力向人世间的礼仪规范靠拢，成为孝顺的媳妇、贤淑的妻子，但她们从来没有丧失自我，她们坚守着尊严的底线，当被猜疑被非议时，她们选择决绝而去，她们的怒气是对人世间偏见的抗争，是对社会不公的批判，唯愿世间一切物都能被公平对待。幸运的是她们是精怪，她们有足够的能力来维护自己的尊严，葛巾明确指出“今见猜疑，何可复聚”，她可以翩然而去，但如果只是人世间的普通女子呢？是不是也有这样的能力保持自己的独立性，维护自己的尊严呢？大概只能要么成为被无情休弃的妇人，要么在流言蜚语中抑郁吧，而这都是比死还艰难的境遇。

霍生与严生从小十分亲昵，经常在一起开玩笑。这一次，霍生又设计取笑严生，跟别人说自己跟严生的妻子很亲密，证据是严生妻子的私处有两个赘疣。霍生知道此事，其实是从自己的妻子那里听来的，但严生听说后，信以为真，“至家，苦掠其妻，妻不服，搒益残。妻不堪虐，自经死”（卷三《霍生》）。严生听信馋言，立刻怀疑起妻子的贞洁，根本不听妻子的辩解，妻子不堪其辱，只能以死相争。姚安为了娶美丽的绿娥为妻，不惜谋杀了自己的妻子，但娶得艳妻后，“以其美也，故疑之。闭户相守，步辄缀焉；女欲归宁，则以两肘支袍，覆翼以出，入舆封志，而后驰随其后。越宿，促与俱归。……姚以故他往，则扃女室中”（卷八《姚安》）。因为妻子美丽，就开始产生各种怀疑：怀疑她不贞洁，怀疑别人会惦记自己的妻子。所以什么事也不做了，整天关门闭户守着妻子。妻子回娘家，他要用两手支着袍子盖在绿娥身上出去，等她上了轿要立刻拉上帘子还要做好记号，然后跟在轿子后面。在娘家住一晚，就催促绿娥一起回去;有事外出，就把绿娥锁在屋内。……最终，姚安还是因为怀疑将绿娥给杀了。姚安的疑神疑鬼让他变成了一个疯子，也让绿娥变成了冤死鬼。

《霍生》与《姚安》的事例很极端，更能看到猜疑带来的伤害。具有法力的精怪还可抽身而去，普通的世间女子根本无处可逃，都成了一缕冤魂。过去的女性无力保护自己，当下的女性总可以吧。希望世间的每一个人无论男女都能被真诚以待，没有怀疑，没有非议，没有冷漠……也许可以这样想想吧。

第八讲　女子当自强

一　天赋异能的小二与周妻

传统规范对女性最基本的要求是德言容功，德最重要的是贞洁，还要孝顺公婆，服从丈夫，照顾孩子；言指说话要妥帖恰当，要和颜悦色；容是容貌，不需要漂亮，但要干净整洁；功指女性的各种缝纫刺绣的技能。文学作品中的大家闺秀更是琴棋书画无所不能，如《红楼梦》大观园中的女子，会写诗，会作画，她们虽然各有个性，但多是安静娴淑的，不会像婴宁一样纵情大笑，更不会爬树奔跑。

女子还须“三从”，“在家从父，出嫁从夫，夫死从子”，从是听从，也是跟随依靠，问题是，万一丈夫早逝无子，或者夫死子幼又该怎么办呢？贫穷如乔女，只能向娘家求助，却被拒绝，“惟以纺织自给”（卷九《乔女》），靠纺织是否能养活自己与孩子，实在是值得推敲的问题。富足如邵氏，也因为“岁屡祲，豪强者复凌藉之，遂至食息不保”（卷十《仇大娘》）。女性失去依靠要在寒凉的世界中活下去实在太艰难了，所以，当读者看到再有豪强陵暴，仇大娘“握刃登门，侃侃争论”时，不免有大快人心的感觉，而仇大娘的到来，也令家中“内外井然”，一年多的时间，又恢复了曾经的家业。

生活从来不只是风花雪月，我们喜欢大观园里如水般纯净清澈的少女，我们也需要“性刚猛”的仇大娘，干练爽利能持家守业的凤辣子，太平无事时可以管理家事，意外来临变故突发时能从容应对，即使无依无靠也可以好好活下去。《聊斋》体现了蒲松龄对世间理想女性的憧憬，那些美丽的、专情的、柔弱的、俏皮的女子让我们印象深刻，而那些独立坚强、善经营、会计算的女子同样也是理想女性图谱中的重要成员。

小二是既美丽又聪明的女子，曾入白莲教学得颇多法术。关于白莲教的传闻甚多，其法术之有无非本书探讨的问题。小二与同窗丁紫陌青梅竹马，等到小二跟随丁生从白莲教逃出来以后，他们的二人世界就以小二为主导，丁生唯小二马首是瞻，紧紧跟随在夫人的身边，因为小二“为人灵巧，善居积，经纪过于男子”（卷三《小二》）。他们曾开办琉璃制品厂，凡是招收的工人小二都亲自指点培训；工厂生产的棋子、灯具，款式新颖奇特，其他工厂望尘莫及，所以总能以高价快速售出。这样过了几年，丁家已是巨富。小二管理丫环奴仆非常严格，手下数百人没有一个多余的闲人。“钱谷出入以及婢仆业，凡五日一课，女自持筹，丁为之点籍唱名数焉。勤者赏赉有差，惰者鞭挞膝立。……女明察如神，人无敢欺。”一个女子大至管理一个工厂，小到管理家中下人，全都井井有条。她肯定没学过经营管理，却能让每个人各展其能各尽其职，并且能奖勤罚懒，赏罚分明。我们似乎看到了代为管理宁国府的王熙凤，她“吩咐彩明念花名册，按名一个一个唤进来看视”，随着她的命令，“一面交发，一面提笔登记，某人管某处，某人领某物，开得十分清楚。众人领了去，也都有了投奔，不似先时只拣便宜的做，剩下的苦差役没个招揽，各房中也不能趁乱失迷东西。便是人来客往，也都安静了”（《红楼梦》第十四回）。将小二与王熙凤对照来看，大概可以想见小二管理工厂及料理家事的能力与威严，而丁生只能充当小厮彩明的角色。如果只是一个威严的女性，不免又缺了些柔和，多少有些遗憾。小二则是颇有情趣的女子，很会享受生活，闲暇之时，她会与丈夫“烹茗着棋，或观书史为乐”，这样的小二又比王熙凤幸福快乐多了。小二对工人奴婢同样是恩威并重，给他们的赏赐总是“浮于其劳”，超过了他们的劳动与付出。在检查工作的这天，小二会给他们放一个晚上的假，“夫妻设肴酒，呼婢辈度俚曲为笑”，在一个充满欢声笑语的地方，人的心情自然也是轻松愉悦的。

周生挺倒霉的：虽是官宦后裔，已是家道式微；友人柳生精通算命，说他功名无望；最近妻子又去世了，家境越发萧条起来。他让柳生再帮他算算姻缘，柳生竟说他将娶一貌似乞丐的穷汉的女儿。周生自然不信：自己虽然家道中落，总也是世家子弟，怎么会娶一市井女子？可是姻缘天定，周生兜兜转转真的娶了穷汉的女儿。柳生当年虽没见过女孩，却坚定地相信她是“厚福”之人，果然如此。“女持家逾于男子，择醇笃者授以赀本，而均其息”（卷七《柳生》），她不同于小二，不是自己亲自出面开厂，也不是让周生出门经商，而是挑选忠厚老实的人，给他们本钱，让他们去做生意，赚的钱对半分。相对而言，这倒是更为便利省心的方法，其经营方式有点像现在的投资合作关系，周家资金入股，其他商人技术入股，报酬还更为丰厚。此女更有一绝技，“每诸商会计于檐下，女垂帘听之，盘中误下一珠，辄指其讹，内外无敢欺”，当商人们在房檐下算账时，她都在帘子后听着，一个算盘珠子拨错了，她都能指出来，如此精明，自然没有人敢欺瞒她。数年后，与她家合伙经商者超过了百人，家产也达到了数十万。周生坐享妻财，真该好好感谢柳生了。

二　学而致知的细柳

小二与周生之妻的经营管理能力以及计算能力更像天赋异禀，这样的异能并不是每个人都能拥有，那就需要一个学习与实践的过程。对于古代的闺中女子而言，如何去学习呢？细柳是士人之女，有人“以其腰嫖嫋可爱，戏呼之细柳”（卷七《细柳》），她从小聪慧，识文断字，喜欢看相面的书。有来求亲的，她都要亲自偷看一下，一直没有中意的。时间一晃，她已十九岁，过去女子的最佳适婚年纪是十六至十八岁，细柳一不小心就成了“剩女”。父母很着急，也开始逼婚，细柳说：“我实欲以人胜天，顾久而不就，亦吾命也。”她会看相，能相人，自然也能相己，希望能为自己找一个称心如意的夫婿，甚至能改变自己命运的人，但命不可违，自己终是无能为力，那就一切听命交给父母安排吧。很多人都喜欢去造物主的工场偷窥一下自己的命运，如果发现命中很多坎坷波折，能绕得过去吗？如果能绕过去，又何来命运一说？不知道细柳看到了什么，竟然想“以人胜天”，最终还是不得不屈服。

细柳很快嫁给了高生，高生是“世家名士”，二人成亲后，夫妻十分恩爱。高生前妻死后留下一子，小名长福，刚五岁，细柳对孩子的照顾也非常细心周到。过了一年多，细柳也生了个儿子，取名长怙。怙的意思是依靠、仗恃，引申为父亲、父母，但这个字最多的是跟“怙恶不悛”连用，很少被用在名字中。高生问细柳取名之意，细柳说：“无他，但望其长依膝下耳。”对于这个孩子的出生，细柳又看到了什么呢？她不说，我们也不知道。细柳是“简默”之人，从不论人长短，我们自然也就听不到她说什么了。

细柳身为人妻人母，竟然不擅长针线活，也无心去学，相反，“亩之东南，税之多寡，按籍而问，惟恐不详”，对田地的位置，租税的多少，她是拿着账本查问，生怕了解得不够详细。细柳努力从“女主内”的固有模式中摆脱出来，进入男性负责的领域，这是一个习而得之的过程，也是培养管理统筹能力的过程。过了一段时间，细柳跟高生说：家里的事你别管了，都交给我吧，看看我能不能当好这个家。高生也很信任她，真的做了个甩手掌柜。半年过去，家里的事没有一样被耽误的，细柳的确能干。

但是意外发生了。有一天，高生去邻村饮酒，正好有人上门催讨租税，一边敲门一边骂，极为粗暴。细柳让仆人好言相劝，他们也不走。细柳只好让童仆将高生叫回来处理此事。等催租的人走了，高生开玩笑说：“细柳，今始知慧女不若痴男耶？”这本是一句夫妻间调笑的话，细柳一听竟然伤心地哭了。高生吓了一跳，“挽而劝之”，忙拉着她的手劝慰她，“挽”的动作在古代夫妻间很少能看到，仅此一字就写出二人感情之深厚。但细柳终究闷闷不乐，她为什么哭，又为什么不开心呢？高生不忍心用家务事累着细柳，决定还是由自己来打理，但细柳不肯，她每天“晨兴夜寐，经纪弥勤”，每每在头一年就将第二年的赋税准备好，因此一年到头再没有催租的人上门。她又用这个方法来安排衣食花费，家里的用度越来越宽松。

高生非常高兴，曾跟细柳开玩笑说：“细柳何细哉？眉细、腰细、凌波细，且喜心思更细。”细柳回应说：“高郎诚高矣！品高，志高，文字高，但愿寿数尤高。”读至此，我们很羡慕这夫妻二人两情和美，彼此欣赏彼此尊重，又不乏闺房之情趣。但我们也有些不安，细柳为什么专注于家业的经营管理，为什么会因为管理不力伤心流泪，是不是因为高生寿命不长呢？她想“以人力胜天”，是否就是预知到自己年轻守寡的命运，想打破这一魔咒呢？我们的猜测似乎很有道理，村里有人卖一口上好的棺材，细柳不惜重金要买回来，钱不够，甚至向亲戚邻居借。高生觉得家里并无老人，这不是必需之物，不让她买，她也坚决不听。棺材存了一年多，一富户家中有人去世，出双倍的价格来买这口棺材，高生觉得有利可图就和细柳商量，细柳说什么也不卖。高生问原因，细柳也不说；再追问，细柳双眼含泪快哭出来了。

又过了一年，高生二十五岁，细柳不让他出远门。只要他稍微迟一点回家，仆人一个接一个地出去找他。细柳百般防备，意外还是发生了。这一天，高生感觉身体不适从外面回家，中途从马上摔了下来，就这样去世了。高生二十五岁，细柳更年轻，也就二十二三岁，从此她成为一个年轻的寡妇，还要抚养两个儿子，一个是高生和前妻的儿子长福，一个是她和高生的儿子长怙。幸好她已经有了充分的心理准备，也有了应对的能力。她很清楚家里的田产状况以及日用开支，不会因为失去家庭支柱无依无靠就手忙脚乱，荒废了家业，而是能让一切照常运作。但缺乏父亲管教的儿子们还是在青春期走向了叛逆，长福厌学，长怙淫赌，细柳顶着流言蜚语想方设法将两个儿子从邪路上拉了回来，长福科举登第，长怙“货殖累巨万”。蒲松龄对此赞叹不已，说细柳“不引嫌，不辞谤，卒使二子一贵一富，表表于世。此无论闺闼，当亦丈夫之铮铮者矣”。即使与男性相比，细柳也称得上是佼佼者。

在《聊斋》这本书里，懂得经营之道的女子并不少，有些人是天赋异能，但更可信更可靠的还是像细柳这样的女子，通过学习与实践成长为一个“女汉子”。这对于我们现代女性同样具有警示意义，无论多么恩爱的夫妻，即使能相伴到白头，真正同年同月同日死的也是微乎其微，《聊斋》中倒有一例，说祝翁去世了，家人正准备后事，他又活了过来，因为不放心将老太婆一个人留在人世间：“抛汝一副老皮骨，在儿辈手，寒热仰人，亦无复生趣。”（卷二《祝翁》）所以他要回来将老太婆一起带走，也不管老太婆愿不愿意。既然夫妻二人总有一个人先走一个人后走，那后走的人就必须学会面对一个人的世界，至少男性要会洗衣做饭吧，女性要会用网络处理各种缴费吧。

三　“妾亦不能贫”的黄英

《黄英》（卷十一）这个故事主要不是讲女性的经营管理才能，而是展现贫富观的对决，以及一个女性如何坚守自己的信念与生活方式。男主人公叫马子才，顺天人，他家世代喜欢菊花，到马子才尤其如此，“闻有佳种必购之，千里不惮”。有一天，他听一金陵客人说自己亲戚家有一两种北方没有的菊花种，他立刻就去了，多方求索，才获得两株，像宝贝一样珍藏着。明末清初的文人张岱说过这样一句话：“人无癖不可与交，以其无深情也；人无疵不可与交，以其无真气也。”也就是说没有癖好没有瑕疵的人都不是真正的深情、率真之人，不要同他交往。马子才就是有“癖”之人，那他是否深情呢？

马子才在返家的途中结识了陶生，其人“风姿洒落”“谈言骚雅”。陶生也喜欢菊花，他的理念是：菊花种没有不好的，主要看栽培灌溉的人是否得法。二人交流种菊的方法，相谈甚欢。陶生说他的姐姐厌倦了金陵的环境，想去黄河以北找个地方住下。马子才很热情，立刻发出邀请，请陶生姐弟去他家：我虽然家贫，但还有茅屋可以居住。陶生与姐姐商量，这是一位“二十许绝世美人”，她说：“屋不厌卑，而院宜得广。”屋子简陋一点没关系，只要院子够大就好。马子才说没问题，姐弟二人就跟着他回了家。

马家宅子南边有一片荒芜的园地，只有三四间小房子，陶生很喜欢，就在这里住了下来。陶生每天去北院给马子才治理菊花，菊花即使已经枯死，只要他拔起来再种下，没有不成活的。马妻姓吕，陶姊小名黄英，善谈笑，二人也相处融洽，常一起做针线活。两家都很清贫，陶家尤甚，常需马家接济。长此以往总不是办法，陶生决定卖菊谋生。马子才性格耿介，一听就很鄙夷，说：“仆以君风流高士，当能安贫。今作是论，则以东篱为市井，有辱黄花矣！”我本以为你是风流高雅之士，能安贫乐道，现在竟然要卖菊花，这是对菊花的侮辱啊。

安贫乐道是儒家的一种理想人格，其代表人物是颜回，“一箪食，一瓢饮，在陋巷，人不堪其忧，回也不改其乐”（《论语·雍也》）。所以孔子最喜欢他，夸赞道：“贤哉！回也。”颜回是儒家的典范人物，是一种精神标杆。安贫乐道也就成为儒家对读书人的一个基本要求，这也是落魄文人的自我安慰，得意时叫“学而优则仕”，腾达于仕途；仕途无望呢？那就安贫乐道藏身在陋巷，努力保持自己高洁的人格。马子才是“安贫乐道”精神的忠实信徒，所以对要做生意的陶生很不满，更何况他要卖的还是菊花。

菊花与梅、兰、竹并称“四君子”，喻示着高洁的人格精神，菊花更是世外隐士的象征。爱菊之人首推陶渊明，他不为五斗米折腰，弃官隐居，写下“采菊东篱下，悠然见南山”的诗句，已完全摆脱世俗功利的束缚，人与自然融为一体，淡泊而宁静。陶生既然姓陶，不应该秉承陶渊明的清高淡泊、安贫乐道，以保持自己的人格尊严与精神自由吗？陶生要去卖菊，这不是将高洁人格弃若敝屣吗？陶生说：“自食其力不为贪，贩花为业不为俗。人固不可苟求富，然亦不必务求贫也。”这句话可谓对“安贫乐道”的最佳反驳，自食其力不能说是贪鄙，卖花为业不能说是庸俗，人不能苟且求取富贵，但也没有必要固守贫穷，甚至将清贫当成一种精神的制高点。

此后，马子才丢弃的残枝劣种都被陶生捡走了。不久，到了菊花将开的时候，陶家门前喧闹如集市。马子才很好奇，也过来窥视，原来都是来买花的人，车拉肩扛，络绎不绝，而花都是些自己没有见过的奇特品种。马子才又是厌恶陶生的贪鄙，想跟他绝交；

陶出，握手曳入。见荒庭半亩皆菊畦，数椽之外无旷土。

又是恨他私藏花种，想当面数落他一番。于是敲开了陶家的门，陶生很热情地拉着他进了园子，以前的荒地已全种上了菊花。仔细看看，那些花竟然都是自己扔掉的。陶家姐弟设宴款待马子才，马子才还有件好奇的事，那就是黄英都二十几岁了，怎么还不出嫁呢？陶生说：还没到时候。马子才继续问：什么时候？陶生说：四十三个月。跟猜谜一般，再追问，他也不回答。

陶家因种菊卖菊，“由此日富，一年增舍，二年起夏屋。兴作从心，更不谋诸主人”。本来陶家姐弟是借居在马家南院，要做什么应该先跟马子才商量，但这姐弟二人全不将自己当外人，不但造屋，“更于墙外买田一区，筑墉四周，悉种菊”。

陶生种的菊不但卖给当地人，还长途贩运，一到秋天他就将花运到外地卖。这次秋天出去，第二年春天过去了还没回来。马子才妻子吕氏病死了，他想续娶黄英，黄英似乎也愿意，但要等陶生回来。过了一年多，陶生也没回来。陶生虽不在家，黄英也没有耽误种菊的事，“课仆种菊，一如陶”，发了财继续买膏田建房舍。这天，有客人从东粤过来，带来陶生的书信，原来是陶生叮嘱姐姐嫁给马子才。写信的日期，正好是吕氏去世的那天；再算一算距离上次两人园中喝酒的时间，正好是四十三个月。看来陶生除了种菊，还颇有些未卜先知的特异功能。

黄英不要聘礼，但也嫌马家太简陋，想让马子才去南边陶家居住，马子才觉得这跟入赘一样，坚决不同意。黄英没办法，在墙上开了一个门通往南院，每天过去督促仆人。这是马子才与黄英的第一次冲突，以黄英的妥协结束。都说男要低就女要高攀，现在马子才娶了一个比自己富有得多的女子，压力也就随之而来，他“耻以妻富”，让黄英将南北两院的财产分开来登记，以防混淆。所谓“由俭入奢易，由奢入俭难”，黄英虽曾清贫过，但现在已是巨富，如何还能习惯马家的日用器具？所以不到半年，家中触目所见都是陶家的东西，马子才让人一一送回去。但不到十天，家中又夹杂了陶家的东西，这么来回折腾几次，马子才不胜其烦，黄英笑着说：“陈仲子毋乃劳乎？”陈仲子，战国齐人，名言是“不入污君之朝，不食乱世之食”，黄英以此嘲笑马子才：你想做陈仲子，但吃的用的不都是陶家的吗？马子才也觉得羞惭，不再查核，一切都听从黄英的安排。这是马子才和黄英的第二次冲突，以马子才的退让收场。俗话说“嫁鸡随鸡，嫁狗随狗”，黄英既然嫁给了马子才，似乎该脱下华服，荆钗布裙地跟着马子才守贫挨苦，但她不，她要坚持自己的生活水准，并一点点地改变着马子才的价值观。

既然马子才“一切听诸黄英”，那黄英就不客气了，又在北院大兴土木，马子才根本不能禁止，很快南北院就连成一片，合成了一家，再也分不出界限。这是他们的第三次冲突，仍是黄英大胜。但作为聪明的女人，她也做了必要的妥协，那就是遵从马子才的意思，不再以卖菊为业。现在马子才的生活堪比世家大族，但他觉得很不自在，说：“仆三十年清德，为卿所累。今视息人间，徒依裙带而食，真无一毫丈夫气矣。人皆祝富，我但祝穷耳。”马子才看起来颇有些骨气，不愿依靠妻子活在人世间，希望重新找回丈夫气，甚至希望重新回归贫穷。但这话实在很矫情，一个人要贫穷还不容易吗？只要你能舍弃钱财。问题是你做得到吗？所以黄英说了：“贫者愿富，为难；富者求贫，固亦甚易。床头金任君挥去之，妾不靳也。”贫穷的人想要富裕很难，富有的人想要贫穷却很容易。

家里的钱随你处置，我不会吝惜的。黄英并不是爱财的人，那她为什么要卖菊呢？这也有苦衷：“妾非贪鄙，但不少致丰盈，遂令千载下人，谓渊明贫贱骨，百世不能发迹，故聊为我家彭泽解嘲耳。”原来她要为陶渊明洗刷千年的冤曲，免得天下人以为陶渊明天生贫贱，永世不得发迹。物质的富足与人格的清高并不是一种对立，甚至更能相辅相成，物质丰足，克服过剩的欲望，那就不用仰人鼻息，才能更充分地感受人之为人的自由。

虽然黄英说了钱随你处置，马子才的自尊却不允许他这么做，他说：捐弃他人的钱财，也是很丢脸的事。夫妻二人的贫富之争陷入了僵局，作为礼教规范的贤良妻子，这时候大概会按照丈夫的意思，自己将钱捐出去了。但黄英不，她是陶渊明的后人，她叫黄英，是菊花的代称，自然有自己的坚守，如果随人俯仰她就枉姓陶了。所以她说：“君不愿富，妾亦不能贫也。无已，析君居：清者自清，浊者自浊，何害？”你既然不想富有，我也不想过穷日子，那我们就分开来住吧，你做你的清高之人，我做我的“贪鄙”之人。于是在花园里给马子才盖了茅屋，为了不让他太委屈，又挑选漂亮的丫环去侍候他。这哪里是贫士的生活，明明是富豪回归田园度假，而马子才竟然能“安之”，他倒是觉得很自在。过了几天，马子才苦苦思念黄英，派人去请她，她坚决不过去，没办法，马子才只好来找黄英。这样隔一个晚上来一次，倒也习以为常。黄英就嘲笑他：东家食西家宿，可不是清廉的人做的事。马子才自己也觉得可笑，“遂复合居如初”。这是黄英与马子才的第四次较量，以马子才的彻底失败告终。在二人贫富观的对决中，我们看到的是读书人的虚伪，只是住宿条件从别墅广厦变成了茅草屋，其他日常用度照旧，还有美女侍候，他就觉得自己是个安贫乐道的儒者了，立刻心安理得起来。马子才就像青春期的少年，充满了逆反心理，他很明白自己不及身边的女人，只能将清贫上升为一种精神指标来武装自己，以此对抗她的富贵。最后发现自己根本无力对抗，反而被富贵给消磨掉了。实际上他在富贵中也很安逸，偶尔觉得不自在了就折腾一下。

马子才后来知道了陶生姐弟是菊花精，“益爱敬之”。小说中“富贵”和“贫穷”两种价值观的对立很精彩。马子才的挣扎更显示出陶生姐弟在富贵面前的坦荡与从容不迫，这才是真正的高洁与精神自由。而黄英在与马子才的数次冲突中，能坚持自己的价值观，不屈就，不逢迎，不虚与委蛇，表现出人格的独立性，这一点使她超越了太多女性，散发出人性的光彩。

第九讲　择偶的条件

一　贫富间的世态炎凉

数年前吧，在一个相亲节目里，有一女嘉宾说："宁愿坐在宝马车里哭，也不愿坐在自行车上笑。"引得舆论一片哗然，开启了对拜金女的声讨。同样是在这个节目里，一个长相气质俱佳的男嘉宾走出来，一开始 24 盏灯都亮着，但在自我介绍的短片里他骑着自行车出来时，场上的灯灭掉了一大半。实际此人是著名企业的高管，年薪丰厚，但他是环保主义者，有豪车，一般不开而已。女子有貌男子有钱似乎已经成为当下择偶的最重要指标，至于品行好坏、心灵丰足与否，反而无关紧要，让人不免有些欷歔。

《聊斋》中多的是才子佳人的故事，女性又是如何选择心仪的男子的呢？鬼狐精怪选择的人间男子主要是两类，如前面所言，一是豪放不羁之人，一是纯朴忠厚之人，看重的还是男性的品行与个性。当然，也会有另类的女子，比如阿霞，她欲自缢时，陈生将她救了下来，并将她带回书斋。灯下的阿霞"丰韵殊绝"（卷三《阿霞》)，陈生“大悦，欲乱之，女厉声抗拒”，陈生似是无行小人，女子则是贞烈之人。声音惊动了隔壁的景星——一个“少有重名”的书生——隔墙察看。阿霞见到景生，“凝眸停谛”。等景生回到书房，却见女子从自己房里走了出来，景生惊诧不已，女子说陈生“德薄福浅，不可终托”，言下之意，景生是德厚福深之人，是自己终身依靠的对象，所以阿霞对陈生的抗拒并不是因为他品行不端，而是因为他没有前途。

阿霞与景生甜蜜相处了一段时间，景生真的是爱阿霞的，想跟她天长地久，想给她一个妻子的名分，“思斋居不可常，移诸内又虑妻妒，计不如出妻”，所以在阿霞回家省亲之际，千方百计休弃了妻子，从此翘首期盼，等待着阿霞的归来。结果阿霞如石沉大海，一年多没有任何消息。等再次相遇时，阿霞已嫁与郑氏为继室。景生的怒火在熊熊燃烧，责问阿霞:“霞娘，何忘旧约? ”你为什么不信守诺言? 阿霞说:“负心人何颜相见? ”你这个负心人有什么脸来见我? 她自己另嫁他人，景生为她休妻，为她清心寡欲，为她静心守候，怎么反而变成景生是负心汉呢? 读者无法理解，景生更是一头露水，他说:“卿自负仆，仆何尝负卿? ”明明是你辜负了我，我何尝辜负了你? 阿霞的回答很奇特:“负夫人甚于负我! 结发者如是，而况其他? 向以祖德厚，名列桂籍，故委身相从；今以弃妻故，冥中削尔禄秩。”你辜负了你的妻子更甚于辜负我。你对待结发妻子尚且如此，更何况对其他人呢? 我本来因为你祖上积了阴德，你会进士及第，所以委身相从。现在因为你无故休妻，阴曹已经削掉了你的食禄品秩。明明阿霞是闯入别人婚姻的第三者，却站在道德立场指责景生薄情，听起来非常荒诞。景生不正是因为对她一往情深才导致对别人的薄情吗？其实阿霞离去的根本原因是现在的景生跟前面的陈生一样前途暗淡，再不是有福德之人。阿霞最终与郑氏白头偕老，郑氏也没辜负她的识人之明，一直官至吏部郎。

阿霞能预知男性的命运，可以在陈生、景星、郑氏之间进行选择，条件是“福德”二字，又更偏向于福。作者想批判景生的喜新厌旧，以致鸡飞蛋打一场空，成为世人的笑料。但我们却从这个故事里看到了女性的择偶观，读书入仕是不二之选，“才”是“福”的基础，有才才能金榜题名，才能成为达官显宦，才能成为有福之人，福才是终极追求。阿霞是“非人”——我们并不知道她是什么精怪——在人间选择配偶尚且如此，那普普通通的人世间的婚姻关系又如何呢？

哪个时代的人不嫌贫爱富，不看金钱重内在呢？没有。世间慧眼识英雄的总是少数。毛公家境贫寒，父亲常为人放牛。张氏为世家大族，频频梦到有人警告他：“汝家墓地，本是毛公佳城，何得久假此？”（卷四《姊妹易嫁》）此后毛公之父果然死于此葬于此。张氏见到毛公，也很喜欢，“留其家，教之读，以齿子弟行。又请以长女妻儿”。张氏得梦兆指示，很器重毛公，但女儿嫌毛公家寒，死也不肯嫁牧牛儿。结婚这一天，轿子已到门前，“女掩袂向隅而哭，催之妆不妆，劝之亦不解。俄而新郎告行，鼓乐大作，女犹眼零雨而首飞蓬也”，妹妹也来劝姐姐，姐姐更生气，说：你为什么不跟他走？妹妹说：爸妈如让我嫁毛郎，哪里需要你劝说？做父亲的见小女儿言语慷爽，没有办法，就将小女儿嫁了过去。毛公也没有辜负岳父的识人之明，做孝廉，做进士，一直官至宰相。可叹大女儿福薄，但她的选择才是人世间的常态。

程孝思，“少惠能文”（卷七《胡四娘》），但父母早亡，家中一贫如洗，没有谋生的办法，只好在通政司胡公手下做了名文书。胡公见了他的文章，非常欣赏，说：“此不长贫，可妻也。”便将自己庶出的小女儿四娘嫁给了他。对于胡公的决定，大家都讥笑他是老糊涂了，程生更是遭到了所有人的鄙视：“群公子鄙不与同食，仆婢咸揶揄焉。”连奴仆丫环都嘲讽他，可见世态之炎凉。曾经有算命的说四娘有“贵人”之命，这时候，众姐妹乃至家仆丫环都以“贵人”戏称，极尽嘲弄之态。胡四娘倒是处之泰然，四娘的丫环桂儿则大不平：

> 大言曰：“何知吾家郎君，便不作贵官耶？”二姊闻而嗤之曰：“程郎如作贵官，当抉我眸子去！”桂儿怒而言曰：“到尔时，恐不舍得眸子也！”二姊婢春香曰：“二娘食言，我以两睛代之。”桂儿益恚，击掌为誓曰：“管教两丁盲也！”二姊忿其语侵，立批之，桂儿号哗。夫人闻知，即亦无所可否，但微哂焉。桂儿噪诉四娘，四娘方绩，不怒亦不言，绩自若。

桂儿焦躁不安，为主人鸣不平，也是为自己争取生存空间，直至对二姊怒言相向，甚至称二姊主仆为“两丁”，很是无礼；二姊极为傲慢，对程生可能富贵的假想嗤之以鼻：他能做官，就挖了我的眼珠子。其他人，春香是狗仗人势，夫人则明显站在二姊一方，一“哂”字轻视之意全出。桂儿的形象尤为生动，在被二姊扇了耳光后，大哭大叫，又去找四娘评理，其叽叽喳喳，指天划地，满脸眼泪鼻涕的样子如在目前。她的愤怒、沉不住气正突显出四娘的端庄淡然，二人形成鲜明对比。

所有的轻视与委屈都是人生的动力，正如《海阔天空》中所唱的："冷漠的人，谢谢你们曾经看轻我，让我不低头，更精彩地活。"在被鄙弃的日子里，程生一直刻苦攻读，终于科举登第，这时，"申贺者，捉坐者，寒暄者，喧杂满屋。耳有听，听四娘；目有视，视四娘；口有道，道四娘也"。在富贵面前，所有的人都换了一副嘴脸，被轻视嘲弄的四娘忽然成了人群的焦点。此段文字刻画世态炎凉入木三分，可与《儒林外史》同看。

被扇耳光的桂儿也有了扬眉吐气的机会，在众人欢宴时，"门外啼号甚急，群致怪问。俄见春香奔入，面血沾染。共诘之，哭不能对。二娘诃之，始泣曰：'桂儿逼索眼睛，非解脱，几抉去矣！'二娘大惭，汗粉交下。四娘漠然，合座寂无一语，各始告别"。此处未正面写桂儿，其言行全从春香口中道出。春香面上之血亦可见其平日心头之恨有多深，此刻的开心得意有多强。春香之哭，二姊之惭，桂儿之狠，仍然衬托的是四娘的"漠然"，贫富不移其心，喜怒不形于色，才是贵人气象。这一幕闹剧似乎给宴席上的每个人一记沉沉的耳光，让所有的人闭上了谄媚的嘴巴，欢腾瞬间变成了"寂无一语"。戏总有散的时候，该走就走吧。

胡四娘的遭遇不是个案，世人在贫贱富贵面前的态度如川剧的变脸，更如夏季的天气，实在是变化无常。丈夫没出息，连累做妻子的也受尽了别人的白眼。人同命不同啊，做妻子的也不甘如此命运，也会千方百计激励丈夫出人头地。郑氏兄弟都是读书人，老大出名早，父母以他为荣，爱屋及乌，对他的妻子也特别好。二儿子比较落魄，父母就不喜欢他，连带他的妻子也被厌恶被轻视。在名利面前做父母的尚且不能一碗水端平，更何况外人？如此不公平的待遇，二媳妇心中如何不气？对丈夫说：“等男子耳，何遂不能为妻子争气？”（卷七《镜听》）同样都是男子汉大丈夫，你怎么就不能为妻子儿女争口气呢？于是赌气不跟丈夫同床。丈夫受此刺激，也开始发愤图强，慢慢也有了些声名，但终不及哥哥，父母还是有些偏心。科考过后，兄弟二人都回来了。此时天气炎热，两个媳妇都在厨房做饭，更是酷热难当：

> 忽有报骑登门，报大郑捷。母入厨唤大妇曰：“大男中式矣！汝可凉快去。”次妇忿恻，泣且炊。俄又有报二郑捷者，次妇力掷饼杖而起，曰：“侬也凉凉去！”

婆婆让大媳妇去休息休息凉快凉快，二媳妇就这样被无视被晾在了一边，其羞惭气愤可想而知，她边流泪边做饭的情形让人心疼，幸好她也有扬眉吐气的机会，如作者所言：“投杖而起，真千古之快事也！”要想被尊重只能通过苦读改变自己的命运，但历史留给读书人的出路太有限了，千军万马想过独木桥，谁才是幸运儿呢？

皮氏一家是狐仙，有三个女儿，大女儿八仙嫁另一狐仙，二女儿水仙嫁给富家子丁氏，三女儿凤仙嫁给了刘赤水。刘赤水从小聪明灵秀，十五岁就考中秀才，但因为父母早亡无人管教，也就嬉戏游荡，荒废了学业。一日，皮翁宴请三婿，大家各展才艺，一座皆欢，其乐融融。这时有婢女献上水果，大家都不认识，皮翁介绍说水果来自真腊国，叫“田婆罗”，双手捧了几枚送到丁氏面前。凤仙立刻很不高兴，说：“婿岂以贫富为爱憎耶？”（卷九《凤仙》）对女婿的爱难道要以贫富而定吗？皮翁笑而不答，八仙赶紧打圆场，说丁氏远来是客，所以要更多礼遇。“凤仙终不快，解华妆，以鼓拍授婢，唱《破窑》一折，声泪俱下。既阕，拂袖径去，一座为之不欢。”无论皮翁是嫌贫爱富，还是出于礼貌优待远来的客人，凤仙解华妆、唱《破窑》、声泪俱下的表现似乎都有些过激。胡四娘对于别人当面的嘲讽羞辱可以置若罔闻，凤仙对别人的无心之举则是看在眼里刺在心中，并且会立刻表现出来。二人个性之异如此明显，一个端庄持重，一个敏感尖锐。凤仙的敏感让她自己先有了一层自卑，所以别人的一言一行一个眼神似乎也都有了轻视之意。

胡四娘与凤仙的个性不同，程孝思与刘赤水的个性也不同。程生也是静穆稳重之人，对于别人的嘲讽他同样能够不闻不问，一心一意关门读书。刘赤水虽聪明过人，但已游荡自废，早已无法坐下来安心读书。不同个性的夫妻面对相同的人生困境选择的也是不同的应对方式，胡四娘在家静静等待丈夫的归来，她是有信心的，相信自己的等待一定会有回报。凤仙却不能无所作为地等待，她跟刘赤水抱怨：“君一丈夫，不能为床头人吐气耶？”其所思所想与《镜听》的二媳妇一样，采取的方法也颇相同，但更为激进，她离开了刘赤水，只留给他一面镜子，叮嘱道：“欲见妾，当于书卷中觅之；不然，相见无期矣。”刘赤水受此刺激，开始刻苦攻读，本来镜中的凤仙“背立其中”，这时“忽现正面，盈盈欲笑”。过了一个多月，刘赤水惰性发作，又开始在外游荡，“归见镜影，惨然若涕；隔日再视，则背立如初矣”，原来镜中凤仙的影像与其攻读与

一日，见镜中人忽现正面，盈盈欲笑。

否相关。从此，刘赤水对镜如对师傅，不敢有任何懈怠，苦读两年，终于一举及第。凤仙也从镜中走了出来，夫妻终于团聚。这两年的时光里，凤仙也离开了家，“伏处岩穴”，与刘赤水共辛苦。作者希望大家都能如刘赤水般幸运，有一“作镜影悲笑”的好胜佳人在旁督促激励，这样世间就少了很多贫苦之人。镜子的用法完全取决于个人，《红楼梦》中贾瑞也得到了一面镜子，镜中也有一个美女，却将他带上了黄泉路。

二　他们是潜力股

蒲松龄感慨：“冷暖之态，仙凡固无殊哉！”既然如此，女子择偶关系到的就不仅仅是一生的荣华富贵，也关系到人的尊严与自我。《聊斋》里不乏女性自主择偶的情节，她们选择的似乎都是贫穷书生。穷可以，但必须有才华，连城看到乔大年题的两首诗，极为赏识（卷三《连城》）；阿宝为孙子楚的痴情感动，嫁给一贫如洗的他，孙子楚虽木讷，也是“名士”（卷二《阿宝》）；素秋不愿意跟义兄挑选的世家子在一起，而是为自己选择了贫寒的周生，周生同样是“名士”（卷十《素秋》）。因为有才华，才有科举成功的希望，才有步入仕途的可能。当连城与乔生的姻缘受阻时，连城托人告诉乔生：“以彼才华，当不久落。”她相信乔生必能飞黄腾达。

青梅是狐女与程生的后代，因为母亲离去，父亲早逝，被叔叔卖给王进士的女儿阿喜做贴身丫环。青梅为狐女之后，也聪明美貌，且有识人之明。这时有位贫穷书生张介受租住在王家，此人“性纯孝，制行不苟，又笃于学”（卷四《青梅》）。青梅偶尔去他家，看到张生在外面吃糠粥，进到屋内则看到桌子上放着猪蹄，这是他留给父母的。张生之父卧病在床，张生抱着父亲小解以致弄脏了衣服。张生将污秽遮住，自己出去洗干净，生怕让父亲知道。张生抱父亲小解等的场景本不是青梅所能见到，只是要以此突出张生之“孝”。青梅为张生之孝所感动，回去将所见所闻讲给阿喜听，并说道：“吾家客非常人也。娘子不欲得良匹则已，欲得良匹，张生其人也。”阿喜诸般疑虑，又是担心父母厌弃张生之贫不同意，又是担心嫁一贫士为天下人取笑。青梅向她保证：“妾自谓能相天下士，必无谬误。”所谓相天下士，重要的一点当然是看出他的前程。青梅暗示张生之母请媒人向阿喜求婚，被阿喜父母拒绝，青梅于是自谋嫁给张生，在阿喜的帮助下终于如愿。阿喜曾经说过这样的话：“贫富命也。倘命之厚则贫无几时，而不贫者无穷期矣。或命之薄，彼锦绣王孙，其无立锥者岂少哉？”正如其所言，王家走向了败落，两三年的时间，父母皆亡，阿喜须卖身为妾才能埋葬双亲，最终只能托身尼庵。而张生顺风顺水，步入仕途，成为朝廷重臣，青梅也贵至司李夫人。青梅选择张生不是因为他的贫穷，而是因为他的孝，他的“笃于学”，知道他日后“必贵”。所以当女性选择一个穷书生时，更多的还是因为他是一个潜力股，有着光明的前途。

封三娘也是颇有修为的狐狸，与范十一娘成为闺中密友，她同样有识人的能力。两人闺中密谈时，封三娘劝范十一娘择偶时“无以贫富论”，其所言与阿喜颇相近：“以才色门第，何患无贵介婿，然纨袴儿敖不足数，如欲得佳偶，请无以贫富论。”（卷五《封三娘》）。一天，二人在路上偶见孟安仁，“布袍不饰，而容仪俊伟”，封三娘偷偷告诉范十一娘："此翰苑才也。"范十一娘知道孟安仁也是一穷书生，与自己家世不般配，封三娘说："娘子何亦堕世情哉！此人苟长贫贱者，余当抉眸子，不复相天下士矣。"封三娘比青梅更为决绝，愿以自己的双眼为自己的相人之术作担保。在封三娘的帮助下，范十一娘与孟安仁终成眷属，而孟安仁"乡会果捷，官翰林"。

无论是青梅还是封三娘都不以贫富论，挑中的都是贫穷书生，但贫穷只是暂时的，青梅知道张生"必贵"，封三娘知道孟生是"翰苑才"，她们选择的是未来的富贵。普普通通的世间女子，不能预知未来，也不能亲自去考察一下男子的品行优劣，只能抓住眼前看得见的幸福，似乎也无可非议。我们不能简单地说《聊斋》中那些选择眼前富贵的女子势利、拜金，毕竟"贫贱夫妻百事哀"，在那个女性只能依附男性的社会，妻子的荣辱都取决于丈夫的时代，她们的选择自有她们的道理。但如果现代女性仍然只想做攀附着男性的藤蔓，只看到男性的钱财，完全没有自己独立的人格与尊严的话，这不能不说是一个时代的悲剧了。

第十讲　男性的抗争

一　科举的压力

《聊斋》中的男主角大都是贫穷的书生，他们需要拼命苦读，参加科举考试，希望步入仕途，改变命运，但幸运只会降临到少数人头上，当科举中充斥着腐败与不公时，应试也就成为永无天日的暗夜，随着时间消磨的是才气是激情是对美好生活的期待。

《聊斋》中描写科举黑暗以及对读书人摧残的篇目很多，如《叶生》《考弊司》《司文郎》《于去恶》《王子安》《三生》《贾奉雉》等。其中《司文郎》（卷八）是最具讽刺性的作品，作者用漫画式的夸张手法揭露科举之荒谬，瞎眼和尚嗅文评骘的情节更为后人所津津乐道。王平子与余杭生一起去找僧人品评文章，王生每烧一篇文章，盲僧说：你初学大家手笔，虽然还不够逼真，也近似了。我的脾脏可以接受它。王生问他自己能否考中，盲僧说可以。余杭生对此半信半疑，先用古文大家的文章来试试看。盲僧说：妙啊！这篇文章我用心接受了。如果不是归有光、胡友信之类的大手笔，谁能写得出来？余杭生很惊讶，赶紧焚上自己的文章，盲僧被呛得咳了好几声，说：不要再烧了，再闻，我就要呕吐了。余杭生的文章当是狗屁不通令人不堪卒读的烂文。但数日后放榜，余杭生高中，王平子落榜了。知道了结果的盲僧说：“仆虽盲于目，而不盲于鼻，帘中人并鼻盲矣。”余杭生来炫耀自己的春风得意，盲僧让他将各试官的文章都找来烧给他闻一闻，他来猜猜谁是录取余杭生的试官，等闻到时，盲僧的反应极为惊人，“忽向壁大呕，下气如雷”，不但大声呕吐，而且屁响如雷。盲僧说：“此真汝师也！初不知而骤嗅之，刺于鼻，棘于腹，膀胱所不能容，直自下部出矣。”猛然一嗅，整个人都被呛着了，刺鼻子，刺肠胃，连膀胱都装不下这样的东西，只能化作声声响屁。试官的文章屎尿不如，只是个屁，他又如何能知道文章的好坏？臭味相投的结果就是，被他录取的自是些狗屁不通的学生，而那些有才华的士子也就屡试屡败了。

《贾奉雉》（卷十）一篇仍然沿用了漫画式手法来讽刺科举的黑暗。贾奉雉也是“才名冠一时，而试辄不售”，一天，他遇到一位郎生，二人相谈甚欢，贾奉雉请郎生指点他的文章，郎生说：你的文章参加小考拿个第一已绰绰有余，但要参加乡试，连上榜的可能都没有。贾奉雉问他该怎么办，郎生说：天下的事情，仰着头踮着脚去够就很难办，如果低下身子屈从就很容易做到。言下之意，是让贾奉雉应试时将文章写得差一些。对此，贾奉雉无法认同，他认为写文章的目的是传之后世以得不朽，如果只是为了猎取功名，即使做了大官，也会让人觉得低贱。郎生反驳说：“文章虽美，贱则弗传。”有些人文章虽然写得好，但因为身份低微，他的作品也不会广为流传。考官们都是写烂文章踏上仕途的，他们怎么懂得欣赏你的文章呢？除非他们“另换一副眼睛肺肠也”。对主考官的评价与《司文郎》一致，但二人的争论很有趣，究竟是“人因文而不朽”，还是“文因人而流传”呢？数百年后的今天，后者好像仍是主流，一个人文章的好坏、学问的有无似乎是与职位的高低成正比的，官做得越大，就意味着学问越好，文章的水平越高。贾奉雉不屑于用烂文章求功名，郎生说他“少年盛气”，无奈而去。

三年后，又到了科考的日子，郎生又来了，督促贾奉雉作文，但郎生都不满意，贾奉雉开玩笑地从落榜考生的试卷中摘了一些又臭又长、空洞无物、见不得人的句子，七拼八凑成七篇文章交给了郎生。郎生一见很高兴，让他死记硬背，切不可忘记。因为郎生施法相助，贾奉雉进了考场除了这七篇烂文，脑中空空如也，只好录下来交卷。结果，贾奉雉真的考中了，还是第一名，“又阅旧稿，一读一汗。读竟，重衣尽湿。自言曰：‘此文一出，何以见天下士矣！’”贾奉雉还没有被功名迷了双眼迷了心窍，还是个有良知有羞耻感的读书人，为七篇烂文汗湿了衣服，知道文章一公布，再也没脸见天下人。谁知道呢？也许等他做了官，他的文章就成为天下妙文，成为士人学习效仿的对象了。贾奉雉并不想等到那一天，羞惭之下，只想“遁迹山丘，与世长绝”，于是随着郎生飘然而去，踏上了求仙之路。

如此荒谬的科举，士子们仍孜孜不倦地想挤上独木桥，如果没有贾奉雉的自省意识以及独立的人格尊严，很容易成为醉心于功名的小人，或者沉醉在对登科后的风光的幻想中无力自拔。王子安就是如此，他也是名士，同样“困于场屋”（卷九《王子安》）。对这次考试，他抱着很大希望，放榜前，喝得酩酊大醉，醉倒在床上。

恍惚间，一会儿有人来报喜说考中了，一会儿又有人来报说中了进士，一会儿又有人来报说殿试中了翰林，连跟班的都安排好了。瞬间，王子安就完成了人生的三级跳，他觉得有必要去乡里炫耀一下，“大呼长班，凡数十呼，无应者”，千呼万唤唤来了老妻，妻子笑着说：“家中止有一媪，昼为汝炊，夜为汝温足耳。何处长班，伺汝穷骨？”原来那些来报喜的人，侍候他的随从，都是狐狸幻化来捉弄他的。但“幻由人生”，若不是王子安心心念念记挂着考试的结果，又如何能让狐狸趁虚而入如此戏弄呢？《王子安》一篇写王子安的幻觉、家人的安慰、狐狸的戏弄，三条线交叉并进，读时觉得滑稽可笑，读完却是深深地悲凉，狐狸骂他是“措大无赖”，一个穷酸书生；妻子说他是“穷骨”。奋斗一辈子，唯一“穷”字相伴，所幸还有为他做饭为他暖足的相依为命的老伴，这也是一种安慰了。王子安这次究竟有没有考中呢？我们祝愿他能成功吧。

在与科举相关的篇目中，凄婉不过《叶生》（卷一）。叶生虽然“文章词赋，冠绝当时”，但一直“困于名场”。幸运的是他得到丁令威的赏识，即使他偃蹇科场，丁公仍百分百地信任他，坚定地相信他的才华与能力。丁公罢官离任时，也要带着他一起回乡，有信云：“仆东归有日，所以迟迟者，待足下耳。足下朝至，则仆夕发矣。”这样一份厚重的知遇之情让人感动，更让人无法辜负，正如叶生所云“士得一人知己可无憾”，所以他死后魂魄都要追随丁公而去，将自己毕生所学传授给丁公之子，令丁公子一战成名。对此，叶生说：“借福泽为文章吐气，使天下人知半生沦落，非战之罪也。”能借丁公父子的福泽为自己的文章扬眉吐气，使天下人知道自己半生沦落，并不是能力不够，而是命运不济，如此，他也就心满意足了。

叶生不知自己已死，丁公父子更不知道面前这位跟他们朝夕相处的叶生只是一个亡魂，他们都觉得叶生可以衣锦还乡了。当叶生归家后，只见门户萧条，心中非常难过。他徘徊于庭院中，正好妻子拿着簸箕走出来，看到叶生，扔下簸箕惊恐地逃开了。叶生更感凄凉：我现在富贵了，才三四年不见面，你怎么就不认识我了？妻子远远地说："君死已久，何复言贵？所以久淹君柩者，以家贫子幼耳。今阿大亦已成立，行将卜窀穸。勿作怪异吓生人。"你已经死了很久了，富贵之说从何谈起？之所以一直没将你的棺材掩埋，是因为家里太穷孩子又小。现在大儿子已成年，即将找块地方将你安葬，你不要出来作怪吓坏了活着的人。叶生听说，惘然若失，慢慢走进室内，果然看到一具棺材，一下扑倒在地消失了。妻子走近一看，叶生的衣服、帽子、鞋袜如蝉蜕壳一般堆在地上。妻子"大恸，抱衣悲哭"。叶生的妻子跟着他终日操劳，大概从来没有过过一天快乐舒心的日子。死去了三四年的丈夫忽然衣锦归来，如果自己不说破他已经死去的事实，他是不是会好好地留在世间？这样自己仍有丈夫，儿子也有父亲，一家团圆共享天伦，再艰难的日子也会熬过去吧。可是叶生彻底消失了，不知去向了何方。

叶生很不幸，一生怀才不遇，不能为世所用；但他又是幸运的，遇到丁公这样一位赏识他信任他的人。此篇虽略及科举之恶，主旨还是感慨人生的知遇之恩。冯镇峦说"此篇即聊斋自作小传"，颇有道理，作者也在"异史氏曰"中对"知己"二字做了更深刻的阐述："魂从知己，竟忘死耶？闻者疑之，余深信焉。"并且感慨："天下之昂藏沦落如叶生其人者，亦复不少，顾安得令威复来，而生死从之也哉？”天下不凡之士像叶生这样潦倒的还有不少，怎样才能让丁令威那样的人再度出现，好与他生死相随呢？蒲松龄自己一生落魄，参加科举考试屡试屡败、屡败屡试，他的人生就是一部科举考试的血泪史。但正如叶生所说“半生沦落，非战之罪也”，他科举不得意，并不是他文章写得不好，并不是他没有才华，他生前身后也借《聊斋》一书为自己“吐气”了，但他还是没有叶生幸运，没有能够遇到像丁公一样赏识他的人，即使有毕际有一家的照顾，跟丁公相比总有不及。哎，文章有吐气的时候，知己却是可遇而不可求，更何况是能够生死相托的知己。

二　爱情的艰难

《聊斋》中的书生大多穷困潦倒，他们希望能科举成功拼个前程，但他们也很清楚，这近乎白日梦，清贫单调的日子里如果能遇到爱情，那该是最大的幸福了。但一个穷书生，他有能力守护自己的爱情吗？每个人都有关于幸福的设想，海子说：“从明天起，做一个幸福的人，喂马、劈柴，周游世界。”他的幸福大气磅礴，有荡气回肠之感。于我而言，这只能想象：马在哪里？柴在哪里？世界又在哪里？也许“从明天起，关心粮食与蔬菜”才来得更实在。芸芸众生可能大多跟我一样，只想守着自己平凡安稳的生活，策马走天涯的豪迈与我们并不相干，一日三餐，老婆孩子热炕头，已经很好了，如果还能有点诗与酒，那简直是身在天堂。

满生遇到了细侯，细侯是一名年轻的妓女，二人一见倾心，两情相悦，一夕欢愉后，细侯想跟着满生从良。满生的家境只有“薄

忽有荔枝壳坠肩头。仰视，一雏姬凭阁上，妖姿要妙，不觉注目发狂。

田半顷，破屋数椽而已”（卷六《细侯》），他颇有些英雄气短。细侯并不气馁，她想得很清楚：“妾归君后，当长相守，勿复设帐为也。四十亩聊足自给，十亩可以种桑，织五匹绢，纳太平之税有余矣。闭户相对，君读妾织，暇则诗酒可遣，千户侯何足贵。”半顷五十亩地，四十亩种粮食可以自给自足，十亩种桑麻用来织布可以应付太平年景的捐税。日子虽然不富足，却也过得去，满生甚至可以不用外出教书。二人朝夕相对，晚上一盏油灯，满生埋头四书五经刻苦攻读，细侯在一旁纺线织布，吟诵声、织布声相应，两人偶尔抬头相视而笑，这是多么温馨的时光。闲暇之时，对着清风明月，对着屋前屋后的花花草草，喝点小酒吟吟诗，真是神仙般的日子。他们觉得这是握在手中的妥妥的幸福。满生为了帮细侯赎身外出筹钱，结果变故迭起，加上奸人作梗，他只能滞留异乡，甚至身陷囹圄。等他从狱中出来，细侯已经为生活所逼不得不嫁给了一个富商，并生育一子。原来所谓的幸福不过是水中月镜中花，是指缝间流逝的细沙。二人最终虽然重聚，但曾经设想的幸福却早已锈迹斑斑。

同样是书生与妓女的故事。鸦头是个年幼的妓女，才十四岁，执意不肯接客，当见到王文时，则“秋波频顾，眉目含情”（卷五《鸦头》）。王文本是诚笃正直之人，从不出入青楼歌巷，见到鸦头也是惘然若失。在同乡赵东楼的帮助下，二人终于可以欢会，鸦头建议“宵遁”，连夜私奔。这样的计划本没有成功的可能，但鸦头比细侯幸运，因为她是狐，颇有些法力，一夜间，二人已经从六河逃到了汉口。王成也是一文不名的穷书生，对于未来的日子毫无信心，鸦头说：“何为此虑？今市货皆可居，三数口，淡薄亦可自给。

可鬻驴子作赀本。”她虽然年幼，但很笃定，有什么好担心的呢？先将驴子卖了做本钱，买点货物存起来卖钱。一家三数口人，过清寒的日子足以自给。王文也觉得计划不错，立刻付诸行动，在门前开起了小商店，“王与仆人躬同操作，卖酒贩浆其中。女作披肩，刺荷囊，日获赢余，饮膳甚优”。王文亲自掌柜卖酒浆，鸦头做披肩绣荷包，每天都有赢利，小日子过得有滋有味。过了一年多，他们也有了丫环老妈子，王文不必再亲自干活，负责监督就可以。鸦头要比细侯幸福，她将“君读妾织，诗酒相遣”的想象变成了现实。幸福来得如此不易，却能在瞬间被摧毁，鸦头还是被鸨母抓了回去，被监禁被拷打，受尽折磨。这一别就是十八年，当他们重聚时，多年的煎熬也许让彼此都已白了头，这十八年的空白该如何去填补呢？

向晟也是幸运的，因为他比满生富有。当他为妓女波斯赎身时，不必外出筹钱，加上鸨母还算通情达理，他能够“竭资聘波斯以归”（卷六《向杲》）。向晟如愿以偿抱得美人归，似乎可以从此过上两情相悦诗酒相遣的生活。可惜，哪来的妥妥的幸福呢？财大势大的庄公子一直想将波斯赎回做小妾，听说向晟竟然抢了自己看中的人，直接将他打死了。这样的故事我们似曾相识，让我们回到《红楼梦》中，冯渊本来好男风，见到英莲，可谓“前生冤孽”，“一眼看上了这丫头，定要买来作妾，立誓再不交结男子，也再不娶第二个了”（《红楼梦》第四回）。在那个男子可以一妻数妾的时代，英莲能碰到一个一心人，也算是苦尽甘来了。可是，哪来的苦尽甘来呢？呆霸王薛蟠也看上了英莲，直接打死冯渊，抢走英莲了事。冯渊既然是“逢冤”，自然有冤无处伸，只能做个屈死鬼。向晟这边呢？弟弟向杲为其打官司，但“庄广行贿赂，使其理不得伸”；向杲想刺杀庄公子，庄家戒备森严，无隙可入。我们知道，现实中的向晟不过是又一个冯渊罢了。所幸这是在《聊斋》中，向杲得高人相助，幻化为老虎，最终为兄长报了仇。那好不容易从了良的波斯呢？这有着异域风情名字的女子，小说中只字未提，让人忍不住心存牵念。

相同的不幸一而再地在《聊斋》中上演，幸福真的很遥远。另一个女子的结局我们很清楚。卫氏是冯相如的妻子，她“神情光艳”，她“勤俭，有顺德”，夫妻“琴瑟甚笃。逾二年举一男，名福儿”（卷二《红玉》）。男有才女有貌，男子正直，女子孝顺，夫妻恩爱，育有一子，这就是现实生活中简简单单、真真切切的幸福吧？可是，这样的幸福也很快成了泡影，只因一个被罢免的御史看上了卫氏，于是卫氏被抢不屈而亡，冯父被打呕血离世，冯相如亦被打伤。一个美满的家庭瞬间家破人亡，只剩下愤怒孤苦的鳏夫与嗷嗷待哺的婴儿。如果不是侠士相助，冯相如无以报仇；若非红玉出力，冯相如也不能重振家业。因为这是《聊斋》，总要给我们一些安慰一些期待，生活才能继续下去。

三　社会的黑暗

在书生们的爱情中，我们看到了小人作祟、暴力抢夺、草菅人命，生活中的黑暗无处不在，直接挤压着人们的生存空间。张鸿渐只是起草了状告官员的状子就被追捕，被迫抛家弃子，隐姓埋名，流落异乡十几年（卷九《张鸿渐》）。成名是个老实本分的教书先生，被逼着做了里正，被逼着去捉蟋蟀，家产荡尽，自己被打得皮开肉绽，甚至连儿子都跳了井（卷四《促织》）。席方平的父亲因冤家对头羊翁在阴间行贿，也被抓去了阴间，并被关进监狱，受尽折磨。席方平奔赴地下要为父伸冤，但从狱吏到差役、城隍、郡司，直到阎王，每一个人都收受了羊翁的贿赂，他根本无处伸冤。这一过程中，他被拷打，被火烤，被锯解，被迫还阳，受尽了酷刑，但他不改初衷，终于见到二郎神为父报了仇（卷十《席方平》）。

作者曾借成生之口说道："强梁世界，原无皂白。况今日官宰半强寇不操矛弧者耶？"（卷一《成仙》）这是个强盗世界，原来没有什么是非黑白。何况现在当官的大半都是没有拿着武器的强盗，何来公平正义可言？虽说"当官不为民做主，不如回家卖红薯"，但真正能为民做主的官员究竟能有多少呢？不贪不腐两袖清风的官员究竟有多少呢？古代中国不是一个健全的法治社会，而是一个人治社会，所以我们对清官充满了期待，但从古到今的文学作品中所谓的清官又有几个，我们掰掰手指头就能数个遍。作者对官场的黑暗腐败有清醒的认识，但仍然只能将法律的公正、社会的清明寄托在清官身上，可是，我们知道席方平与他的父亲终将成为无数冤魂中的一缕，这实在是个巨大的悲剧。

《席方平》一文用阴间来影射人世间的黑暗，正如《梦狼》（卷八）中所写"官虎吏狼"的景象。白翁梦中去找当官的大儿子，到了官衙门口，"见一巨狼当道，大惧不敢进。……又入一门，见堂上、堂下，坐者、卧者，皆狼也。又视墀中，白骨如山，益惧"。他也亲眼见到长子"扑地化为虎"。白翁派次子去跟长子说好好为官，善待百姓，长子说："黜陟之权，在上台不在百姓。上台喜，便是好官；爱百姓，何术能令上台喜也？”决定官职升降的是上司不是百姓。上司喜欢你，你就是好官；爱护百姓，有什么办法让上司喜欢你呢？所以只要好好巴结讨好上级官员就好，其他都不重要，老百姓只是自己横征暴敛的对象，是能让自己盆满钵满的肥羊。《梦狼》算不上是一篇精彩的小说，它将复杂的社会问题、官场现象简单化、概念化了。权力只有关进笼子，才能让官员成为真正的公仆，但在古代中国那样的人治社会里，用什么来监督权力的行使呢？权力的无限膨胀只会造成整个社会的黑暗，而每一个平民百姓都可能成为受害者。

看中国古代戏曲小说，很难喜欢里面的书生，他们给人的总体印象是软弱妥协还有些虚伪。当爱情遭遇挫折阻碍时，他们常常以要赴京参加科举考试为由溜之大吉，留下可怜的女主角独自抗争。比如在白朴的《墙头马上》一剧中，李千金跟着裴少俊私奔，在无名无分的情况下跟了他七年，为他生儿育女，为他操持家务。当裴尚书发现她的存在，以为她是娼优之流要驱逐她，并且要送她去官府受刑时，裴少俊赶来了，可他并没有站在李千金一边，反而认为自己“是卿相之子，怎好为一妇人受官司凌辱，情愿写与休书便了，告父亲宽恕”，完全不念李千金抛弃家庭与他私奔、不计名分为他生儿育女的一番情义。李千金被赶走后，他立刻“收拾琴剑书箱，我就上朝取应去”，以此来逃避父子、夫妻之间的矛盾。

在关汉卿的《鲁斋郎》中，银匠李四的妻子被抢，他明知道鲁斋郎是皇亲国戚，自己没有丝毫胜算，仍然不依不饶地追着鲁斋郎告状，要夺回妻子，要为自己讨个说法。做小吏的张珪劝他：“你不如休和他争，忍气吞声罢。别寻个家中宝，省力的浑家。”当张珪自己的妻子也被鲁斋郎看中时，他虽然满腔愤慨，恨鲁斋郎“弄的我身亡家破，财散人离”，但还是乖乖地亲自将妻子送到鲁斋郎门上，全无反抗之意。作为社会脊梁的读书人怎么会如此的可怜可鄙呢？

蒲松龄是否也因为看到了读书人软弱妥协的一面，所以更欣赏慷爽侠义的男性？在他的笔下，男主角们为了自己的前程努力过奋斗过，为了自己的爱情抗争过执着过，但很多看似触手可及的幸福却因为社会的黑暗、制度的不公、生活环境的恶劣而被碾压成了尘埃，平凡与安稳竟然也是奢求，只留下读书人一声长长的叹息。

第十一讲　三人世界的悲喜

一　莲香、李氏与桑生

爱情的世界里，一人太孤独，三人太拥挤，两人方自成天地，但蒲老先生似乎很喜欢三人世界，一男二女，双美并峙，成为《聊斋》中很多篇章的结构模式。莲香与李氏，一狐一鬼（卷二《莲香》）；小谢与秋容，两女鬼（卷六《小谢》）；嫦娥与颠当，一仙一狐（卷八《嫦娥》）；方氏与舜华，一人一狐（卷九《张鸿渐》）；陈云栖与盛云眠，两女道士（卷十一《陈云栖》）；连城与宾娘，两大家闺秀（卷三《连城》）；青梅与阿喜，一丫环一小姐（卷四《青梅》）……其他还有《阿绣》《寄生》《巧娘》《香玉》《红玉》《荷花三娘子》，等等。连宁采臣都娶了一妻一妾，让读者忍不住扼腕叹息，恨不能将老先生找来当面理论一番，说好的“平生不二色”呢？

如果只是停留在三人的情感纠葛中，的确会很纠结，但如果以此来考查蒲老先生写人编故事的非凡能力，则别有一番趣味。有学者认为《莲香》是《聊斋》“立局定调”的作品，是一男双美的构思源头，那我们不妨先来看看桑晓与莲香、李氏的故事。

莲香的出场很低调，自称“西家妓女”，三五天来跟桑晓约会一次。她虽有倾国之貌，但作者并未细加形容。到李氏出场，作者则不惜笔墨，说她手“冷如冰”，“年仅十五六，亸袖垂髫，风流秀曼。行步之间，若还若往”，她削肩垂发，轻盈飘逸，如花间露珠，似乎随时会消逝不见。李氏美丽而柔弱，让人心生怜惜。与她相比，莲香只剩下一个模糊的身影。李氏从桑生口中知道了莲香的存在，听说她是妓女，颇有些良家女子的傲慢，说自己“不与院中人等”，当然更不屑于与她有什么交集，所以此后二人“彼来我往，彼往我来”，没有打过照面，只是莲香一直不知道李氏的存在。

飞来的艳福并不是人人都能消受，当莲香再来时，只觉桑生精神萎靡，莲香不忍打搅，告辞而去，相约十天后再来。李氏乘虚而入，不肯荒废了每天的良辰。一天，她笑问桑生：“君视妾何如莲香美？”你看我与莲香哪个更美？笑问，是因为对自己的容貌非常自信，相信桑生一定会说自己更美。桑生是个实诚人，莲香说自己是妓女，他信了；李氏说自己是仰慕他的良家女子，他也信了。李氏送他一只绣花鞋以“寄思慕”，只要他拿出鞋子，李氏就会出现，李氏说“只是碰巧”，他也从不怀疑。这时候，他也实话实说了：“可称两绝。但莲卿肌肤温和。”你们俩都是绝色美女，但莲香的肌肤比较温暖。言下之意，莲香更胜一筹。女人都是同行，千万不要在一个女人面前夸别的女人，老实呆子桑生不明白这样的道理。果然，李氏一听之下就变了脸，决定躲在暗处好好看看莲香。等莲香如期而至，李氏不但看了个真切，而且跟踪而去，发现莲香是“南山而穴居”的狐狸。为什么要跟踪莲香？因为莲香有着人世间没有的美丽，令她心生醋意，一定要一探究竟。作者虽然没有正面描写莲香的容貌，但通过桑生之口、李氏之眼进行了补充叙述，连骄傲的李氏都不得不服，足见莲香的确有绝世容颜。正面描写、侧面描写穿插进行，使文字错落有致。一直到这里，作者写莲香都是淡淡道来，写李氏是浓墨重彩，但莲香的温厚体贴与李氏的年轻任性、心高气傲同样都得到了很好的体现。

当李氏向桑生汇报自己的发现时，不免有些洋洋得意。老实人的好处是没有太多心机，所以桑生只是觉得她在吃醋，根本不以为意。老实人还有个好处是心里藏不住话，所以桑生又忍不住告诉莲香，说:“或谓卿狐者。”有人说你是狐狸。莲香并不惊讶，问:“狐何异于人？”狐跟人有什么差别？桑生说:“惑之者病，甚则死，是以可惧。”被狐狸迷惑轻则生病，重则死亡，所以很可怕。莲香辩解了一番，她更关心是谁说她是狐狸，一再追问，老实人桑生是不会撒谎的，将李氏供了出来。莲香也以其人之道还治其人之身，躲起来偷看李氏是何许人，结果发现她是女鬼。桑生“意其妒，默不语”，仍然认为这是女人间的争风吃醋。即使在莲香为他治病令他精神顿爽后，他仍然不相信李氏是鬼。桑生病好莲香要离开时，一再叮嘱，要他与李氏断绝来往，桑生也只是漫不经心地答应了，并没有放在心上。

晚上，桑生拿出鞋子，李氏立刻出现了，数日不见，李氏“颇有怨色”，桑生发誓赌咒说“情好在我”，她才稍许开心。大嘴巴的桑生又憋不住了，说:“我爱卿甚，乃有谓卿鬼者。”我很喜欢你，但有人说你是鬼。李氏乍听之下张口结舌，半天缓不过劲来:

骂曰："必淫狐之惑君听也！若不绝之，妾不来矣！"遂呜呜饮泣。生百词慰解，乃罢。

李氏的反应与莲香大相径庭，莲香磊落大方，李氏则是恼羞成怒，以退为进，先是"结舌"，接着大骂莲香是"淫狐"，说她挑拨离间，再小声压抑地哭个不停，让桑生又是怜惜又是愧疚。当希望桑生与对方断绝来往时，莲香是苦口婆心地相劝，李氏则以自己不再来往相要挟。寥寥数句，从表情到动作到语言都生动演绎了年轻女子的任性娇纵、尖酸刻薄。

第二天，莲香发现李氏又来过了，对桑生的朽木不可雕非常生气，说："君必欲死耶？"你一定要找死啊！桑生却说："卿何相妒之深？"你何必如此嫉妒？莲香更加生气，桑生仍不知好歹，开玩笑说："彼云前日之病，为狐祟耳。"我前些日子生病，她说是狐狸作祟的结果。上文没有写李氏说过莲香作祟的话，这里通过桑生之口进行补充，李氏之"坏"可谓层层递进。莲香长长叹息，为了避嫌，只能从此离去。这一段写莲香与桑生的对话，莲香从"怒"到"益怒"到"叹曰"，直到"怫然"而去，是恨铁不成钢的无可奈何，是深情被辜负的伤心，是被猜疑的寒心。

与李氏相比，莲香很懂事很体贴，在桑生身边，她更像个大姐姐，甚至像一个母亲，所以桑生在莲香面前是放松的，对莲香的生气他是"笑曰""托词以戏"，甚至说出"狐祟"这样直刺人心伤人至深的字眼。对李氏的哭闹，桑生则是小心翼翼、百般讨好，还有深情款款的告白："情深在我""我爱卿甚"。虽然这是双美并峙的故事，但很清楚桑生情感的天平更偏向于李氏，因为在乎所以小心，因为深爱所以怕失去。真替莲香抱不平，懂事也就意味着压抑本性，她难道不想像李氏那样纵情恣肆地活着吗？

莲香在为桑生治病的数日间，两人虽同床共枕，但为了桑生顺利康复，她一直拒绝与桑生交欢。此时莲香离去，李氏是每夜必至，桑生一天天衰弱下去，最终到了只能喝点稀粥的程度。即便如此，他“尚恋恋不忍遽去。因循数日，沉绵不可复起”。这时，他才开始怀疑李氏，后悔没有听取莲香的忠告。在桑生奄奄一息的时候，莲香又出现了，原来她自离开后，就采药三山，用三个多月的时间将药材都采集齐全，赶来为桑生治病。

莲香、李氏、桑生三人终于面对面地坐在了一起，桑生数落李氏之错，莲香也要与李氏对质，李氏无言以对，只能向莲香认错。莲香原谅了李氏，问起李氏的生平，李氏曰：“妾，李通判女，早夭，瘗于墙外。已死春蚕，遗丝未尽。与郎偕好，妾之愿也；致郎于死，良非素心。”这也是一个可怜的女子，虽已离开人世，仍然渴望光明，渴望温暖，渴望爱情。桑生这时候才明白，原来自己的两个女人，真的一个是狐一个是鬼。这是一个由人、狐、鬼交织的世界，人不理解狐，所以桑生说：“惑之者病，甚则死，是以可惧。”莲香解释说：“不然，如君之年，房后三日，精气可复，纵狐何害？设旦日而伐之，人有甚于狐者矣。天下病尸瘵鬼，宁皆狐蛊死耶？”不对。像你这样的年纪，房事三天后精气就可以恢复，是狐狸又有什么关系？如果每天房事，人比狐狸可怕多了。天下那些因色痨病死的人，难道都是狐狸害死的？狐也不理解鬼，所以莲香问：“闻鬼物利人死，以死后可常聚，然否？”听说鬼希望人死，人死以后可以在地下相聚，是不是这样？李氏说：“不然。两鬼相逢，

李女欻入，卒见莲香，返身欲遁。莲以身蔽门，李窘急不知所出。

并无乐处。如乐也，泉下少年郎岂少哉！”不是。两个鬼相聚在一起，并没有乐趣。如果有乐趣，九泉之下的少年郎还少吗？鬼也不理解狐狸，所以李氏问：“狐能死人，何术独否？”狐狸会害死人，你有什么办法不这样？莲香说：“是采补者流，妾非其类。故世有害人之狐，断无不害人之鬼，以阴气盛也。”害人的是实施采补之术的狐狸，我不是。所以，世上有不害人的狐狸，绝对没有不害人的鬼，因为鬼的阴气太重了。作者让鬼、狐自道，说明二者之间的差别，一解读者心中的疑惑，但为什么“两鬼相逢，并无乐处”呢？大概因为都无温度，并不能彼此温暖吧。

又过了三个月，桑生才恢复了健康，这一段时间，李氏经常数天不来，偶尔出现，也是看一眼就走，相见时也总是闷闷不乐。勉强将她留下来，她“着衣偃卧，踡其体不盈二尺”，桑生抱着她，“撼摇亦不得醒”。自己的爱原来是一把利剑，会将爱人置于死地，经过这场磨难，李氏终于明白过来，于是只能隐忍自己的爱意，继续自己孤独凄寒的鬼生。李氏的隐忍自抑让我们原谅了她的少不更事，她对温暖的渴望与现实的残酷，让我们亦有“我见犹怜”的感觉。

作者不会让这个故事就此结束，一男双美的情缘还要继续，既然人、狐、鬼终是异类，就得消除彼此间的距离，于是李氏借尸还魂，莲香也转世为人，三人最终以人的面貌相聚，活在了人世间。

二　小谢、秋容与陶生

桑晓“为人静穆自喜”，好静不好动，不善与人打交道，更缺乏与女性相处的经验，在与莲香、李氏交往的过程中，他总是直言不讳，又总是对此说彼的秘密，因而总引发二人间的矛盾，同时也推动了故事的发展。与桑晓不同，《小谢》（卷六）中的陶望三风流倜傥，喜欢招妓陪饮，但酒筵结束就让妓女离开，“友人故使妓奔就之，亦笑内不拒，而实终夜无所沾染”。他曾夜宿姜部郎家，“有婢夜奔，生坚拒不乱”。陶生为人豁达，处事也很有分寸，与妓女可以逢场作戏，但不及于乱；良家女子则坚决拒之门外。他有丰富的与女性周旋的经验，更有着超强的自制力。

陶生不信世间有鬼，并且认为即使有鬼又能把我怎么样呢？于是住进了一所凶宅。小谢与秋容适时出现了。莲香与李氏是彼来我往并未照面，桑生也不知二人的身份；此处小谢、秋容同时出现，陶生也很清楚二人都是女鬼。莲香与李氏一狐一鬼，二者也不同时出现，要写出她们的不同似乎比较容易；小谢、秋容都是女鬼，又出现在同一画面中，要写出她们的不同就更需笔力。

二女鬼与陶生的相处是从恶作剧开始的：

> 薄暮，置书其中，返取他物，则书已亡。怪之，仰卧榻上，静息以伺其变。食顷，闻步履声，睨之，见二女自房中出，所亡书，送还案上。一约二十，一可十七八，并皆姝丽，逡巡立榻下，相视而笑。生寂不动，长者翘一足踹生腹，少者掩口匿笑。生觉心摇摇若不自持，即急肃然端念，卒不顾。女近以左手捋髭，右手轻批颐颊，作小响。少者益笑。生骤起，叱曰：“鬼物敢尔！”二女骇奔而散。生恐夜为所苦，欲移归，又耻其言不掩，乃挑灯读。暗中鬼影憧憧，略不顾瞻。夜将半，烛而寝。始交睫，觉人以细物穿鼻，奇痒，大嚏，但闻暗

处隐隐作笑声。生不语，假寐以俟之。俄见少女以纸条撚细股，鹤行鹭伏而至。生暴起而诃之，飘窜而去。既寝，又穿其耳。终夜不堪其扰。鸡既鸣，乃寂然无声，生始酣眠，终日无所闻睹。日既下，恍惚出现。生遂夜炊，将以达旦。长者渐曲肱几上，观生读，既而掩生卷。生怒捉之，即已飘散。少间，又抚之。生以手按卷读，少者潜于脑后，交两手掩生目，瞥然去，远立以哂。生指骂曰："小鬼头！捉得便都杀却！"女子即又不惧。

这一段详细描写了二女鬼恶作剧的过程，长者是秋容，少者是小谢。年长一些，似乎胆子更大，秋容用脚踹陶生的肚子，捋他的胡须，轻轻打他的耳光，都是比较近距离的肢体接触。小谢呢？则是将纸条捻成细绳，穿进陶生的鼻孔，引得陶生喷嚏不止，其"鹤行鹭伏"屈身轻步、蹑手蹑脚的样子，警觉中透着滑稽。伴随着两女鬼恶作剧的是小谢的"掩口匿笑""益笑"，那"暗处隐隐作笑声"的是秋容还是小谢呢？大概还是小谢吧。当陶生看书时，秋容先是弯着胳膊伏在几案上，看着他读书，又用手掩住他的书。小谢则悄悄走到他身后，用手蒙住他的双眼，又迅速走开，远远地站在一旁微笑。当双美并峙时，我们都不能免俗地问自己：哪个更可爱？我更喜欢谁？这里也许会喜欢小谢多一些吧。秋容胆大率真，不免有些粗野；脸上一直挂着笑容的小谢则是娇娇憨憨的，似乎多了些灵动蕴藉之气。

经过恶作剧的热身，一人二鬼找到了最佳相处模式，那要从小谢代陶生抄书说起。一天，陶生抄书未完外出，回来时，见小谢正伏案代为抄录。她“见生，掷笔睨笑”，仍是一脸笑意。这本来也是一桩恶作剧，但陶生特别善于夸奖人，他与女性相处的经验极好地帮助了他。上文当二女为他淘米做饭时，他夸奖道：“两卿此为，不胜憨跳耶？”你们这么做，不是比瞎闹腾好吗？引得二女争相为他摆放餐具为他盛饭。这里，虽然小谢的字写得不像样，但很整齐，他又夸奖道：“卿雅人也！”并将小谢拥在怀中，抓住她的手腕教她笔画，秋容一见之下就变了脸色。陶生非常聪明，知道秋容心存醋意很不开心，但他并不说破，更没有出言相劝，而是装作不知道，也将她拥在怀中写了几个字，并且大肆夸赞：“秋娘大好笔力！”秋容这才开心起来。

从此，陶生写上范字让二女临摹，他自己在另一房间读书，一人二鬼相安无事，互不相扰。小谢小时候曾经跟着父亲学过写字，有些基础，字要比秋容写得好。秋容自愧不如，要陶生夸奖劝慰一番，脸上的阴霾才一扫而尽。小谢善书，一个月左右，“书居然端好，生偶赞之，秋容大惭，粉黛淫淫，泪痕如线。生百端慰解之，乃已”。秋容是个争强好胜的女子，写字一事输给了小谢，从“不语”到“有惭色”，一直到“泪痕如线”，可见此事对她的自尊骄傲是很沉重的打击，而陶生总是夸奖她、鼓励她、宽慰她，让她“乃喜”“颜乃霁”“乃已”。这个过程对老师对学生而言都不甚愉悦，幸好陶生是个好老师，他很擅长发现学生的特长，并且能因材施教。既然秋容不擅长书写，那就教她读书吧，“因教之读，颖悟非常，指示一过，无再问者。与生竞读，常至终夜”。秋容其实也是聪明灵秀的女子，只要找到自己喜欢的东西，她学得也很快。加上小谢之弟三郎也加入读书的行列，互相督促，进步更快，“积数月，秋容与三郎皆能诗，时相酬唱”。

在学写字的过程中，小谢一直是胜者，从“行列疏整”到“居然端好”，带给秋容巨大压力。虽然此时三人的相处并未涉及男女私情，但有人的地方就有竞争，有竞争也就会有嫉妒。当小谢是胜者时，作者重点刻画的是秋容的醋意与失落，小谢呢？想来是该有些小得意的。现在秋容能读书能作诗，小谢的优势也就不复存在，这时她的嫉妒与焦虑也在增长，所以二女的竞争依然存在，“小谢阴嘱勿教秋容，生诺之；秋容阴嘱勿教小谢，生亦诺之”。不得不再夸夸陶生之练达人情，善于周旋，二女不管说什么他都答应下来，至于怎么做，他自有主张。如果换作桑生的话，是不是又要将私下的话透露给对方，引发大战呢？

虽有二女相妒的小插曲，但一人二鬼竟营造出世外桃源般的其乐融融。相聚终有一别，陶生外出赴试，结果恶运不期而至，他因文祸被逮入狱。二女与三郎竭力救援，却又风波迭起：秋容被城隍黑判抢去，要逼她为妾；小谢百里奔波，脚心被老荆棘刺伤；三郎去巡抚衙门申冤，被打板子……最后，陶生终于获救了，三人历经磨难，二女“妒念全消”，三人情同一家。但三人要真正走到一起，还有强大的阻碍需要克服。莲香曾经说过：“世有不害人之狐，断无不害人之鬼，以阴气盛也。”陶生亦深知此理，终日与二美相对，他也有心旌摇荡无力自持的时候，全靠毅力将欲念压制下去，他说：“相对丽质，宁独无情？但阴冥之气，中人必死。不乐与居者，行可耳；乐与居者，安可耳。如不见爱，何必玷两佳人？如果见爱，何必死一狂生？”面对两位佳丽，我怎么可能不动情？只是人中了阴曹地府的阴气必死。你们不乐意与我一起住，可以走开；乐意与我一起住，那就安心住下。如果你们不爱我，我何必玷污了两个佳人？如果你们爱我，又何必让我一个狂生去死呢？陶生的确是自制力惊人的君子，所以三人相处愉快并无私情。此时，陶生因二女营救才逃出生天，也算是重活了一回，他愿为二女而死，但小谢与秋容又怎么舍得伤害他呢？

如何让三人相守？作者让小谢与秋容在一道士的帮助下，都借尸还魂重新回到了人世。二女重生的过程，同样写得疏落有致，不但二人之生不同，与李氏亦不相同。这同样是另一个话题了。

三　余论

蒲老先生喜欢双美并峙的故事，大概与过去的婚姻形态有关。根据“父母之命，媒妁之言”娶回家的妻子，她可能是个贤妻良母，但她可能不识字或者识字不多，不能满足读书人情感世界对知己的渴求，面对只知柴米油盐的荆钗布裙，是否还希望生活中有一个能诗词唱和环佩叮当的优雅女子？有了一个体贴宽容的大姐姐，是否还想要一个任性俏皮的小妖精？真毓生先娶了陈云栖，陈“弹琴好弈”（卷十一《陈云栖》），但“不知理家人生业”，以致做婆婆的虽然“雅怜爱之”，却又忧心忡忡，甚至说出了这样的话：“画中人不能作家，亦复何为。”当盛云眠到来时，她“练达世故”，能“代母劬劳”，老夫人欣赏不已，让儿子将盛氏也娶回了家：

> 夫人故善弈，自寡居，不暇为之。自得盛，经理井井，昼日无事，辄与女（指陈云栖）弈。挑灯瀹茗，听两妇弹琴，夜

分始散。每与人曰：“儿父在时，亦未能有此乐也。”

连做婆婆的都希望能有两个儿媳妇，一个是现实中的，勤劳能干，负责持家理财；一个是画中人，负责琴棋书画诗酒浪漫。做婆婆的尚且如此，更何况做丈夫的呢？张爱玲说：“也许每一个男人全都有过这样的两个女人，至少两个。娶了红玫瑰，久而久之，红的变了墙上的一抹蚊子血，白的还是‘床前明月光’；娶了白玫瑰，白的便是衣服上沾的一粒饭黏子，红的却是心口上一颗朱砂痣。”红玫瑰的热烈、白玫瑰的清雅，这两种风格气质既然无法统一在一位女性身上，那就只能将两位都带回家，让她们在双美并峙的格局中共存了。

爱情是排他的，现在的人很难想象一男二女和睦相处的状况，所以读者大多并不喜欢这样的题材，但仔细读来，竟会忽略让人不适的主题，只觉得人物是如此生动，人性又是如此复杂。莲香之大度温柔，李氏之娇纵任性，小谢之娇憨灵秀，秋容之争强好胜，一一如在目前，让人难分轩轾，难以取舍。看似一样的书生，原来竟是如此不同，桑生如此老实木讷，陶生又是如此机敏豁达，他们的不同让身边的女性有了更多施展的空间，展现出更为立体的人性。

第十二讲　重回人间的努力

一　受生人气复活

看《聊斋》有一个强烈的疑问：书中写了很多狐鬼仙怪与人的婚恋故事，为什么都是女性的狐鬼仙怪与世间男子的故事，却没有相反的情况？如果是男性的狐、妖之类看上了世间的女子，都被称作“作祟”。《胡氏》（卷三）是唯一一篇男性狐狸看上了世间女子并进行婚嫁谈判的故事。胡氏是一狐狸精，在一人家做家庭教师，知道主人有一个女儿，多次向主人求亲，主人都假装不理解。胡氏为表郑重其事还请了个狐狸来做媒，主人不能装不知道了，只能拒绝，理由是“但恶非其类耳”。于是人狐交恶，狐狸不停来骚扰，如此持续了一个多月，主人不堪其扰，决定跟胡氏谈判。故事有了戏剧性的发展，主人虽然拒绝将女儿嫁给胡氏，却愿意让儿子娶胡氏的妹妹。对此，胡氏大喜，“酬酢甚欢，前隙俱忘”。无论人间女子嫁狐狸，还是人间男子娶狐狸，都同样面临“非其类”的问题，那为什么人间女子就不能嫁给狐狸呢？并且狐狸似乎也深以为然，当主人与胡氏谈判时说："先生车马、宫室，多不与人同，弱女相从，即先生当知其不可。"胡氏的表现是"大惭"，似乎在人的面前也有些自惭形秽。这个问题的中心就是人本位思想与男性本位思想。狐鬼仙怪无论有多强的能力，哪怕你能长生不老、起死回生，在人面前都是低一等的，所以人间女子不能低就异类的男子。另一方面，以男性为中心的思维里，所谓"嫁鸡随鸡，嫁狗随狗"，人娶了狐鬼仙怪，总是人占了便宜，生下的孩子也是人的后代。相反的情况，则是人被占了便宜，生下的孩子也非人类。所以人间女子不能嫁异类，男子则可以娶异类。

当世间男子与非人类的狐鬼仙怪相恋相爱时，哪一种会对人产生伤害？ 人与异类的婚恋故事，大致可分为两类，一是人与花妖狐魅，二是人与鬼。精怪与狐一样，如非通过采补来修炼，一般不会对人造成伤害。辛十四娘是狐狸精，"日以纴织为事"（卷四《辛十四娘》），只似寻常女子；黄英是菊花精，虽能种菊发家，"亦无他异"（卷十一《黄英》）；阿纤是老鼠精，善积粟，"亦无甚怪异"（卷十《阿纤》）……她们都与人间的男子结婚，并没有对自己的丈夫造成任何伤害，甚至能利用自己的能力救丈夫于危难，或者帮家人过上富裕的生活。即使对人的身体小有损害，也不会有太大影响，不至于殒命或致人残疾。马天荣与毛狐有短暂姻缘，毛狐在离去时交给他一小撮黄色粉末，说："别后恐病，服此可疗。"（卷三《毛狐》）相对而言，鬼的危害就很大，莲香说："世有不害人之狐，断无不害人之鬼，以阴气盛也。"（卷二《莲香》）陶望三说："阴冥之气，中人必死。"（卷六《小谢》）一是狐说，一是人言，难免有偏见，还是让鬼自道吧，梅女说："阴惨之气，非但不为君利。"

（卷七《梅女》）连琐说得更明白："夜台朽骨不比生人，如有幽欢，促人寿数，妾不忍祸君子也。"（卷三《连琐》）虽然日常相处没有问题，但男女交欢则会致人死地，所以世间男子与女鬼两情相悦时，只能隐忍欲望，这何尝不是一种煎熬？

李氏说"两鬼相逢，并无乐处"，为何无乐处，她未明说，具体不得而知。想来男女相恋结合，是为了彼此安心，彼此温暖，而九泉之下，幽冥之中，一个没有温度的所在，阴气习习，寒风嗖嗖，二鬼相对，寒冷对寒冷，如何能彼此温暖彼此愉悦呢？自然也就无乐趣可言了。如此一来，鬼只有重回人间，才能与世间人真正走到一起，完成灵与肉的结合。如何让鬼重回人间，蒲老先生自有办法。

聂小倩是《聊斋》中最为人熟知的女鬼，这要归功于王祖贤的演绎，妖艳妩媚，却又鬼气森森，电影里没有讲述聂小倩回到人间以后的故事，让观众想当然地认为有情人终成眷属，王子与公主过上了幸福的生活。幸福哪能唾手可得？宁采臣之母因为小倩是女鬼而不肯接纳她，只让她与宁采臣以兄妹相称。这位"肌映流霞"的女子开始了她重回人间的艰难历程，首先得洗手作羹汤，侍候宁母，操持家务，一家的事说多不多，说少不少，加上纺织刺绣等女工，也足以让小倩里里外外忙个不停了。这些她都无怨言，只要宁母开心就好。功夫不负有心人，宁母终于接纳了她，"亲爱如己出，竟忘其为鬼，不忍晚令去，留与同卧起"。小倩刚到人间的时候，不吃不喝，半年以后，慢慢开始喝一点稀粥。因为长时间与人同止息同吃住，她也就渐渐有了人气，不再会对人不利，并且有了生育的能力。在宁妻去世后，她顺理成章地嫁给了宁采臣，二人生育了二子。当然她还要容忍丈夫纳妾生子，与其他女人一起分享自己的丈夫。

电影《倩女幽魂》里的聂小倩是长发飘飘裙袂飞扬穿行飞舞在林间的女子，这一形象已经在我的脑海中定格，当她变成小说中那个在屋子里忙忙碌碌的孝顺媳妇贤淑妻子时，只觉得内心五味杂陈很难接受。重回人间，也就是重回宗法伦理社会，其代价就是个性的泯灭、自由的丧失吧。

连琐是又一形象鲜明的女鬼，她十七岁去世，已为鬼二十多年，喜欢吟诗，得句云："玄夜凄风却倒吹，流萤惹草复沾帏。"诗算不上很好，但凄凉之境毕现，颇有鬼气。杨于畏帮她续上了后两句："幽情苦绪何人见？翠袖单寒月上时。"这两句表现出诗中人的苦闷孤独，又有傲人出世之感。连琐引为知音，出来与杨生相见。她"瘦怯凝寒，若不胜衣"，女鬼就该是李氏是连琐吧，瘦弱娇柔，如烟似雾，美得不可触摸。连琐是个风雅的女鬼，喜欢诗文，喜欢《连昌宫词》，杨生每"与谈诗文，慧黠可爱，剪烛西窗，如得良友"，一人一鬼的相处如诗似画，羡煞世人：

> 女每于灯下为杨写书，字态端媚。又自选宫词百首，录诵之。使杨治棋枰，购琵琶，每夜教杨手谈。不则挑弄弦索，作"蕉窗零雨"之曲，酸人胸臆；杨不忍卒听，则为"晓苑莺声"之调，顿觉心怀畅适。挑灯作剧，乐辄忘晓，视窗上有曙色，则张皇遁去。

连琐能读书能写字能作诗，可谓小谢与秋容的结合体，有友如此，杨生大概也有“色授魂与”远胜“颠倒衣裳”的幸福感吧。所以，杨生对连琐是宠溺的，他本是一穷书生，除埋头四书五经，致力于科举考试，对琴棋书画都没什么兴趣，但现在连琐喜欢，她要什么，他就为她添置什么。她说要下棋，他就买来棋盘棋子；她说要弹琵琶，他就买来了琵琶，单调朴素的书斋忽然多了些女性的色彩与芬芳。晚上，连琐教杨生下围棋；如果不下棋，连琐就弹琵琶，其技艺已臻化境，悲伤的曲子令人心中酸楚，不忍卒听；明朗的曲子则令人心情舒畅，如沐春风。吟诗奏乐的时光如流水般逝去，原来生活可以如此多姿多彩，一个忘记了科举的乏味，一个忘记了幽冥的凄寒，一人一鬼每晚在灯下尽情玩乐，消解了异类的差异，虽无鱼水之欢，但情好甚于夫妻。

感情要经历磨难才能检验其醇度厚度，经历了连琐被惊吓，杨生杀鬼隶等事，两人的感情越发深厚，横阻他们之间的只有人鬼之异了，虽然可以“挑灯作剧”，但毕竟不能长相厮守，每到天亮，连琐就必须匆匆离去，这对于相爱的人来说也是一种折磨。又过了几个月：

> 忽于灯下笑而向杨，似有所语，面红而止者三。生抱问之，答曰：“久蒙眷爱，妾受生人气，日食烟火，白骨顿有生意。但须生人精血，可以复活。”

连琐与人相处日久，渐有生气，但需要有人的精血才能复活。人鬼交接后，“杨取利刃刺臂出血，女卧榻上，便滴脐中”。连琐又千叮咛万嘱咐：“君记取百日之期，视妾坟前有青鸟鸣于树头，即速发冢。……慎记勿忘，迟速皆不可！”文中写连琐复活的条件与过程很详细，连血滴脐中都交待了。连琐走后，杨于畏果然大病一场。百天后，激动人心的时刻终于到了，他让家人“荷锸以待”，青鸟一叫，立刻开始挖掘，“见棺木已朽，而女貌如生，摩之微温。蒙衣舁归，置暖处，气咻咻然，细于属丝。渐进汤酏，半夜而苏”。人世间从此又多了一对恩爱夫妻，但愿他们的生活里除了油盐酱醋还能一直有诗有棋有音乐。

连琐复活的条件有数点：一是渐有人气，二是人的精血，三是确定的时间，四是保存完好的肉身。伍秋月也是女鬼，最后也重返人间了。对照这四点，伍秋月与王鼎相处颇有时日，也渐有人气；她与王鼎一直有鱼水之欢，不乏人之精血；发棺以后，她也是颜色如生。不同的是，因为形势所迫，她不得不提前数日复生，因“未满时日，骨软足弱”（卷五《伍秋月》），虽如神仙中人，“但十步之外，须人而行，不则随风摇曳，屡欲倾侧。见者以为身有此病，转更增媚”。她如随风摇曳的鲜花，无比妩媚，这样的病西施自然不能操持家务，可以一直这么美下去了，这是祸还是福呢？

看完连琐与伍秋月的复生，再回头看看聂小倩，总觉得有点不太对劲。宁采臣为了帮助小倩摆脱老妖的控制，也挖开了坟，但看到的只是一堆白骨。小倩没有了肉身的支撑，她是如何复活的呢？或者小倩一直是一缕鬼魂，那又如何能叫复生呢？又如何能生育呢？

二　借尸还魂

渐有人气进而复活大概是鬼重回人间最便捷的方法了，其他如借尸还魂、转世投胎都颇费周折。李氏因为自己是鬼物，不能与桑生在一起，“自觉形秽，别后愤不归墓，随风漾泊。每见生人则羡之。昼凭草木，夜则信足浮沉。偶至张家，见少女卧床上，近附之，未知遂能活也”（卷二《莲香》）。倔强的少女为了能与心爱的男子在一起，受了太多的委屈、太多的煎熬，老天也心疼她，让她借富室张家女燕儿的身体活了过来。但更大的打击随之而来，她试穿自己以前的鞋子，结果“鞋小于足者盈寸”，三寸金莲忽然变成了大脚丫，再揽镜自照，不由痛哭失声：“当日形貌，颇堪自信，每见莲姊，犹增惭怍。今反若此，人也不如其鬼也！”原来她借来的燕儿的身体虽然年轻却不美貌，不美丽毋宁死，李氏开始绝食，先是“体肤尽肿”，七天没吃东西，也没死去，而肿慢慢消了。既然求死不得，只好吃东西。又过了几天，“遍体瘙痒，皮尽脱”，经过这样一个脱胎换骨的过程，李氏终于恢复了以前的样貌，“复自镜，则眉目颐颊，宛肖生平”。如果这样就能恢复美貌，大概世间的女子都愿意试一试，总比在脸上、身上磨骨动刀子强多了。

可见，借尸还魂最重要的条件就是要找到适合的身体，年纪相当，相貌相当，如果年轻美貌的女子一觉醒来变成了风烛残年的老妪，那真是生不如死。这一点，作者在小谢与秋容的复生中做了细致的安排。

一颇有法力的道士愿意成全陶生与二女鬼的缘分，但只有一女体，二鬼只能竞争复生。道士给了陶生两道符，说：“归授两鬼，任其福命；如闻门外有哭女者，吞符急出，先到者可活。”（卷六《小谢》）小谢毕竟年轻一些，事到临头，竟然忘了吞下符咒，被秋容领了先，小谢只能“痛哭而返”。秋容借来的又是一富室之女的身体，“面庞虽异，而光艳不减秋容”，不但年轻美貌，而且富有，陶生、秋容自是欢喜不尽。这下可苦了小谢，不但不能回到人世与陶生相依相伴，还失去了鬼伴，看着陶生、秋容的快乐，而他们的快乐与自己无关，直觉悲从中来，于黑暗中失声痛哭，“痛不可解”。到陶生、秋容成婚入洞房的时候，小谢又呜呜哭个不停，一连六七个夜晚都如此。小谢的痛苦，夫妻二人感同身受，根本没有心情行夫妻之礼，他们必须帮助小谢也回来。于是陶生又去找道士，苦苦哀求，道士被缠不过，终于答应相助：

> 乃从生来，索静室，掩扉坐，戒勿相问。凡十余日，不饮不食。潜窥之，瞑若睡。一日晨兴，有少女搴帘入，明眸皓齿，光艳照人。微笑曰：“跋履终夜，惫极矣。被汝纠缠不了，奔驰百里外，始得一好庐舍，道人载与俱来矣。待见其人，便相交付耳。”敛昏，小谢至，女遽起迎抱之，翕然合为一体，仆地而僵。道士自室中出，拱手径去。拜而送之。及返，则女已苏。扶置床上，气体渐舒，但把足呻言趾骨酸痛，数日始能起。

道士为了给小谢找一个好的“庐舍”，奔波百里带回一个少女，其美貌似还在秋容的“庐舍”之上。小谢也终于重回人间了。问题是小谢的“庐舍”是谁，又是从哪里来的呢？作者也不忘为她找到家人，原来她是陶生的同榜蔡子经之妹。

李氏、秋容、小谢都通过借尸还魂活了过来。李氏的“庐舍”不太合适，在经历脱胎换骨后，宛肖生平；秋容通过竞争复活，看似最顺利；小谢则需借助法力，百里驱尸。李氏、秋容借用的身体，作者直接交待了她们的身份；小谢呢，则是在事后补充说明。相同的事件作者写得疏落有致，避免了雷同，颇有趣味。文中写李氏重生后的心情变化，周围人的反应；秋容重生后，秋容、陶生、小谢三人的心理，都很细腻。只是，陶望三面对着虽然美貌却与小谢、秋容迥异的两张面孔，他还能一样爱她们吗？

三　转世投胎

借尸还魂重要的是选择“庐舍”，转世投胎则是时间的阻隔。等一个女子去投胎，再等到她成年，至少要十五年的时间。十五年，青年已步入中年，也许已须发尽白，也许已驼背眼花。那时候，感情还能依旧吗？《聊斋》中不乏两世情缘的故事。鲁小姐是《聊斋》中难得英姿飒爽的女子，喜欢打猎，她“风姿娟秀，着锦貂裘，跨小骊驹，翩然若画”（卷三《鲁公女》），这一画面落在张于旦眼中，也刻在了他心里。爱情的发生是没有理由的，冯生看到“着红帔”“蹑露奔波，履袜沾濡”（卷四《辛十四娘》）的辛十四娘，立刻坠入情网。王桂庵见到船夫之女“绣履其中，风姿韵绝”（卷十二《王桂庵》），从此开始了数年的等待追寻。

张于旦自见到鲁小姐，“极意钦想”，但故事还没开始，鲁小姐就忽然去世了。穷书生与官府小姐本来也不会有故事发生，她只能是他心中的一个念想。正因为她的去世，才让故事有了发生的可能，发生在蒲松龄的笔下。鲁小姐的灵柩寄存在张于旦借读的寺院，张生是“朝必香，食必祭”，希望鲁小姐九泉有知，能跟他见

生敬礼如神明，朝必香，食必祭。

上一面。张于旦是蒲老先生欣赏的第一类男子，他“疏狂不羁”，根本无视人与鬼的差异。精诚所至，鲁小姐真的来了。她不是连琐的娇怯瘦弱，也不是秋容、小谢的嬉笑恶作剧，而是忽然出现，“含笑立灯下”，落落大方，确是英武的女子。她与张于旦的相处也非弹琴下棋、读书写字的清雅，而是请张生帮她诵《金刚经》，以消除她杀生太多的罪恶。节日，张生想带她一起回家，“女忧足弱，不能跋履，生请抱负以行，女笑从之。如抱婴儿，殊不重累”。蒲松龄真是个浪漫的人，张生抱着鲁小姐来来去去的画面何其温馨何其惬意，说她像孩子一样轻，又突出了鬼的特质，用笔丝毫不乱。五年的幸福时光一晃而过，鲁小姐也该走了：

> 一夜，侧倚生怀，泪落如豆，曰：“五年之好，于今别矣！受君恩义，数世不足以酬。”生惊问之。曰：“蒙惠及泉下人，经咒藏满，今得生河北卢户部家。如不忘今日，过此十五年，八月十六日，烦一往会。”生泣下曰：“生三十余年矣，又十五年，将就木焉，会将何为？”女亦泣曰：“愿为奴婢以报。”

张生此时已三十多岁，十五年后，他已是快五十岁的人，垂垂老矣的男子如何去面对一个如花的少女？即使相见又有什么意义呢？无论如何不舍，人鬼缘分终有尽头，终于到了分别的时候，鲁小姐让张生再送她一程，“乃抱生项，生送至通衢”，这次应该是所谓的“公主抱”吧，六七里的路程，即使一言不发，听着彼此的呼吸，感受彼此的心跳，迎着微风，踩着荆棘，也将成为永生难忘的记忆了。

不管十五年有多漫长，有了期盼也就有了等待的动力。张于旦将重聚的时日都刻在了墙上，继续虔心念经，感动了上苍感动了菩萨，赐他香茶，赐他沐浴，从此，他白发变黑，胡须尽落，皱纹舒展，他逆生长为十五六岁的少年。约定的时间如期而至，张生将以少年的面貌去见那十五岁的卢姓少女。卢家少女一出生就会说话，长大了既聪慧又美丽，到了及笄的年纪，拒绝了所有的求婚，等着张生的到来。父母心疼女儿，百般劝解，少女不听；张生来了，父母不让他们见面。少女以为张生负约，“涕不食”，“终日卧”。做父母的哪里犟得过女儿，父亲赶紧去找张生，不想竟是个英俊少年，喜出望外将他邀至家中，“女喜，自力起，窥审其状不符，零涕而返，怨父欺罔”。少年虽年轻英俊，却不是自己等待的人。那刻在心里的形象，那温暖的怀抱与年纪无关，它只属于张于旦，少女“啼数日而卒”。

菩萨真是多事，如果真想帮助这一对痴情男女，为什么不让张生回到三十岁，回到那彼此相伴的最美时光呢？卢小姐第一眼看到的将是记忆中最熟悉最温暖的面容，不多也不少，该是多美的事。幸好幸好，这是被上天眷顾的男女，卢小姐托梦给张生，让他及时去招魂，帮她重新活了回来。二人终于可以在一起了，并且现在年纪相当，可以执手到白头，再也不会松开彼此的手。这么说来，还是要感谢菩萨让张生回到了十五六岁。蒲老先生很偷懒，无论是前世的鲁小姐还是今生的卢小姐，他都没有给她们名字，但无论是鲁小姐的马上英姿，还是卢小姐的痴情，都刻在了读者的心里。

梅女是一自缢身亡的鬼，以至于舌头缩不回去，脖子上的绳索也拿不下来，封云亭看到的就是墙上这样一幅剪影，一个少女“容蹙舌伸，索环秀领”（卷七《梅女》）。封云亭古道热肠，帮助房主人拆房换梁，解脱了梅女的痛苦。梅女生前被人诬陷与一小偷偷情，所以自杀而亡。为了不伤害封云亭，也不令生前蒙受的屈辱成为事实，梅女并不与封生欢会。与美女相对，不饮酒赋诗，无琴棋书画，如何消遣这漫漫长夜？梅女自有绝技。她擅长翻线的游戏，二人“促膝戟指，翻变良久，封迷乱不知所从，女辄口道而颐指之，愈出愈幻，不穷于术”。蒲老先生真是观察入微的人，他是如何注意到这女儿家的游戏的呢？一般人能翻出七八步已很不容易，梅女则是变幻无穷，因为两手不得闲，她嘴里说着用下巴指示着封生，如此熟悉的画面，让人忍不住会心而笑。除了翻线，梅女还擅长按摩，在封生入睡时，“女叠掌为之轻按，自顶及踵皆遍，手所经，骨若醉。既而握指细擂，如以团絮相触状，体畅舒不可言：擂至腰，口目皆慵；至股，则沉沉睡去矣”。如此精湛的按摩技法，让封生一觉睡到第二天中午，只觉骨节轻松。

封生曾问过梅女二人何时才能欢会，梅女只是笑而不答。何时呢？大仇得报之时。机缘巧合，梅女在封生处遇到了诬陷她的典吏，报了深仇大恨。这时梅女已在地下滞留了十六年，她曾说翻线的绝技是她“自悟”而来，想来十六年的时间里她就靠此度过了无数孤寂的日日夜夜。而在人间，延安展孝廉家也有一十六岁的少女，“貌极端好，但病痴，又常以舌出唇外，类犬喘日”。这样呆傻的少女，自然没有人愿意娶回家去。梅女让封生去求婚，原来展家少女即是她转世后的肉身，但因为大仇未报，心有不甘，她的魂魄才一直滞留在阴间。如何让身体与魂魄相聚呢？梅女讲得很清楚：

请以新帛作鬼囊，俾妾得附君以往，就展氏求婚，计必允谐。……途中慎勿相唤；待合卺之夕，以囊挂新人首，急呼曰：“勿忘勿忘！”封诺之，才启囊，女跳身已入。

张于旦是抱着鲁小姐走了六七里路，送她踏上了去投胎的马车，当她离去时，也曾回首千叮咛万嘱咐“勿忘所言”，张生记住了每一句话，但未来是未知的：也许鲁小姐投胎时喝了孟婆汤忘了自己呢？也许自己活不过十五年呢？他守着的是一个虚无缥缈的承诺。封生很踏实，梅女就在自己手中的袋子里，她转世投胎的少女也实实在在地活着，他们很快就会重逢，不必继续等待。一切如梅女所言，封生顺利迎娶了那呆傻的少女，“封覆囊呼之，女停眸审顾，似有疑思”，灵肉终于重合，少女恢复了聪慧。想想未来的日子里，封生闺房中的翻线之戏，想想梅女的按摩技艺，真是羡煞人。

同是转世投胎，竟又是如此大不同，不得不佩服蒲老先生的想象力，而这样通过轮回跨越人鬼之异、超越身份之别的两世姻缘也很让人感动。相比而言，另一痴情女子的再世姻缘却让人有深深的惆怅。李氏借尸还魂重新回到了桑晓身边，莲香深受触动，两个月后产下一子就离开了人世，临终时说：“子乐生，我乐死。如有缘，十年后可复得见。”十四年后，一老妪“携女求售”，少女的仪容态度，无一不酷肖莲香，但少女对二人并无印象。李氏现在叫张燕了：

乃拍其顶而呼曰：“莲姊，莲姊！十年相见之约，当不欺吾！”女忽如梦醒，豁然曰：“咦！”熟视燕儿。生笑曰：“此‘似曾相识燕归来’也。”女泫然曰：“是矣。闻母言，妾生时便能言，以为不祥，犬血饮之，遂昧宿因。今日始如梦寤。娘子其耻于为鬼之李妹耶？”共话前生，悲喜交至。

莲香本是狐精，勤加修炼也许会名列仙籍，但一线尘缘，让她放弃了得道成仙的可能，甚至放弃了生命，转世投胎以换取与桑生在人世间的相聚。她对桑生并无不利影响，还可以用自己的法力帮他治病疗伤，为何要转世为人呢？只因为想与李氏站在同一起点，不想被视作异类吗？但桑生爱她吗？跟与李氏的感情相比，桑生对莲香更多的还是依赖吧，甚至很有距离感。现在她重回人间，只有十四岁的年纪，她比桑生和张燕年轻二三十岁，她可以任性可以撒娇吗？还是仍然像大姐姐、像母亲一样包容着、委屈着生活在三人世界里？

四　余论

鬼，主要指女鬼，想与人世间的男子一起恩爱到白头，就需要重回人世，途径有三种，一是与人亲近渐有人气，二是借尸还魂，三是转世投胎。但也有例外，“以巨针刺人迎，血出不止者，乃可为生人妻”（卷十《湘裙》）。也就是用大针刺人迎穴，如果血流不止，就可以嫁给世间男子。晏仲与兄长晏伯感情极好，不想兄嫂都早早离世，没有留下子嗣。一日，他随友人来到地下，巧遇兄长一家，不但兄嫂在一起，晏伯还在阴间娶了妾甘氏，生育二子，大的十六七岁，小的八九岁。甘氏还有一妹叫湘裙。听起来阴间要比人间热闹得多，大家结婚生子什么都不耽误，如此又何必对人间恋恋不舍呢？但她们就是向往人间的温度与亮度，湘裙亦如此，一听说鬼可以为生人妻的办法，立刻就去试验了。虽然略有挫折，最终她还是如愿嫁给晏仲，来到了人间。在她之前来到人间的是晏伯的小儿子，文中另有年幼之鬼成为人的途径："宜啖以血肉，驱向日中曝之，午过乃已。六七岁儿，历春及夏，骨肉更生，可以娶妻育子，但恐不寿耳。"只要多吃血肉的食物，大中午在太阳下曝晒，小鬼很容易成为人，一样娶妻生子，只是寿命不长罢了。

蒲老先生编了各种鬼复生的故事，让读者身陷其中，为之叹息，为之欢笑，他却忽然跳出来说，这些都是虚妄不可信的，千万别上当。徐生巧遇女鬼爱奴，一别之后相思甚苦，想将其骸骨带回家，以寄托自己的恋慕之情，打开坟墓，见爱奴"颜色如生"（卷九《爱奴》）：

> 徐问："古人有百年复生者，今芳体如故，何不效之？"叹曰："此有定数。世传灵迹，半涉幻妄。要欲复起动履，亦复何难？但不能类生人，故不必也。"

原来那些让我们如痴如醉的复生故事竟然大都是骗人的！而鬼魂只要进入完好的肉身，要站起来走动并非难事，但跟活人总是不同，所以没有必要这么做。爱奴示范了一下，她走进棺材，尸体立刻坐了起来，亭亭玉立，非常可爱，只是怀中还是冷若冰霜。鬼与人的差别，果然还是因为缺乏温度。爱奴的身体既然站了起来，徐生是不会再让她回到棺材里去了。爱奴无可奈何，说："夫人痛妾夭谢，又以宝饰入殓。身所以不朽者，不过得金宝之余气耳。若在人世，岂能久乎？必欲如此，切勿强以饮食，若使灵气一散，则游魂亦消矣。"她之所以没有变成一堆白骨，是因为她的棺材中埋了大量黄金及玉器首饰，金宝之气守护了她。如果让她在人间待着，千万不能让她吃喝东西，否则灵气一散，游魂也就消失了。爱奴留在了徐生身边，她"笑语一如常人，但不食不息，不见生人"。过了一年多，徐生醉中强行灌了爱奴酒，爱奴"立刻倒地，口中血水流溢，终日而尸已变"，颜色如生的样子不复存在。爱也是伤人的利剑，那消失的游魂将流落何方呢？

聂小倩因为与人一起生活，慢慢吃点东西，才有了生气，才能结婚生子；爱奴却因为一口酒成了消失的游魂，不知她是否还能转世投胎，是否还会带着前生的记忆？忘了也就忘了吧，新的人生新的生活，无数的未知，无数的变化，这何尝不美好呢？

第十三讲　酒之迷狂

一　酒之两面

张岱说:“人无癖不可与交，以其无深情也；人无痴不可与交，以其无真气也。”所以人都应有点可以让自己痴迷的兴趣爱好，但这样的痴迷要看用在什么地方。蒲松龄在《阿宝》中赞扬了孙子楚之“痴”，认为“性痴则其志凝，故书痴者文必工，艺痴者技必良”(卷二《阿宝》)，因为痴迷所以专注，将这样的专注用在写作上，文章一定工整；将专注用在技艺上，比如琴棋书画，那技艺一定精良。如果痴迷于逛青楼、赌博呢？只会“粉花荡产，卢雉倾家”，这不叫痴迷，这是真正的痴傻。

在各种嗜好中，酒不同于琴棋书画的高雅，也不同于赌与色的低俗，它介于两可之间。如果喝酒喝成了酒鬼，滥饮成性，终日醉眼惺松神智不清，更有甚者，喝多了胡说八道，动粗打人，醉卧街头，吐得满地满身污秽不堪……那就人见人厌了。如果像陶渊明“造饮辄尽，期在必醉。既醉而退，曾不吝情去留”，或像李白一样

“斗酒诗百篇”，又未尝不是风雅之事。我等凡夫俗子，如能与三五好友把酒言欢，小酌数杯后，陶陶然，熏熏然，只觉天地之广阔，身心之自由，文思泉涌，言语滔滔，这也是世间极美妙的体验吧。

喝酒是很讲究的，什么时节喝什么酒，什么菜配什么酒，什么酒用什么杯子，都是学问。《笑傲江湖》中有一段借祖千秋之口论及酒与酒杯，比如说喝“梨花酒”：“那该当用翡翠杯。白乐天《杭州春望》诗云：‘红袖织绫夸柿叶，青旗沽酒趁梨花。’你想，杭州酒家卖这梨花酒，挂的是滴翠也似的青旗，映得那梨花酒分外精神，饮这梨花酒，自然也当是翡翠杯了。”岳灵珊说这喝酒只是为了助兴：“成日成晚的喝酒，又有这许多讲究，岂是英雄好汉之所为？”大多数人大概都是这样的想法，喝个酒嘛，何必那么麻烦？但如果条件许可，用合适的酒杯，将酒的美与酒的味发挥至极致，又何乐而不为呢？

蒲松龄深知酒在中国文化中的分量，也深知它在人们日常生活中的作用，对于酒的两面性更有清醒的认识。《八大王》（卷六）中有《酒人赋》一篇，上片极言酒之美好，“有一物焉，陶情适口，饮之则醺醺腾腾，厥名为酒”。酒的功用也很多，“以宴嘉宾，以速父舅，以促膝而为欢，以合卺而成偶，或以为‘钓诗钩’，又以为‘扫愁帚’”，所以酒成为文人骚客的同心知己，也成为断肠人的避难所。酒如能令雅谈妙语连珠灿若莲花，令吟诗金声玉振铿锵悦耳，那即使一日一醉，道学之士也没什么好说的。

如果喝酒喝得乌烟瘴气，醉后发疯，全无规矩，甚至顶撞父母，殴打妻儿，这种人叫“酒凶”，已无可救药。只有一个办法可以帮他解酒：“厥术维何？只须一梃。絷其手足，与斩豕等。止困其臀，勿伤其顶，捶至百余，豁然顿醒。”方法很简单，那就是像杀猪一样将醉汉捆绑起来，用木棒揍他一顿，只打屁股，不打脑袋，打他百十下他自然会清醒过来。

蒲老先生果然是山东大汉，其诙谐幽默亦可见一斑。

二　酒之情谊

《聊斋》中嗜酒之狐、嗜酒之鬼、嗜酒之人不在少数，酒之两面也得到了充分展示。《酒友》（卷二）篇幅短小，文字简练。车生，虽不富裕，但性喜饮酒，每夜不喝上三大碗都睡不着觉，所以床头的酒瓶都装着酒。一天夜里醒来，身边似乎躺着一个人，点灯一看，竟是一只狐狸。再看看酒瓶，已经空了，“因笑曰：‘此我酒友也。’不忍惊，覆衣加臂，与之共寝”。狐狸醒来，感谢车生的不杀之恩，车生说：“我癖于曲蘖，而人以为痴；卿，我鲍叔也。如不见疑，当为糟丘之良友也。”车生正如张岱所言，是有癖有痴之人，正因为有癖有痴，所以有深情有真气。

从此一人一狐结为酒友，相处似一家人。狐狸很体谅车生家境不宽裕，要为车生“少谋酒资”，又是指点车生捡钱，又是让他种粮食投机，不但解决了酒资的难题，还帮助车生成为有良田二百亩的富户。一人一狐的友谊一直持续到车生去世，酒友不在，狐狸这才离开。车生嗜酒但非酒鬼，他善良真诚，大方慷慨，知足常乐，王渔洋说他“洒脱可喜”，但明伦评曰：“瓶之罄而无吝心，狐既醉而无杀心，引为鲍叔，共老糟丘，杖头钱不空，其愿已足，可谓醉里菩提，酒中仙子。人以为痴，其痴正不易及。”爽直的车生是蒲松龄所欣赏的第一类男子，他对酒的癖与痴也就成为一桩雅事。

车生是好酒之人的典范，他身上的善良、义气也是作者所欣赏的。许氏是个渔夫，也很喜欢饮酒，每天边饮酒边打鱼，甚是逍遥自在。他独乐乐亦不忘众乐乐，不但自己喝酒，还会洒酒于地，说："河中溺鬼得饮。"（卷一《王六郎》）让河中淹死的鬼魂跟他同享饮酒之趣。别人打鱼，常常空手而返，而许氏总能满载而归。一天傍晚许氏正独自饮酒，有一年轻人在他身边徘徊，许氏邀请青年共饮，年轻人并不推辞，"慨与同酌"。

此情此景让人艳羡不已，与酒的人不问对方姓甚名谁、何方人氏；被邀的人也不推辞不言谢。只因意气相投就坐在一起喝酒，斟酒、碰杯，一饮而尽，其间根本不必有任何语言的交流。此时夕阳西下，河风轻拂，是何等惬意的时光。放在现在，如果有个陌生人请我们喝酒，不用说酒，即使是水，我们也不免心存戒备，又何来如此散淡时光。

青年是王六郎，因为嗜酒，"沉醉溺死数年于此矣"。许氏每天洒酒于地的无心之举，满足了王六郎对酒的渴望。本来他不必与许氏相见，喝了许氏的酒，驱鱼报答，这样也很好。但一人独饮又哪比得上二人对饮的愉悦呢？有时候喝酒更多的还是为了共处那一刻的温暖与默契吧。其后王六郎做了土地神，许氏又不远千里前去探望，继续着人与神的情意。酒成为许氏与王六郎友情的媒介，二人都有一番豪气，又都有一片善心，这种真性情不会因为对方是人是鬼或是神而有所改变。

《聊斋》中因酒结缘的不只有许氏与王六郎，还有朱尔旦与陆判。朱尔旦是豪放之人，有人与他打赌，只要他敢在深夜去十王殿将面貌最狰狞的判官背过来，大家就凑钱宴请他。朱尔旦真的去了，也真的将判官背了回来，把众人吓得直哆嗦。朱尔旦则很淡然，洒酒于地，请求判官的谅解，并且邀请道："荒舍匪遥，合乘兴来觅饮，幸勿为畛畦。"（卷二《陆判》）。第二天，判官真的来了，说："昨蒙高义相订，夜偶暇，敬践达人之约。"

判官姓陆，他是性情之鬼，但鬼界太凄清，连酒伴都难觅，难得在人间找到个不怕死的，一人一鬼相处甚欢，喝起酒来亦是豪饮，如此"情益洽，时抵足卧"。陆判甚至为朱尔旦换了颗聪明的心，又为他妻子换了个美丽的脑袋。在朱尔旦死后，陆判又推荐他在阴间处理文案事务，有官爵在身。朱尔旦因为自己一死，家中只剩孤儿寡母，放心不下，他两三天就回一次家，料理家事，教导孩子，有时还与夫人亲热一番，似乎比活着还逍遥自在。有时陆判同来，夫人照样置办酒席，"但闻室中笑饮，亮气高声，宛若生前"，人与鬼的情谊一直延续到都成了鬼，而豪迈之气不变，嗜酒之好如前。

《王六郎》《陆判》两篇都写人因酒与鬼结缘，但写作的重点并不相同。《王六郎》一篇突出了王六郎在投胎时的艰难选择，他做了数年的溺死鬼，重生的机会就在眼前，但代替他的竟然是一个抱着婴儿的妇人。溺死妇人，怀中婴儿也可能夭折；放过妇人，不知道还要等多久才能等到投胎的机会。最终他选择了放弃，不想因为"代弟一人，遂残二命"。旁观的许氏看到的是这样一幅景象，妇人"及河而堕，儿抛岸上，扬手掷足而啼。妇沉浮者屡矣，忽淋淋攀岸以出，藉地少息，抱儿径去"。这一过程用时不长，但对旁

儿抛岸上，扬手掷足而啼。妇沉浮者屡矣，忽淋淋攀岸以出。

观的许氏而言也是一种煎熬，妇人落水，救还是不救？不救吧，毕竟是一条人命；救吧，会妨碍六郎投生。面对生死的选择考验的是人性，一人一鬼都通过了这场考验，那一刻的煎熬也是他们结缘的基础。

《陆判》一篇重点写陆判神奇的能力，帮人换心、换头，这样的器官移植放在现在都是很困难的手术，作者笔下却别有一番趣味，如换心，朱尔旦“忽醉梦中，觉脏腑微痛，醒而视之，则陆危坐床前，破腔出肠胃，条条整理”，然后，“从容纳肠已，复合之。末以裹足布束朱腰”。一场大手术就结束了，朱尔旦从此有了一颗聪明的心，成为一个聪明的人。

这两篇文章人不同事不同，风格也不同。《王六郎》清清淡淡，如春风拂面；《陆判》则大开大合，如烈酒穿喉。无论是春风拂面的柔和温煦，还是烈酒穿喉的火辣刺激，都一样值得细细品味，好好欣赏。

三　纵酒之恶

人为什么会好酒？也许是因为体内有酒虫，如俗语所说“勾起了酒虫”“酒虫又发作了”，《聊斋》中也有关于酒虫的故事。刘氏身体肥胖，性喜饮酒，每次独饮都能喝光一坛子酒。因为家境非常富有，与车生、许氏不同，倒也不愁酒资，喝酒也不成为拖累。本来这样的日子逍遥自在，偏有一西域僧人很多事，说刘氏体内有酒虫，所以嗜酒，所以不会喝醉，并想办法将酒虫引了出来。僧人不要报酬，只要这个虫子，因为“此酒之精。瓮中贮水，入虫搅之，即成佳酿”（卷五《酒虫》）。此后刘氏“恶酒如仇”。不喝酒会越发富裕吗？正相反，刘氏日渐消瘦，家中日益贫困，后来竟然到了饭都吃不饱的境地。酒虫可谓刘氏之福星，却被僧人给毁了，不知道刘氏是不是会后悔听信僧人之言。

僧人引出酒虫的方法就是把刘氏捆绑好，将美酒放在他面前却不给他喝，当他酒瘾发作时，“燥渴，思饮为极。酒香入鼻，馋火上炽，而苦不得饮”。这时即使有杯毒酒放在面前，他也一定会毫不犹豫地一饮而尽吧，秦生就是这么做的。他在制药酒时误投了有毒的配料，又舍不得倒掉，就封存起来。过了一年多，秦生夜里想喝酒，哪里也找不到酒，就想起这瓶毒酒，一打开，酒香扑鼻，他“肠痒涎流，不可制止”（卷五《秦生》），妻子苦苦劝说，秦生说：“快饮而死，胜于馋渴而死多矣。”痛饮而死，要比因馋酒渴死强多了。一杯喝完，还想再来一杯，妻子将酒瓶推到，酒流了一地，秦生“伏地而牛饮之”。酒喝得越痛快，死得也越快，半夜秦生就毒发身亡了。

这位秦生如果与陶生相遇，二人一定会成为知己。陶生是菊花精，“饮素豪，从不见其沉醉”（卷十一《黄英》）。一次与曾生饮酒，二人“计各尽百壶”，曾生是烂醉如泥，倒在席间，而陶生“起归寝，出门践菊畦，玉山倾倒，委衣于侧，即地化为菊，高如人；花十余朵，皆大如拳”。醉后的陶生现出了原形，其即地化菊的景象读来趣味盎然。陶生最终还是因醉酒死去，失去了人形，完全成了菊花，花开时，“嗅之有酒香”。陶生无论是酒后变形还是最后死去，都很风雅。作者很欣赏，说：“青山白云人，遂以醉死，世尽惜之，而未必不自以为快也。”“青山白云”般的世外高人，因酒而醉，因醉而亡，自己想来也觉得是件乐事。

陶生并未死去，而是以另一种方式活在了世间，他化身的“醉陶”，是菊花中的名贵品种。蒲松龄感慨：“植此种于庭中，如见良友，如对丽人。”秦生运气也不错，他被同病相怜的狐救活了。如果他就这么死了，如此好酒之人做了鬼会是什么样子呢？会像王六郎一样在人间找到酒友，做一知恩图报的良善之鬼，还是会如下面这一位呢？

缪永定言语诙谐，喜欢开玩笑，这样的人本来挺讨人喜欢，但他酗酒成性，酒品还不好，喝醉了就“使酒骂座”（卷四《酒狂》），其恶名在外，以至于“戚党多畏避之”。这天，他在堂叔家做客，老毛病又犯了，骂在座的人，以致群情激愤，大家将他揍了一顿，等家里人将他带回家，他已经死了。他晃晃悠悠地被鬼使带去了阴间，因为无钱贿赂，鬼使对他很不客气，直骂他是“颠酒无赖子”。幸好遇到了已经死去数年的舅舅贾氏帮他打点，才换来鬼使的好脸色，并且告诉他死去的原因，因为东灵大王碰巧见到他撒酒疯，大王深恨这种人，就让将他抓来阴间。

贾氏也深知外甥的恶习，“十六七岁时，每三杯后，喃喃寻人疵，小不合，辄挝门裸骂”，但因为是独生子，父母爱若掌上明珠，从不忍管教他，以致越来越恶劣。虽然如此，贾氏也不忍心让自己的姐妹老年丧子，所以贿赂鬼使，用十万钱放缪永定回去。阴间的十万钱，不过是人间的一百挂金裱纸钱，也用不了几两银子。

缪永定很开心，不久就要重回人间了，离开前也去鬼市上逛逛，在一酒肆，碰到邻村翁生，二人是十年前的文字交，于是在肆内小酌，“酣醉，顿忘其死，旧态复作，渐絮絮瑕疵翁”，翁要离开，缪仍不罢休，扯下翁生的帽子，翁生大怒，将他推进了一条黑水溪，“水中利刃如麻，刺穿胁胫，坚难动摇，痛彻骨脑。黑水半杂溲秽，随吸入喉，更不可过”。

又是贾氏及时赶到，才将他救了下来，贾氏说：“子不可为也！死犹弗悟，不足复为人！”你已经无药可救了，至死不悟，根本不配做人。缪生一再表示后悔之意，贾氏说已帮他跟鬼使立了字据，先交了一千贯钱，让他先回去，剩下的九千贯，以十天为限。

缪永定昏死三天后活了过来，跟家人讲起死后的奇遇。家人让他去偿还阴间的欠账，缪永定算了下账，得花几两银子才能筹办，于是决定赖账，并且自我安慰说：那些可能都是醉梦中的幻境，即使不是幻境，鬼使私放我出来，又怎敢让阎王知道？刚开始他还有些忌惮，过了一年多，他慢慢忘了阴间报应的事，故态复萌。这次，他就没有那么好的运气了，回去后面对墙壁，直身跪下，磕头无数，说：“便偿尔负！便偿尔负！”说完倒地而亡。这次他无论如何是回不来了。

缪永定这样的人真的不能称其为人，舅舅想方设法让他回到人间，他毫无感恩之心，竟然不肯花几两银子来偿还阴间欠下的债，不知舅舅在阴间会被鬼使如何纠缠如何报复，他自己的命也不值几两银子，早点离去也是好事。

蒲松龄对纵酒且酒品恶劣之人深恶痛绝，他说：“醒则犹人，而醉则犹鳖，此酒人之大都也。”（卷六《八大王》）酒徒们喝醉了就像鳖，有时连鳖都不如，“醒不如人，而醉不如鳖矣”。可是啊，那些撒酒疯的人，那些撒完酒疯第二天说自己喝得断了片什么也不记得的人，又何尝不是借酒壮胆呢？也许他刚刚失恋了，离婚了，失业了，破产了，亲人去世了，借着酒劲叫一叫，哭一哭，骂一骂，闹一闹，排解了心中的郁结，才能有力气在并不美好的人间继续前行。如果，如果真是这样，那就让他醉，让他哭，让他笑，让他骂，让他闹吧。

第十四讲　美之诱惑

一　因丑而自卑

《聊斋》中多的是浪漫情缘，王桂庵只是见了芸娘一面，就是数年的追寻等待；孙子楚为了阿宝两次离魂。芸娘是“风姿韵绝”，阿宝是“绝色无双”，如果她们只是相貌平平的女子，这样的浪漫故事还会发生吗？“爱美之心人皆有之”，在一面订终身的情况下，外貌成为成就姻缘的决定性因素，男子可以穷、可以老、可以怂，但女性必须美，只能美。拥有美妻，不仅仅是沉浸于才子佳人故事中的读书人的幻想，也是各阶层男性的渴望。

马天荣只是个农夫，二十出头的年纪，死了妻子，再无钱续娶。这样的人也会有狐女来投怀送抱，此狐虽无十分美貌，但“致亦风流”，“肤肌嫩甚”，“肤赤薄如婴儿，细毛遍体”（卷三《毛狐》）。马天荣并未因此感谢老天眷顾，而是想通过狐仙得到更多的东西，首先是钱财：“既为仙人，自当无求不得。既蒙缱绻，宁不以数金济我贫？”其次他还嫌狐仙不够美，“闻狐仙皆国色，殊亦不然”，言下之意你不过尔尔。狐仙倒也不生气，说：“吾等皆随人现化。子且无一金之福，落雁沉鱼何能消受？以我蠢陋固不足以奉上流，然较之大足驼背者，即为国色。”一个命薄贫蹇之人，坐在家里想发财想佳人，不免有些过奢。最终，马天荣得狐仙赠钱，娶回了妻子，“入门，则胸背皆驼，项缩如龟，下视裙底，莲船盈尺”。这时，他终于明白，狐仙说自己“较之大足驼背者即为国色”的意思。

孔子早就感慨过“吾未见好德如好色者也”，虽说品行是第一位的，可是品行需要相处才能知道；现在流行的说法是气质更动人，可是气质需要岁月的积淀。在一面订终身的时代，哪有时间去考察品行与气质呢？乔女“黑丑，豁一鼻，跛一足”（卷九《乔女》），这样的女子自是无人问津，一直到二十五六岁才勉强嫁给四十多岁“贫不能续”的穆生。当穆生去世，她怀抱幼子向家人求助时，“母颇不耐之”。乔女在母亲身边待了二十五六年，她的品行、她的勤俭，母亲难道不知道吗？但因为穷，因为丑，连家人也不待见她。

既然“色”成为考量女性的第一标准，成为被整个社会认可的尺度，那女性不但是被评判者，也自然而然地成为严苛的评判执行者，都说女人何苦为难女人，但女人就喜欢为难女人。《章阿端》（卷五）中，戚生一人独卧荒亭中，“忽有人以手探被，反复扪搎”，有人将手伸进他的被子中，在他身上上下摸索。戚生一下惊醒过来，见“一老大婢，挛耳蓬头，臃肿无度”。一个女子，老、丑、胖，真是让人绝望。戚生“少年蕴藉，有气敢任”，是蒲老先生欣赏的第一类男子，明知女子是鬼，也不害怕，反而笑曰：“尊范不堪承教！”你这副尊容，我实在无法消受。女鬼闻言，“惭，敛手蹀躞而去”。她的表现是很羞惭，收回手迈着小步就走了。随后出现的是章阿端，“神情婉妙”“对烛如仙”，这是一个美丽的女鬼，戚生这时再不会放过送上门的艳遇。当他问起老婢的情况，章阿端说：“此婢三十年未经人道，其情可悯；然亦太不自谅矣。”一个老丑胖的女人，从来没有接触过男性，难道她就没有欲望，对男子不好奇不渴望吗？当然不是。但这一切在一个美女眼中看来是太不自量力的事情，“太不自谅”四字中的轻视、傲慢之意让人心寒，而这是女人对女人的态度。

“美”之一字给女性带来太大压力，可貌若天仙的女子毕竟是少数，相貌平平甚至有些丑陋的女子才是大多数，但这大多数却在少数人面前因自惭形秽而抬不起头来。乔女要用德行将自己武装起来，“残丑不如人，所可自信者，德耳”，所以她坚决拒绝孟生的求婚，绝不改嫁事二夫。林氏本来“美而贤”（卷六《林氏》），战乱中为保贞节而自刎，后来虽然侥幸活了下来，却成了歪脖子女人，美貌自是大损，对此，林氏“自觉形秽”，总想着给丈夫戚安期娶妾。一个贤德贞节的女子，随着美貌一并丧失的是自信和从容淡定。与林氏命运相似的还有瑞云，她本是“色艺无双”（卷十《瑞云》）的名妓，因仙人作法，她也失去了美貌，“见者辄笑”，只能“蓬首厨下，丑状类鬼”，这里的鬼是我们想象中的恐怖狰狞的鬼，而非蒲老先生笔下千娇百媚的美丽女鬼。贺生不嫌其丑，倾其所有为她赎身娶她回家，但瑞云“不敢以伉俪自居，愿备妾媵，以俟来者”。虽然贺生视她为知己，她却不敢以妻子自处，甘心做侍妾，将妻子的位置留待后来人。

吕无病也是女鬼，她“微黑多麻，类贫家女”（卷八《吕无病》)，皮肤较黑，脸上还有很多麻子，衣服只是朴素整洁，是普普通通的穷人家的女孩子。在一个阴雨天，她来投奔孙麟，孙麟说“当舆聘之”，用轿子抬你回家，这是要名媒正娶的意思。孙麟有调笑之意，吕无病却当了真，颇为犹豫，说：“自揣陋劣，何敢遂望敌体？聊备案前驱使，当不至倒捧册卷。”我才疏貌丑，怎敢奢望成为您的配偶呢？我只想在书房里侍候您，还不至于将书捧倒了。

孙麟将吕无病留在了身边，吕无病知书识理，人也很勤快，“闲居无事，为之拂几整书，焚香拭鼎，满室光洁”，这是一个能让男性感觉放松舒服的女子，孙麟也很喜欢她。时间越久，爱之越深，他将吕无病纳为妾。虽有高门大户想和他结亲，孙麟一概不答应，大有与无病白头偕老的意思。难得碰到这样不以美丑为念的痴情男子，但女性却过不了自己这一关，吕无病知道后，苦苦劝孙麟娶妻，自己只以侍妾自处，孙麟只好另娶许氏。幸好许氏与吕无病相处和睦，许氏生一子阿坚，无病爱之如己出。不久，许氏病重。临终前，她叮嘱孙麟：无病最爱阿坚，你可将她扶正为嫡妻，好好抚养孩子。孙麟想按照许氏的遗言处理此事，但无病仍然坚决推辞，此事只好作罢。

吕无病是书中很有个性的女子，她风趣幽默，身上的气息“清如莲蕊”，她有数次机会成为一个男人的妻子，但她都拒绝了。这可能是因为鬼的身份带来的各种顾虑，但更主要的原因还是“自揣陋劣”吧，一个相貌平平的女子，即使她有诸般好，似乎都认为自己支撑不起一个妻子的身份，最终因美艳悍妻王氏的出现，导致家庭破裂、父子分离，无病为救护阿坚连一缕魂魄也消失得无影无踪，留给读者深深的遗憾。

孙骇绝，犹疑为梦。唤从人共视之，衣履宛然。

二　对美的追求

既然美丑主宰了世人对一个女子的评判及接受度，影响着一个女子在家庭中的身份与地位，那么女子对美的追求自然就非常迫切。整形手术也许是20世纪开始出现的新鲜事物，但其发展之迅速，生意之火爆，都让人叹为观止。虽然有无数整容失败的例子，但女性甚至男性都义无反顾前赴后继地在自己脸上身上动针动刀，没有最狠只有更狠，没有最美只有更美，不得不佩服他们的勇气，但又有些疑惑：当身体里多了一些非血肉的成分时，还可以称为血肉之躯吗？

蒲老先生肯定不会错过这么好的素材，由丑变美的过程也是《聊斋》中的重要内容。《阿英》（卷七）中的描写最为简单，但也最让人向往。阿英为一鹦鹉精，因缘分所系，化为美丽的少女嫁给甘珏，夫妻二人感情极好。但兄长甘玉对阿英心生疑惧，我们曾经说过，精怪自有精怪的尊严，如葛巾所言“今见猜疑，何可复聚”，阿英同样如此，说：“今既见疑，请从此诀。”化为鹦鹉翩然而去。但甘珏对阿英情有独钟，所以二人的缘分还在继续。两年后，因当地土匪作乱，阿英又出现了，用自己的能力帮助甘家躲避骚乱。这时，甘珏在兄长甘玉的安排下已另娶姜氏，但二人相处一直不融洽。嫂子说：“新妇不能当叔意。”小叔子对新娶的妻子不满意，为什么呢？嫂子未明言，但我们知道最主要的原因是姜氏相貌不出众。于是，阿英“早起为姜理妆，梳竟，细匀铅黄，人视之，艳增数倍。如此三日，居然丽人”。做嫂子的觉得很奇怪，说自己没有儿子，想买个妾，暂时又没空，不知道婢女是不是也能变成美人，帮助生养儿子。阿英说："无人不可转移，但质美者易为力耳。"没有人不可以变美，只是底子好的人容易一些罢了。于是从婢女中挑中一个能生儿子的，但长得又黑又丑，"乃唤与洗濯，已而以浓粉杂药末涂之，如是三日，面赤渐黄；四七日，脂泽沁入肌理，居然可观"。无论姜氏还是婢女变美都有一个过程，首先是沐浴梳妆，将两个人收拾得干净整齐，然后是肌肤调理与细心化妆，一是"以浓粉杂药"抹脸，一是"细匀铅黄"。所谓"世上没有丑女人，只有懒女人"，只要让自己干净整齐，适当地护肤与化妆，的确每个女人都能变成美女，正如阿英所言"无人不可转移"。

护肤与化妆可以让一个人变美，但无法一劳永逸，每天化妆、卸妆也很麻烦，卸了妆以真实面貌示人，也不免有些惊悚。那怎么办呢？只能整形了。《莲香》（卷二）里的李氏借用张燕的尸身活了过来，但张燕不但丑而且是大脚，这对于一个美女而言，真是生不如死。李氏先是绝食，"不食，体肤尽肿，凡七日不食，卒不死，而肿渐消；觉饥不可忍，乃复食。数日，遍体瘙痒，皮尽脱"，经过这样一个脱胎换骨的过程，李氏又恢复了曾经的美貌。如果十几天的苦痛就能让自己成为美女，我也愿意试一试啊。到了《陆判》（卷二）里面，蒲松龄给我们展示的是更为大型的整形手术，他让陆判为朱尔旦的妻子换了一个美丽的脑袋。

对美的追求的极致该算《阿绣》（卷七）中的狐女了。刘子固对杂货铺的少女阿绣虽然用情很深，但因为两家相隔遥遥，婚姻受阻。这时狐女出现在了刘子固的生活中，在刘子固眼中，她"妆饰不甚炫丽，袍裤犹昔"，与阿绣无异。刘子固的仆人却不这么认为，他说："其面色过白，两颊少瘦，笑处无微涡，不如阿绣美。"狐女与真正的阿绣相比终究还是有些逊色。刘子固之所以看不出二人的差别，是因为在长久的离别、相思、等待，乃至婚姻无望的绝望中见到“阿绣”，激动、欣喜让他根本注意不到其间的细微差别。仆人作为局外人，可以更为清醒地观察二者，也就能看出她们的不一样。

狐女成全了刘子固与阿绣的婚姻，但并未就此退出他们的生活，不是因为不能割舍与刘子固的感情，也不是因为留恋人世间的生活，而是因为她还要与阿绣“较优劣”，比一比二人究竟谁更美。这样的比较进行了两次，第一次是在刘子固与阿绣新婚不久后，二人正在房中嬉笑，忽一人挑帘进来，“刘视之，又一阿绣也。急呼母，母及家人悉集，无有能辨识者。刘回眸亦迷，注目移时，始揖而谢之。女子索镜自照，赧然趋出，寻之已杳”。狐女与阿绣的区别，大家都难以辨别，刘子固的仆人应该也在人群中，他也无能为力了，可见狐女经过一段时间的修炼，颜值又有所提升。倒是刘子固，这时与阿绣有了更亲密的相处，在仔细打量注视后，终于能区别二者的不同。狐女又一次败给了阿绣，羞惭而出。

又过了一段时间，这是一个傍晚，刘子固有些醉意，“阿绣”过来了。她问：“郎视妾与狐姊孰胜？”刘子固回答：“卿过之。然皮相者不辨也。”女子嘲笑他：“君亦皮相者也。”原来她还是狐女。这次看起来是狐女赢了，实际上还是她输了，因为这时候屋子里光线昏暗，刘子固又在醉中，认错人也情有可原。

狐女为何要幻化为阿绣？又为何执着于与阿绣的比较呢？这一切都是有原因的：

夫妻望空而祷，祈求现像。狐曰："我不愿见阿绣。"问："何不另化一貌？"曰："我不能。"问："何故不能？"曰："阿绣，吾妹也，前世不幸夭殂。生时，与余从母至天宫，见西王母，心窃爱慕，归则刻意效之。妹子较我慧，一月神似；我学三月而后成，然终不及妹。今已隔世，自谓过之，不意犹昔耳。"

原来阿绣前世与狐女是姐妹，二人都曾学习西王母的妆容、神态等，阿绣能神似，狐女终逊一筹。现在阿绣虽已投胎为人，美貌竟仍在狐女之上。

狐女与阿绣有着深深的牵绊，二人是彼此的镜子，也是彼此的阴影。狐女说她不愿见阿绣，但她又不能幻化成另外的样子，她被困在与阿绣相似的容颜中，不得不与她比较。而阿绣呢？今世的一个普通女子，也不得不被动接受狐女介入她与丈夫的生活，三人都难得自由。狐女爱的又何尝是刘子固呢，她爱的是美，是阿绣的容颜。这理不清的前世今生，让当初刘子固与阿绣相遇时的那份怦然心动，已褪色成为遥远的回忆。当世人都整成一样的容貌时，会不会也出现相同的困境呢？因为相似，所以要比较、要模仿，最终都忘记了自己是谁。

三 美丑与爱情

在戚生身上"反复扪搎"的女鬼，让我们知道一个人或鬼无论美丑，她都是有欲望的，她会渴望爱情，期待灵肉的交融；她会希望有人相伴左右，给她家的温暖。但现实又是如此残酷，因为相貌的丑陋，她会沦为被嘲笑戏弄的对象，又如何敢奢望爱情与家庭呢？

总有人不甘心沦为被情感放逐的对象，她希望用另外的方式改变这样的命运。丑狐就曾经做过这样的尝试。穆生，家境贫寒，冬天连棉衣都没有。一天枯坐家中，忽然有一女子走了进来，她“衣服炫丽而颜色黑丑”（卷八《丑狐》），看起来这是一个有钱的丑女人。她倒也直接，说：“我狐仙也，怜君孤寂，聊与共温冷榻耳。”穆生害怕她是狐狸，又憎恶她长得丑，大声呼号求救。这时，女子将元宝锭放在桌上，说：“若相谐好，以此相赠。”只要你跟我相好，我就将元宝送你。穆生见钱眼开，“悦而从之”。从此以后，狐仙每天都过来，每次离开时，都有东西馈赠穆生，穆家也因此富裕起来，“年余，屋庐修洁，内外皆衣文锦绣，居然素封”。但随着女子赠送的东西越来越少，本来用金钱可以遮盖的黑丑再次变得刺眼，穆生开始厌弃狐女，甚至聘术士来驱逐她。狐女骂道：“背德负心，至君已极。然此奈何我。若相厌薄，我自去耳。但情义既绝，受于我者，须要偿也。”她惩罚了穆生，也拿走了自己赠送的所有东西，穆家以此“清贫如初”。

穆生是忘恩负义之人，但狐女想用金钱来换取或者购买“谐好”，又何尝不是痴心妄想呢？钱能买来人，哪里能买来人心与情感呢？狐女说：“若相厌薄，我自去耳。”实际上，穆生何尝喜欢过她，他喜欢的只是她的钱，将对她的厌恶隐藏在了金钱的光芒中。此后，狐女又去了邻村于氏家，三年间，于家也发达起来。因为于氏去世得早，人与狐没有演变成反目成仇的局面，但狐真的求得了她想要的“谐好”吗?

石某是武孝廉，带着钱去京城想谋个官职，到德州忽然得了重病，仆人偷了他的钱跑掉了，石某又气又病，钱粮俱断，船主也准备将他赶下船。这时，有一女子愿意让石某搭船，“妇四十余，被服粲丽，神采犹都”(卷六《武孝廉》)，妇人衣服华丽，颇有神采风韵，就是年纪大了一些。妇人又说石某已病入膏肓，离死不远。石某听说，吓得号啕大哭，妇人说:“我有丸药，能起死。苟病瘳，勿相忘。”我有可以起死回生的药丸能救你一命，你如果病好了的话，不要忘了我。妇人让石某服下药丸，尽心尽力侍候他，一个月后，石某的病痊愈。他对妇人自是感激不尽，“敬之如母”，妇人却说:“妾茕独无依，如不以色衰见憎，愿侍巾栉。”我孤单一人没有依靠，如果你不嫌我年纪大，我愿与你结为夫妻。这时候石某三十多岁，妻子也已死了一年多，听了女子的话，喜出望外，“遂相燕好”。妇人又拿出钱来让石某上京城求官，约定一旦有了官职，就回来接她。石某到了京城，有钱好办事，做了官，买了好马好车。想着女子年事已高，不适合做自己的妻子，于是另聘王氏为继室，又绕过德州去赴任。

女子终于还是知道了石某的消息，知道了他的所作所为，找上门来。当石某发现女子为狐狸时，“欲杀之”，妇人醒来，骂道:“虺蝮之行，而豺狼之心，必不可以久居。曩所啖药，乞赐还也。”取走救了石某一命的药丸，石某也旧疾复发，咳血半年后去世了。石某忘恩负义，死不足惜。但妇人的所作所为亦非无可非议，首先，她救石某一命，希望他能“勿相忘”，也就有获取报答之意。其次，她因为一人孤独无依，才想着与石某结为夫妻。他们的婚姻关系中，一是因为感恩，一是因为孤独，都与爱情无关，更多的是一种利益组合。这种在特定时空、特定环境下产生的暂时性的男女关系自然不会长久，当石某离开这种环境后，就会想着为这样的关系划上句号，女子想用恩义捆绑男人的愿望也就彻底落了空。

爱是爱情的唯一理由，想用金钱、恩情来代替爱情或者捆绑爱情都是不可能的事。蒲松龄笔下的世界看起来很美好，实际上很残酷，在男女关系里，似乎连老丑的狐鬼都无法拥有爱情，更何况人呢？幸运的是，在这个时代，我们还可以好好爱自己。空气、水、食物、自我才是生活的必需品，爱情只会锦上添花，有它，人生会更美好；没有它，人生也一样丰足。一个人的时候，更要好好吃饭，好好睡觉，好好生活……只有好好爱自己，不因为家庭催婚、社会压力而妥协，不因为空虚寂寞而放弃对爱情的坚守，我们才有可能邂逅真正的爱情，那时品行、气质才会战胜美丑，不再让美丑成为情感生活的主导。

第十五讲 《辛十四娘》：悬疑与解疑

一 人与狐的缘分

我常常觉得《聊斋》这部小说是一部时尚大片，里面有帅哥美女，有爱恨情仇，有上天入地的特技，甚至还兼顾到造型，女性的服饰发型、鬼怪的奇形怪状，等等，一切时尚元素都包含在内。其中《辛十四娘》（卷四）作为一部大片来说就堪称完美，无论读者想得到的还是想不到的，都在这篇小说中有所体现。小说中不但有人有狐，还有鬼；不但有爱情，还有凶杀；不但有阴谋，有冤狱，还有美人计，有复仇。它极浪漫，它也极惊悚；它极奇幻，它也极现实。有谁能在有限的短篇小说中做到这一切呢？唯有蒲松龄。

男主人公是冯生，叫什么名字不重要，重要的是他是“正德间人，少轻脱，纵酒”，这三点每一点都是为下文服务的，是线索，是铺垫，同样也是悬念。首先是时间，为什么要将故事放在正德年间？正德年间有什么特别的呢？其次是冯生的个性，“轻脱，纵酒”，他为人轻佻，再加上喜欢喝酒，想不惹出点事来都不可能，这可以是奇遇，也可以是奇祸。一天黎明时分，冯生走在路上，碰到一位少女，穿着红色的衣服，“容色娟好”，女子带着小奚奴“蹑露奔波，履袜沾濡”，晨曦中，少女匆匆行走在田间小径上，草上的露珠打湿了她的鞋袜，清晨的霞光淡淡笼罩着女子的身影，这是一幅美丽的画面。这一画面可以放在脑海中想象，却很难用影视作品去表现，1987 年版的《聊斋》系列电视剧将其改成辛十四娘带着丫环在丛林间荡秋千的场景，平添了几分妖媚，但“履袜沾濡”让人心生怜惜的感觉也消失了。爱情的发生需要在对的时间对的地点碰到对的人，这一瞬间，冯生被深深打动，暗暗喜欢上了这名奔波的女子。

本来这只是一面之缘，是青春的一个小插曲，过去也就过去了，未来偶尔想起也不过是一个日渐模糊的身影。但偏有这样的奇事，傍晚时分，冯生醉酒归来。说他“醉归”，当是微醺的状态。飘飘然，陶陶然，很舒服，很快乐，想倾诉，想欢笑。当他经过路旁一座荒废的寺院时，看见一名女子从里面走了出来，竟然是早晨碰到的少女。寺院本是佛家四大皆空的清静之地，是超越了亲情肉欲的场所。但实际上，寺院常常成为中国古典戏曲小说的背景，是特别撩人心魄的一个地方，很多的爱情、很多的相遇都发生在寺院里。冯生心中暗暗称奇：一个女子怎么会在寺院中呢？就入内查看。

寺院虽然断壁残垣一片狼藉，但台阶上细草绒绒如地毯般可爱，让破败中多了一份生气。有活泼泼的生气，也就有了各种欲望、各种希望、各种憧憬。冯生正彷徨间，一位头发斑白的老翁走了出来，二人略加寒暄，老者请冯生入内作客。老者姓辛，因流寓失所带着家人寄居在寺院中。冯生一直惦记着偶遇的少女：她与辛翁是什么关系呢？她许配人家了吗？冯生本是轻脱之人，加上此刻颇有些酒意，直接就开了口："闻有女公子，未遭良匹。窃不自揣，愿以镜台自献。"我听说你有一个女儿，还没有婚配，我想毛遂自荐做你的女婿。微熏状态之下，冯生颇有些胆大妄为，不计后果。少女是不是辛翁的女儿他并不知道，少女有没有婚配他更不知道，就这样趁着酒劲将自己的猜测之辞讲了出来，还莽撞地要做人家的女婿。

辛翁很大度，并不以为忤，只是说要跟妻子商量一下。冯生也是个才子，立刻题诗一首："千金觅玉杵，殷勤手自将。云英如有意，亲为捣玄霜。"辛翁似乎也很赏识冯生，将他的诗拿给左右递到后面。"少间，有婢与辛耳语。辛起慰客耐坐，牵幕入，隐约三数语，即趋出。"寥寥数语从冯生的视角来写辛翁的一系列动作，细腻生动，先是丫环过来跟辛翁耳语，说什么，冯生不知道。接着辛翁就站起来，请冯生稍等片刻，自己掀起帘子进了里屋。冯生只听得里面隐隐约约说了几句话，又说了些什么呢？冯生还是不知道。然后就看见辛翁又快步走了出来。整个过程很清晰，画面感非常强。

冯生志得意满，以为辛家一定会答应这门亲事，但辛翁出来只是坐着与冯生饮酒聊天，一句不提结亲的事。一般的人可能都会觉得这是辛翁拒绝了婚事，不再提起是给自己面子。但冯生是轻脱之人，又在酒意朦胧中，所以"不能忍"，一定要辛翁给他一个明明白白的说法。辛翁说：你很优秀，我们也久慕大名，"但有私衷，所不敢言耳"。辛翁无法言说的苦衷是什么呢？这又是一个谜。冯生仍然不休不止，不停追问。辛翁只好顾左右而言他：我有十九个女儿，十二个已经出嫁了，她们的婚事都是我老伴作主，我不参与。这明摆着是推脱之辞，哪有女儿的婚事父亲不过问的？冯生虽然喝多了，但一点不傻，他非常坚持，说："小生只要得今朝领小奚奴带露行者。"可见"蹑露奔波"才是冯生最深刻的印象，最柔软的记忆。辛翁没想到会碰到这么难缠的人，坐着不吭声。二人相对默然，室内忽然安静下来，这时听见里屋传来女子柔媚的话语声，冯生再也控制不住自己的轻狂，乘着酒兴掀起了帘子，说："伉俪既不可得，当一见颜色，以消吾憾。"帘后的人听到帘钩的声音，都呆住了，站在那里面面相觑，谁也没想到会碰到如此不守礼法的人。红衣女子果然在其中，"振袖倾鬟，亭亭拈带"，这是辛十四娘第二次出现在读者的视野中，第一次"蹑露奔波"是远景，是比较模糊的影像。这次是近景，可以看清她的装束，宽衣大袖，发髻高耸；也可以看清她的动作，亭亭玉立的她，见到陌生男子闯进来，正局促不安地手拈衣带。第一面的少女娇弱得让人心生怜惜，此处的少女则是富贵华美，娇媚动人。

冯生的唐突无礼激怒了辛翁，他让人架着冯生扔了出去。夜色深重，冯生骑着毛驴团团转，不知道自己身在何处。远远看到树林间灯光忽明忽暗，冯生冲着灯光而去，误打误撞进了亲戚家，一老妪说冯生是她外甥的孙子。老妪又是谁呢？老妪问他为什么深夜到这里，冯生一一说明自己的遭遇，老妪让冯生不必着急，她能帮他成就美事：

> 妪顾左右曰："我不知辛家女儿，遂如此端好。"青衣人曰："渠有十九女，都翩翩有风格。不知官人所聘行几？"生

曰："年约十五余矣。"青衣曰："此是十四娘。三月间，曾从阿母寿郡君，何忘却？"妪笑曰："是非刻莲瓣为高履，实以香屑，蒙纱而步者乎？"青衣曰："是也。"妪曰："此婢大会作意，弄媚巧。然果窕窈，阿甥赏鉴不谬。"

这一段通过三人对话对辛十四娘进行侧面描写，也是作者对她的第三次描画。前面冯生见过红衣女子两次，第一次见她乘露而行，匆匆一瞥之间，只觉得"容色娟好"。第二次仍是匆匆一瞥，但距离较近，看见她"振袖倾鬟，亭亭拈带"的样子，也发现女子很年轻，也就十五岁左右。对话以老妪与青衣人为主，由二人的对话我们才知道红衣女子的姓名。来为老妪祝寿的人肯定不在少数，但青衣人一提起，老妪立刻很清楚地刻画出了她的模样，不是老人记性好，而是十四娘的确出类拔萃，与众不同，有谁会刻莲瓣做成高底的鞋子（一说是在高底上刻上莲瓣），又在鞋子里塞上香料呢？穿着这样的鞋子款款而行，如何能不引人注目？由这样的细节，可以知道十四娘是一位很讲究、很有品味的少女，虽然在老人眼里看来不免有些做作狐媚，但也不得不承认她的确长得很漂亮。

红衣女子被老妪派人叫了过来，通过一层一层地渲染推进，辛十四娘终于真正进入了舞台的中央，这已是作者第四次描画辛十四娘了。只见她"娉娉而立，红袖低垂"，仍是红色的衣服，娇羞的模样，让人不由得心生爱怜。老妪更是如此："理其鬓发，捻其耳环"，又问："十四娘近在闺中作么生？"女低应曰："闲来只挑绣。"这的确是晚辈见长者的场景，长者怜爱晚辈，理理头发，整整首饰，问寒问暖。晚辈对长者心存敬畏，低眉垂目，低声应答，问一声应一句，不敢有丝毫逾越。然后回头看见冯生，“羞缩不已”。作者花了很多笔墨来写辛十四娘，一次两次三次四次，从远景到近景，从侧面到正面，一步步地将她推到舞台中央，给读者留下了深刻的印象。

由老妪保媒，冯生与辛十四娘的婚事就这么定了下来，老妪让冯生先回去，他走出数步，回头一看，刚刚的村舍都不见了，只见松林幽暗，只有一些坟墓在其间。他凝神一想，才知遇到了鬼，这里是薛尚书墓。薛尚书是冯生祖母的弟弟，所以老妪称他为“外甥”。到这里关于老妪是何人我们有了一个答案。冯生回家等消息，觉得跟鬼的约定大概很难实现，又去寺院看十四娘在不在，结果并没有十四娘一家，倒是附近的人说寺中常有狐狸，冯生暗想：“若得丽人，狐亦自佳。”这也是冯生轻脱的表现，因为轻脱，可以直面自己的欲求，也可以跨越人狐异类的鸿沟，帮他顺利抱得美人归。辛翁说有“私衷”，人狐异类是不是就是他难言的秘密呢？到了约定的日子，冯生翘首以盼，但直到夜半仍然毫无消息，冯生都快绝望了，忽然门外一片哗然，十四娘来了！我们以为十四娘的嫁妆会很丰厚，结果“妆奁亦无长物，惟两长鬣奴扛一扑满，大如瓮，息肩置堂隅”，她只带来一个大扑满。大扑满有什么用呢？真让人困惑。

这是一个鬼保媒，人狐婚配的故事，事情到此似乎已很圆满，冯生虽然有些轻佻，但也算是性情中人，他以自己的真性情抱得美人归，他们有理由过上幸福的生活。如果故事到此结束就太平淡乏味了，辛十四娘嫁给了一个人，就要在人世间生活，前面我们曾经说过，当鬼、狐、仙等进入人类社会，美好是会打折的，所以看

妆奁亦无长物，惟两长鬣奴扛一扑满，大如瓮，息肩置堂隅。

《聊斋》时我们常常会觉得人还不如鬼不如狐。

二 人与人的仇恨

人的世界里出现了一个楚公子，从小跟冯生一起读书，两人交情很好，“相狎”，我们常说“近则狎”，因为亲近而有失庄重，就很容易过火失了分寸，也就很容易得罪人，心胸宽广的可能一笑而过，心胸狭隘的就可能怀恨在心。楚公子听说冯生结婚了，不但馈赠贺礼，还登门道喜，并请冯生去他家宴饮。十四娘对冯生说：“曩公子来，我穴壁窥之，其人猿睛而鹰准，不可与久居也。宜勿往。”这个人心术不正，你不要与他交往，不要去他家赴宴。故事发展到这里，我们觉得楚公子人还不错啊，他是高官之子，却能放下架子与冯生这样的穷书生打交道，交往的过程中是“共笔砚”，而不是将他当作奴仆使唤。现在得知冯生娶了个狐狸，他也没有歧视冯生，或者疏远他、迫害他，还登门道喜，从这些角度来说，楚公子还是一个不错的人。

第二天，楚公子又来找冯生，问他为何爽约，并将自己的新作拿出来让冯生品评。冯生轻脱的毛病又发作了，评论的时候“涉嘲笑”，不是心平气和地就事论事，指出别人文章的不足，而是讽刺、挖苦、嘲笑，伤人自尊，任何人都难以接受如此恶劣的态度，楚公子也如此，他非常羞愧，二人不欢而散。对此，冯生洋洋得意，“笑述于房”。十四娘听后很忧伤，她说：“公子豺狼，不可狎也。子不听吾言，将及于难。”楚公子是豺狼之人，不能跟他太亲近，你不听我的话，大祸将要临头了。冯生笑着向十四娘道歉，可见他对十四娘的担忧并不以为意。此后冯生见到楚公子就拍他马屁，渐渐冰释前嫌。

正好提学试，公子第一，冯生第二。公子洋洋自得，邀冯生饮酒。冯生一再推辞，公子一再邀请，无法拒绝，只好去了。这天恰逢公子的生日，高朋满座，公子拿出试卷给冯生看，“亲友叠肩叹赏”，大家争相夸赞。酒过数巡，公子忽然说：“谚云：场中莫论文。此言今知其谬。小生所以忝出君上者，以起处数语，略高一筹耳。”俗话说，科举考试看的是运气，而不谈文章写得好不好，现在我发现这句话是错的。我的名次之所以在你之上，就因为我开头几句话比你略高一筹。公子一席话，大家都表示赞同，唯有冯生有不同意见：

> 生醉不能忍，大笑曰：“君到于今，尚以为文章至是耶？”生言已，一座失色。公子惭忿气结，客渐去，生亦遁。

冯生酒喝多了再也忍不住，大声笑道：“你到现在，还以为是你的文章高明所以得第一吗？”言下之意你不过是因为你父亲的关系才拿了个第一。这一次冯生可是在大庭广众之下重重羞辱了楚公子，在座的人无不大惊失色，公子更是惭愤交加。场面尴尬，大家都待不住，慢慢就散去了，冯生也赶紧逃回家去。

冯生醒来也很后悔，将事情告诉了十四娘。十四娘很不开心，说：“君诚乡曲之儇子也。轻薄之态，施之君子，则丧吾德；施之小人，则杀吾身。君祸不远矣！我不忍见君流落，请从此辞。”你就是个乡间的浪荡子，用轻薄的态度对待君子有损我的德行，用来对待小人则会招来杀身之祸。你即将大祸临头了。我不忍心看你倒霉，现在就与你告别。冯生又怕又悔，涕泗交流，十四娘说："如欲我留，与君约：从今闭户绝交游，勿浪饮。"冯生一一答应下来。

十四娘曾经是一个好着红衣，"刻莲瓣为高履""会作意弄媚巧"的少女，当她嫁为人妻以后是什么样子呢？小说中特意作了交待，"为人勤俭洒脱，日以纴织为事"，她已脱下华服，蜕变成一个朴素的妇人。有时也会回娘家，但从来不会过夜；经常拿些钱财出来料理生计，有多余的钱就放在扑满里。她与人间所有贤良的妇人并没有什么区别。

刚开始冯生还能信守诺言，闭门读书。但楚公子可没忘了他，这天冯生出门吊唁，在丧家与公子相遇。公子苦苦相邀，冯生一再推辞。公子就让人牵着他的马，又推又拉将他带回家。到家，立刻安排酒席，冯生说要早点回家，公子又苦苦挽留，并让家姬弹唱作乐。冯生一向放荡不羁，最近一直闭门不出，深感郁闷，现在忽有纵酒的机会，再不将十四娘的话放在心里，酒兴大作，醉倒在酒席间。冯生一次两次伤害了楚公子的自尊，楚公子竟能如此大度，不计前嫌，与冯生把酒言欢吗？读者都嗅到了浓浓的阴谋的气息。究竟是什么原因楚公子一定要将冯生带回家，好酒好菜地款待他呢？作者采用了倒叙的手法。

原来，楚公子的妻子阮氏凶悍善妒，家里的婢女姬妾都不敢化妆。前一天，有婢女进入公子书斋被阮氏发现，阮氏就用木棍打婢女的脑袋，结果脑袋破了人也死了。丫环死了以后，楚公子就想找个替罪羊，本来他不用这么麻烦，死一个下人总有很多理由，比如她自己不慎跌倒之类，当时没有精准的验尸技术，再加上官官相护，如果他想逃脱法律的惩处并非难事。但是他不，他因为冯生嘲笑自己、对自己傲慢不恭，一直心存恨意，总想着如何报复，现在就是一个难得的好机会。他乘着冯生酒醉不省人事，将婢女的尸体扛到冯生床前，然后关上门离开了。我们以为这是一部生活剧，结果它变成了公案戏；我们以为这是一部爱情大戏，结果它变成了恐怖片：

> 生五更醒解，始觉身卧几上。起寻枕榻，则有物腻然，绁绊步履，摸之，人也。意主人遣僮伴睡。又蹩之，不动而僵。大骇，出门怪呼。

冯生五更天醒来，发现自己伏在桌上，于是想上床安睡，却觉得脚下有软软的东西绊了他一下，用手一摸，原来是人。冯生开始还以为主人让奴仆伴睡，又用脚踢了一下，没有动静，好像已经僵硬。冯生非常恐惧，出门大叫。奴仆们全起来了，点灯一看，发现是尸体，抓住冯生又吵又闹。楚公子也出来了，说冯生逼奸不成杀了婢女，将冯生扯送到官府。

冯生就这样被关进了监狱，他挺有骨气，拒不承认自己杀人，被打得皮开肉绽。辛十四娘“劝令诬服，以免刑宪”。古代一般是秋后问斩，从承认罪行到行刑还有一个过程，这一段时间冯生可以不用再受皮肉之苦，辛十四娘也可以想方设法来救他。辛十四娘会用什么方法来救冯生呢？《聊斋》里的狐鬼仙怪一般都是有法力的，以此来解决很多难题，比如让死人说话，让神灵附体，给官员托梦，或略施小技给相关人员一些警戒，等等。但是到了辛十四娘这里，她完全没有这些能力，蒲老先生就是要让我们见识辛十四娘完全无能为力的状态，他让十四娘做的是最俗套、最莫名其妙的事，这种莫名其妙超出我们所有人的想象，也超越了我们对于一只有法力的狐狸的期待，这种反逻辑的处理方式让人惊叹。

辛十四娘回家后，先将丫环打发走了，又买了个叫禄儿的年轻女孩子，禄儿“年已及笄，容华颇丽”。十四娘对禄儿很好，“与同寝食”，并不将她当作一般仆婢看待。十四娘这是要干什么呢？冯生承认了误杀的罪名，被判以绞刑。辛十四娘知道后非常淡定，好像跟自己没有关系一样。丈夫都要死了，她为什么还能如此从容不迫，十四娘是如此狠心的女子吗？处决犯人的日子快到了，“女始皇皇躁动，昼去夕来，无停履。每于寂所，於邑悲哀，至损眠食”。十四娘为什么又一改此前的从容淡定，变得惶惶不安呢？她昼去夜来又是在做什么呢？

这里的每一句话、每一个情节设置都留有悬念，在悬念的背后，作者进行了严谨的铺垫。处决的前两天，被打发走的丫环忽然回来了，十四娘很激动，“女顿起，相引屏语，出则笑色满容，料里门户如平时”。两个人说了些什么呢？十四娘忽然高兴起来，笑容满面，不再愁眉不展，不再于无人处呜咽悲哀。第二天，冯生让家里的老仆捎口信给十四娘，让她去作最后的诀别。辛十四娘听后，“漫应之，亦不怆恻，殊落落置之”，她漫不经心地回应了一声，也不伤心难过，就将事情搁在了一边，肯定也没去见冯生。正在家人们私下议论纷纷，认为十四娘心狠无情时，突然一个爆炸性的新闻传来，楚公子的父亲被革了职，平阳观察使奉圣旨来办理冯生的案子。很快，楚公子被抓捕，案情大白，冯生也被放了出来。

问题是，冯生一个平头老百姓，皇帝是怎么知道他的案子的呢？

这时的皇帝是何许人？作者开篇就点明故事发生在正德年间，皇帝原来是明武宗，这是个想做将军不想做皇帝的皇帝，是个在后宫开菜市场、在宫中豢养“八虎”的皇帝，是个喜欢微服私访在民间留下无数风流韵事的皇帝，比如他在山西大同偶遇刘良女，并将她带回宫中。这一时间设定很重要，为故事的发展提供了可能。

辛十四娘搭救冯生的计策竟然是最最俗套的美人计、告御状，她将狐婢打发走，原来是想让她进入宫廷，为冯生鸣冤。但宫中有神灵守护，狐婢徘徊在护城河间几个月都不得其门而入，事情也就被耽搁下来。十四娘一直等不来狐婢的消息，也由从容镇定变得坐立不定。狐婢本来打算先回来与十四娘再商议对策，忽然听说皇上要去大同，她就预先前往装扮成流妓。皇上去了青楼，狐婢极受恩宠，有机会讲述了冯生的冤屈。皇上很重视，详细询问案件经过，并用纸笔记下了姓名。这就是皇上亲自派人办理冯生案件，使冯生能重获自由的原因。作者的过人之处，是他在文中并无一字明言，却能将历史传闻、笔记小说巧妙地融入故事中，所以故事的背景必须是正德年间，狐婢必须在山西大同才能见到皇上。

三　人狐缘尽

冯生平安归来，故事也可以结束了吧。作者说不行，还有几个谜没解完。辛十四娘打发走狐婢的同时还买了禄儿，买这个女孩子回来做什么呢？要回答这个问题，我们要先看看辛十四娘与冯生是一种什么样的情感关系。冯生对十四娘可谓一见钟情，那十四娘爱冯生吗？十四娘有识人之慧，她能看出楚公子的恶，当然也能看出冯生之狂。前面辛翁在拒绝冯生的求婚时，说“有私衷”，其一可能是人狐异类，另一可能就是冯生的轻脱纵酒。冯生并不是辛十四娘理想的丈夫，他不是她的选择，但迫于郡君的压力，她不得不嫁给冯生，在这段姻缘中，她一直处于被动的状态，虽然她是一个贤惠的好妻子，但并不能说她爱着冯生。而这段情缘也给她带来无限烦恼，在冯生被关押临近秋决时，十四娘曾“昼去夕来”，原来她是“奔走戚眷间”，希望能得到亲朋的帮助。辛翁有十九个女儿，到辛十四娘时，已经有十三个女儿出嫁，仅这样的姻戚关系，就可以在狐、鬼、仙、人之间构成一个庞大的关系网，如果大家协力，不可能救不出冯生。但面对无助的辛十四娘，“并无一人代一谋者”，那时的酸楚悲凉，根本无处诉说，只能“每于寂所，於邑悲哀”。这一切，也让十四娘厌倦了尘世的辛苦，让我们从此别过吧，“我已为君畜良偶”，这个人就是禄儿。原来，从冯生入狱之日起，十四娘就已经做好了告别的准备。

冯生虽然轻脱，但是个深情的人，“朝视十四娘，容光顿减。又月余，渐以衰老，半载，黯黑如村妪，生敬之终不替”。面对失去美貌又老又丑的十四娘，冯生始终没有变心，也没有接纳禄儿。“又逾月，女暴疾，绝食饮，羸卧闺闼。生侍汤药，如奉父母”，冯生用他的专情改写了读者对他的印象，他当得起十四娘的付出，当得起十四娘为他所遭受的磨难。

冯生的痴情并不能留住辛十四娘，她还是去世了。冯生还是娶了禄儿，过了一年生下一个儿子，本该其乐融融，可惜仍是“百无一用是书生”，“贫贱夫妻百事哀”，碰到年成不好，“家益落，夫妻无计，对影长愁”。冯生忽然想起十四娘陪嫁过来的大扑满，“扑而碎之，金钱溢出”。至此，故事中的最后一个谜也解开了，原来扑满不仅仅是一个储钱罐，它更像一个聚宝盆，从此，冯生家一下富裕起来。十四娘虽然离开了，也不忘给他们充裕的经济保障。十四娘当然也并没有真正死去，她解脱情缘，离开人世，已名列仙籍。

在 1987 年版的《聊斋》系列电视剧中，最后辛十四娘与冯生、禄儿的告别颇为感人，辛十四娘对禄儿说：当你爱一个人的时候，你就要为这个人的幸福而生而死，这样你才会死而无憾。电视剧的改编夸大了爱情这条主线，削弱了其他主题，特别是后面厌弃世俗人生，求仙求道的意蕴。电视剧虽然比较接近文本，但还是将一部大戏改成了一部平凡的戏，狐婢这个人物被删掉了，救人的情节简单化了，文本中的很多悬念也消失了。比如扑满，在电视剧里可有可无，但在小说中却是很重要的道具，它作为辛十四娘的嫁妆由几个壮汉送过来，当辛十四娘离开后，又成为留给冯生和禄儿的礼物，保证他们可以过上富足的生活。从铺垫和悬念设置上来说，电视剧远不及文本。

第十六讲 《王桂庵》《宦娘》：一见钟情之后

一 《王桂庵》：一见钟情的有效期

戏曲中多的是才子佳人一见钟情的故事，然后呢？两个人如何才能走到一起？《西厢记》中张生与莺莺先幽会，张生做了状元后再名媒正娶；《墙头马上》的李千金跟着裴少俊私奔了，无名无分生儿育女，整整七年，还被休弃，最后在裴少俊做了状元后才得以团圆；《倩女离魂》中，张倩女灵魂与肉体分离，灵魂追随王文举而去，同样要在王文举中了状元后才能灵肉合一家人团聚；《牡丹亭》中，杜丽娘由性而情，因相思而亡，又因爱而复生……这就是戏曲教给我们的才子佳人故事，小说也不外如此，幽会、私奔、离魂、死而复生，哪一个是真正能实现的呢？正如现实主义者贾母所言："编的连个影儿也没有了。"

《聊斋志异》中的《王桂庵》（卷十二）也讲了一对男女一见钟情并且有情人终成眷属的故事，文章写得摇曳生姿，情节跌宕起伏引人入胜。王桂庵是世家子弟，刚刚丧偶不久，坐船南游散心。所谓世家子弟，肯定出生既富且贵，不用说肯定很有钱，不用说肯定接受了很好的教育，不用说也难免有轻狂之气，那么对待感情呢？是很专情还是很花心？

王桂庵在江上看到邻船船夫的女儿“风姿韵绝”，不免看了又看，女子似乎一无所知不为所动。王桂庵于是大声吟诵“洛阳女儿对门居”，女子略略抬头瞟了他一眼，继续埋头手中的刺绣。这秋波一转令王桂庵心荡神驰，将一锭金子扔了过去，世家子弟喜欢用钱砸人的轻狂个性暴露无遗。女子拾起金子没有留下，也没有扔回王桂庵的船上，而是毫不犹豫地扔到了岸上，心里大概气得很：你有钱，你狠啊？在我眼里不过是垃圾。王桂庵灰溜溜地将金子捡回来，对女子越发地好奇了：这究竟是什么样的女子呢？看起来像是船夫的女儿，气质却是如此优雅；看起来很贫穷，却对金子视而不见。王桂庵越好奇越着迷，又扔了一枚金钏过去落在女子的脚下。女子只顾低头绣花，既没捡起来也没扔掉，正好船夫回来了，王桂庵大为着急。正焦虑间，却见女子很从容地用脚盖住了金钏，船也扬长而去了。为什么这次女子没将金钏扔掉呢？因为金钏不同于金锭，金锭只是钱，而金钏却带有订情信物的色彩，钱可以买来人但买不来人心，世间有谁会用金锭来做信物呢？

都说爱情有时效，那么一见钟情的有效期会是多久呢？一天两天？一周两周？王桂庵说：不，情之极致，哪怕是惊鸿一瞥，也会是一生一世。如果有轮回，那就是生生世世。女子所坐的船一去不复返，也没有人知道他们来自何方去向哪里，于是王桂庵踏上了漫漫寻访路，先是“沿江细访”，没有任何收获，只好先归家。每日里寝食难安，魂牵梦绕，时间到了第二年，王桂庵干脆买了一条

邻舟有榜人女，绣履其中，风姿韵绝。

船，以船为家，“日日细数行舟，往来者帆楫皆熟”，但就是没看到少女乘坐的船。时间一晃又过去了半年，王桂庵花光盘缠只好再次归家，仍是“行思坐想，不能少置”，无时无刻不惦记着那位“风姿韵绝”的少女。

日有所思，夜有所梦，一天，王桂庵在梦中来到一所江村，其中一户人家“柴扉南向，门内疏竹为篱”，环境清幽，花草满园，而舟中女子正在其间。惊喜之中，少女的父亲归来，美梦也被打断了。从此，王桂庵心里又多了一个小秘密，他小心翼翼地珍藏着，害怕一告诉别人就破坏了这个美梦。

又过了一年多，王桂庵再次到镇江，借住在世交徐太仆家，一天信马由缰，竟然真的来到了梦中之境，舟中少女也果然在这里。王桂庵简直不敢相信自己的眼睛，以为还身处梦中。这个少女可不是一见到有情人就不顾一切私奔的女子，她有情她也有礼，少女“閛然扃户”，一下关上了门，与王桂庵隔窗对话。王桂庵忙着述说自己数年的相思数年的追寻，少女则细心得多，先问其家世，王桂庵一一道来。女子很警觉，说：“既属宦裔，中馈必有佳人，焉用妾？”你既然是世宦之家，肯定已有妻子，哪里还用得着我？王桂庵回答：“非以卿故，昏娶固已久矣。”如果不是你的缘故，我的确已经婚娶很久了。读书至此不由怦然心动，不能不为王桂庵的痴情感动。少女也敞开了心扉，说：我也因为你拒绝了很多人家的亲事。金钏我一直好好收藏着，相信你一定会来找我。如果你有心，就来向我父母提亲吧；但如果想做苟且之事，那是绝对不行的。由少女的话我们知道她对王桂庵也用情甚深，数年都在等待他的到来，但她有自己的坚持，一不为人妾，二不为非礼之事。王桂庵欣喜若狂，立刻就要拔腿奔出去，好赶紧准备聘礼，早点迎娶自己相思已久的姑娘。

到这里，我们忍不住要问：少女究竟是谁呢？她叫什么？她真的是船夫的女儿吗？王桂庵无法回答读者的问题，因为他竟然跟我们一样对少女的情况一无所知，他爱的只是他第一眼见到的女子，其他都已无关紧要。这时少女在王桂庵身后大声说："妾芸娘，姓孟氏，父字江蓠。"每位看过《魂断蓝桥》的观众都会被男女主角的浪漫爱情感动，他们一见钟情，男子很快求婚，虽然彼此并不熟悉，却愿意用一生去了解对方。蒲松龄笔下的浪漫与深情一点不亚于电影，王桂庵就因为一面之缘，死心塌地爱上了少女，数年间为她相思，为她等待，为她追寻。如果少女没有出现，他还会一直这样等下去找下去吧；而少女呢，同样因为一面之缘，一心一意等待着掷钏人的到来。

本以为有情人可以终成眷属了，但好事多磨。王桂庵亲自上门去见孟父，"自道家阀……兼纳百金为聘"，他世家子弟拿钱砸人的习性再次暴露，但并不是每个人看到土豪就两眼放光，争着抢着跟土豪做朋友的。孟江蓠虽然贫寒，却不是卖女儿的，看不上王桂庵拿钱买人的架势，所以以女儿已许聘人家将他回绝了。

王桂庵失魂落魄地回到徐太仆家，想请徐太仆做媒，又怕被耻笑，说自己一个世家子弟要娶一个船夫的女儿。直到此时，王桂庵都以为芸娘是船夫之女，他爱那个"风姿韵绝"的女子，他爱那个扔掉金锭的女子，他从来没有因为二人身份的差距而有所动摇。左思右想，实在没有更好的办法，王桂庵还是向徐太仆求助了。这时他才知道：孟家不是船夫，孟江蓠与徐太仆是亲戚。孟江蓠本来讨厌王桂庵的轻浮孟浪，这时有徐太仆出面保媒，也就答应了。至此有情人才真的成了眷属，这时离他们第一次见面已经几年过去了。

童话里说，王子与公主从此过上了幸福的生活，是不是真的幸福，没有人知道。有情人成了眷属是不是也一定能幸福呢？虽然他们一见钟情，又经历数年追寻等待，实际上对彼此的了解都很有限，这样的婚姻会幸福吗？婚后三天，王桂庵带着芸娘坐船回家，夫妻二人闲来无事聊起当年的偶遇，此前，作者将写作重心放在王桂庵身上，我们只知道王桂庵眼中的芸娘是什么样子，王桂庵又为再次重逢做了多少努力。那芸娘眼中的王桂庵又是什么样子呢？作者在此通过芸娘之口进行了补叙："妾家仅可自给，然傥来物颇不贵视之。笑君双瞳如豆，屡以金赀动人。初闻吟声，知为风雅士，又疑为儇薄子作荡妇挑之也。使父见金钏，君死无地矣。妾怜才心切否？"听王桂庵吟诗，觉得他是风雅之士；见他扔金锭，又怀疑他是个风流成性的荡浪子。最可笑的是他总想用钱来打动人，自己家境虽然一般，可不是见钱眼开的人。最后芸娘还表功地问："你看我很爱才吧？"王桂庵自认为风流倜傥大方帅气的行为落在芸娘眼中，不免有些幼稚可笑，这让他颇有些羞惭，面子上挂不住。他轻浮的个性又一次控制不住地冒了出来，他欺骗芸娘说：家中已有妻子，还是吴尚书的女儿。说得有板有眼，不由得芸娘不相信。芸娘虽说出身贫寒，也是书香门第，怎能受此羞辱与人为妾？我们都知道，虽然古代男子说起来可以妻妾成群，但实际上妻只有一位，而妾与妻的地位根本不可同日而语。相思数年，等待数年的男人竟然是这样的轻薄子。"芸娘色变，默移时，遽起，奔出"，王桂庵趿拉着鞋就追出去，可惜已经迟了，芸娘一怒之下跳江自杀，"夜色昏蒙，惟有满江星点而已”，美丽的星光深深的伤痛，王桂庵又一次踏上了寻找之路，这次寻觅的是芸娘的尸骸，却一无所得。

又是一年多的时间过去了，王桂庵自从遇到芸娘，人生就变成了无休止的相思与寻觅。一天，他因避雨来到一间民舍，见到一老婆婆在逗弄一个小孩。小孩子见到王桂庵就要抱，等他要离去时，小孩子大哭，说“爸爸走了”，这时芸娘从里屋走了出来。我们来看看这夫妻二人重逢的一刻：

> 方诧异间，芸娘骂曰：“负心郎！遗此一块肉，焉置之？”王乃知为己子。酸来刺心，不暇问其往迹，先以前言之戏矢日自白。芸娘始反怒为悲，相向涕零。

当王桂庵见到芸娘的时候很惊讶，这时候如果是其他人第一时间也许会想：芸娘是人还是鬼？应该会问：这一年多你去了哪里、遭遇了什么？但王桂庵不，他首先做的事情是跟芸娘赌咒发誓：我以前说的那些都是开玩笑的，你一定要相信我。为什么呢？因为这是他一年多里日日夜夜后悔的事，日日夜夜想着的要做的事：当年我如果不开那个玩笑就好了，如果老天再给我机会见到芸娘，我一定要跟她说清楚，一定要请她原谅我。“酸来刺心”四个字用得太好了，将他一年多里的后悔、难过，以及见到芸娘那一刻的酸楚都传达了出来。听完了王桂庵的誓言，芸娘的愤怒也烟消云散，为了一个误会，好不容易走到一起的两个人差点生死两重天，不由得也是悲从中来。

芸娘究竟经历了什么呢？原来芸娘投江后并未溺亡，而是被莫氏夫妇所救，并收为义女。当时芸娘已怀孕，十月怀胎生下了儿子。至此，前嫌尽释，一家人才算真正团圆。经此磨难，想来王桂庵多少会改掉一些轻浮的个性，孟芸娘也会稍微柔和不再刚烈似火，这样，一家人才会真正过上幸福的生活吧。

这个故事虽有梦境预示、幼子认父等情节，但没有花妖狐魅出入其间，只是普通男女的爱情故事，他们因相遇而相恋，因相恋而相思，因相思而追寻等待，这才是爱情该有的历程。故事也帮我们回答了一些问题：一见钟情的有效期是多久？从一见钟情到终成眷属有多远的距离？终成眷属就一定会幸福吗？故事的场景都发生在江上或江边，时间如流水，生命亦如流水，而爱情呢？可以如流水般清澈平静景色宜人，也可能如流水般隐藏着各种暗礁、急流、漩涡，一不小心就会船覆人亡。只有经历了各种考验、磨难，彼此磨合、适应之后，爱情才能真正进入甜美幸福的婚姻状态。

二 《宦娘》：另一种爱

王桂庵与芸娘一见钟情，二人经过寻觅等待历经磨难最终有情人终成眷属，他们是幸运的。是不是所有的一见钟情都能修成正果呢？当然不是。我们来看看另一种一见钟情之后的故事。

当女鬼爱上世间男子时，她们会有不同的表现，有的如《莲香》（卷二）中的李氏奋不顾身，导致男性病重，差点命丧黄泉；有的如小谢、秋容，或者梅女，发乎情止于礼义，不发生肉体的关系，直到通过借尸还魂、转世投胎等方式消除了人鬼异类的差别后，才真正走到一起。

人鬼之恋中，除了奋不顾身与隐忍不发之外，还有没有第三种表现呢？《宦娘》（卷七）一文中的男主人公叫温如春，听其名，度其人，想来他应该是个温润如玉，让人如沐春风的谦谦君子，而不是像耿去病、冯生那样慷爽任气却又咄咄逼人的男子。温如春虽出生世家，但已家道中落。他从小喜欢弹琴，因此还曾有一番奇遇，得到一位神奇道人的指点，使他的琴技达到“此尘间已无对”的境界，但他并未就此满足，而是精益求精，一直刻苦练琴，遂称绝技。

一个暴雨天的傍晚，温如春路过一村落要找住宿的地方，匆忙间走进一户人间，屋内静悄悄的。一会儿，走出来一个女子，十七八岁年纪，“貌类神仙”。女子见到陌生男子赶紧回避，温如春青春年少尚未娶妻，一见到女子就动了心，“系情殊深”。又过了一会儿，一位老太太出来招呼客人，安排温如春住下。温如春记挂着女子，向老太太打听女子的情况，原来女子叫宦娘，是老太太的侄女。温如春倒也直接，说自己想跟她家结亲。老太太面有为难之色，说不敢答应此事。温如春追问原因，老太太只说“难言”，有不得已的苦衷。温如春也不为难老人家，“怅然遂罢”，真是温暖如春的好性情，没有夏之炽热，也不像冬之肃杀，虽有些惆怅，还是作罢了。由于住宿条件实在简陋，没办法睡觉，温如春只好“危坐鼓琴，以消永夜”。等雨停，他也就匆匆离开了。

故事的题目是《宦娘》，宦娘理所当然就是主角，我们相信他们二人还会重逢，经过一番挫折磨难后最终喜结良缘，但是故事的发展出人意料，宦娘从小说中消失了！温如春的家乡有一位退职的部郎葛公，喜好结交文人雅士。温如春偶然前去拜访，应主人邀请弹琴。听琴的人很多，有多少是附庸风雅者，又有谁是知音？帘幕后隐隐有女眷偷听的身影，忽然风吹帘开，温如春看到一个十五六岁的少女，“丽绝一世”。少女正是葛公的女儿良工，她不但貌美，而且善词赋。“不是风动，不是幡动，仁者心动”，温如春又心动了，正如孔雪笠由香奴而娇娜而松娘的变化一样，不是因为喜新厌旧，而是在只能“以貌取人”的瞬间，合眼缘是唯一的条件，谁又知道对方是不是自己爱的那个人呢？温如春回去后将心事告诉了母亲，请媒人去提亲。葛公因温家家道中落，两家门不当户不对拒绝了亲事。温如春呢？因求亲不成，心情沮丧，再也不踏迹葛公之门。温如春真的人如其名，蒲松龄比较喜欢相对狂妄的、任性而为的男子，像温如春这般温润没有棱角的男子在《聊斋》中比较少见，而正因为他没有棱角，不够尖锐，才为故事的进一步发展创造了条件。良工倒是温如春的知音，听闻他的琴声后，“心窃倾慕”，无论是爱其琴声还是爱弹琴的人，都为他们的未来打下了基础，因为温如春不再去葛家，她听琴的愿望也就成了泡影。

我们以为温如春会与宦娘重逢，上演动人的爱情故事，结果宦娘不见了，出现了一个良工。我们以为故事要写温如春与良工的悲欢离合时，两人却再无见面的机会，故事似乎进入了死胡同。蒲松龄究竟要如何结构故事呢？这时，葛家发生了一些很奇怪的事情。首先，一天良工在花园里捡到了一首《惜余春》词，词云：

因恨成痴，转思作想，日日为情颠倒。海棠带醉，杨柳伤春，同是一般怀抱。甚得新愁旧愁，划尽还生，便如青草。自别离，只在奈何天里，度将昏晓。今日个蹙损春山，望穿秋水，道弃已拚弃了！芳衾妒梦，玉漏惊魂，要睡何能睡好？漫说长宵似年，侬视一年，比更犹少：过三更已是三年，更有何人不老。

《聊斋》一书中有不少诗词曲，就诗而言，大多比较普通，比如乔大年为连城的刺绣作品《倦绣图》题的两首诗，实在看不出高妙来。但作者的俚曲写得真是好，比如《凤阳士人》（卷二）中的丽人所唱俚曲，写闺中少妇的相思之情，虽是雨打芭蕉的传统意象，但无处倾诉的苦闷，泪水涟涟的哀婉，因相思而生怨，希望在占卜中求得安慰的心理过程都非常真切。这首《惜余春》同样写女子的相思之情，第一句开门见山，写女子为情所困的情状，接着用醉中海棠、伤春杨柳形容闺中女子的娇柔瘦损，而那绵绵不断的忧愁更如划尽还生的芳草。再回到相思之情的倾述，一层还比一层深厚：自离别，只能在无法排解的相思中送走每一个白天每一个夜晚。这样的日子何时才是尽头？今天紧锁着双眉，望穿了秋水，跟自己说：放弃就放弃吧，不要再相思，不要再等待了。可是啊，似乎全世界都在跟自己作对，锦被妒我好梦，更声惊我魂魄，又哪里能安然入睡呢？人都说漫漫长夜比年长，你们这些幸福的人大概觉得时光飞逝，一年比一更还短暂吧。我呢？只觉得三更已如三年般漫长，如何能不因此而憔悴衰老。女子相思之浓烈，等待之无望，想放弃又不舍的挣扎，如此缠绵又如此曲折，真是愁肠百结，哀婉动人。

良工“善词赋”，即使没有词中女子的情感经历，以女性的敏感细腻，也会被词中的相思之苦所感动，所以良工很喜欢这首词，将它带回房中，拿出印花信笺，工工整整地抄写了一遍，放在书桌上。过了一会儿，再去找时，词已不见了，她以为被风吹走了。正好葛公经过良工门口，捡到了词，以为这是女儿写的，觉得词句轻浮，心生嫌恶，就将词烧掉了。他不忍责备女儿，词中的相思之情让他觉得女儿已长大，得赶紧给她找婆家了。正好有一刘公子来求亲，刘公子出身高贵，相貌堂堂，加上盛装而来，更显“仪容秀美”。葛公很满意，盛情款待。刘公子坐了一会儿就告辞离去，座位下却留下一只女子的绣花鞋。绣花鞋对于古代女子而言，是极为隐秘的贴身之物，一个男子身上出现一只绣花鞋，只能说明两点：一、他已有私订终身的有情人；二、他出入青楼歌院，与风尘女子有瓜葛。无论哪一种情况，葛公都不可能将女儿嫁给这样的浪荡子。虽然刘公子说鞋子跟他无关，葛公也不相信，婚事也就告吹了。这是第二件奇事了，如果不是刘公子的鞋，这鞋又是从哪儿来的呢？

温如春家最近也发生了一两桩奇事。第一桩，他家院子里的菊花忽然有一两株变成了绿色。菊以绿为贵，葛公家有绿菊种，秘不传人，只种在良工闺房中。葛公听说温如春家的菊花变成绿色，非常惊讶，也来到温家一探究竟。不想，竟然在温如春的案头发现了《惜余春》词，正是他在女儿房门口捡到的那首，上面还有温如春的批注。温如春哪来的《惜余春》词？他是在绿菊旁边捡到的，这就是第二桩奇事了。温如春并不知写有词作的信笺从何而来，因为“春”是自己的名字，似乎是为己而作，就反复阅读，细加点评，评语难免有轻薄放荡之处。葛公虽然只看到一两句，心里已全是猜疑：词是女儿写给温如春的吧？绿菊种子也是女儿送给温如春的吧？虽然没有证据，虽然良工矢口否认，但事已至此，为了免得节外生枝，免得外人闲言碎语，不如就将女儿嫁给温如春吧。

幸福来得太突然，温如春“喜极”，请来客人举行绿菊宴，温如春焚香弹琴，直到深夜才结束。就寝后，书童听到琴在无人拨弄的情况下自己发出声音来，就告诉了温如春。温如春亲自去查看，只听得琴声梗涩，好像想学自己的技法但还没有学成。他点着灯猛地冲进屋里，什么也没看到；他将琴带走，也就再没声音了。温如春猜想这是狐狸想跟自己拜师学艺，于是每天晚上为它弹奏一曲，并放着琴，任它去弹，自己每夜躲着偷听琴声。到第六七夜，“居然成曲，雅足听闻”。温如春的性格真的让人如春天般舒服，虽然以为对方是狐狸，他仍然尽心尽力地教授，弹曲、设弦、潜听，安排得很妥帖，却又保持适当的距离，不惊扰对方，不让对方有压迫感。

温如春和良工成亲后说起以前的事，才知道两个人能结成夫妻的原因，但他们都不知道词是从哪儿来的。良工又听说了琴自鸣的怪事，也去偷听，听后说：“此非狐也，调凄楚，有鬼声。”良工家有一枚古镜可以照妖，一照之下，镜中果然出现一女子的形象，竟是与温如春有一面之缘的宦娘。温如春问她是怎么回事，宦娘于是自道身世：

> 妾太守之女，死百年矣。少喜琴筝，筝已颇能谙之，独此技未能嫡传，重泉犹以为憾。惠顾时，得聆雅奏，倾心向往。又恨以异物不能奉裳衣，阴为君牖合佳偶，以报眷顾之情。刘公子之女舄，《惜余春》之俚词，皆妾为之也。

伺琴声既作，握镜遽入；火之，果有女子在，仓皇室隅，莫能复隐。

这就是宦娘，和李氏不一样，与小谢、秋容也不一样，她以为温如春找到更合适的配偶来报答他的眷顾之情。到这里真相大白，之前葛家、温家发生的一系列奇怪的事情，都是宦娘所为，只为促成良工与温如春的婚事。这是人鬼之恋的另一种状态。宦娘在百年的孤独与黑暗中，在百年的冰冷与绝望中，等来了温如春，一个像春天般温暖的男子，有着举世无双的琴技，她向往他的琴声，也渴慕他的温暖点亮周边的黑暗来融化自己的冰凉。但因为鬼的身份，她放弃了自己的爱情。她又何尝真的能放弃呢？再回头看看那首《惜余春》词，那种相思缠绵，那种无可奈何，那种挣扎不舍，都是宦娘的心声，那一个个无眠的没有尽头的夜晚，都是宦娘的静默忍耐。爱情是自私的，但宦娘选择了成全，她希望温如春能真正过上幸福的生活。

这也许是最后一面了，温如春当面点拨了宦娘一番，她立刻琴技大涨。宦娘精通古筝，又反过来教良工，良工的古筝技艺也大大提升。终于到了该告别的时候了，“夫妻挽之良苦，宦娘凄然曰：‘君琴瑟之好，自相知音，薄命人乌有此福。如有缘，再世可相聚耳。因以一卷授温曰：‘此妾小像。如不忘媒妁，当悬之卧室。快意时，焚香一炷，对鼓一曲，则儿身受之矣。’”温如春与良工琴瑟和谐，又是音乐上的知己，自己留下来做什么呢？她没有人的肉体，也就没有这样的福分。她只能将希望留待来世，但这也只是安慰自己的话，来世在哪里呢？是否又是一个一百年之后呢？她真正能实现的愿望，就是温如春高兴时，能点起一炷香，对着她的像弹上一曲吧。这是她最后的期望，也是对人世间最后的留恋了。

宦娘是《聊斋》中一个非常特别的女性，她的性格不太分明，不像李氏、小谢、秋容她们那样个性丰满，形象突出。在宦娘这里我们只看到她为爱做的各种成全，让人不由得产生恻隐之心，同情她的孤独，同情她在黑暗中的执着。这篇故事的写作手法也很特别，作者真正要写的是宦娘这个人物，但如此重要的人物，只在开头惊鸿一瞥地出现了一下，此后她就从文中消失了，但她的善良、她的忙碌操劳全都隐藏在了字里行间。冯镇峦赞其为“串插离合，极见工妙，一部绝妙传奇”。最后宦娘再次出现，送上了对心仪之人的美好祝愿，而温如春与良工的夫妻情好更衬托出宦娘的孤独。这种孤独最后变成了一幅画像，以及画像下偶尔响起的琴声。

这也是一见钟情后的另一种情况，一人一鬼走上了完全不同的生命轨迹。离开后的宦娘会得到解脱吗？不再纠结于男女之情、人鬼之恋，一心专注于琴筝的演奏，像梅女沉迷于翻线游戏，像连琐流连于诗词写作，还是仍然“只在奈何天里，度将昏晓”？

第十七讲　《阿宝》：情痴的两次离魂

一　孙子楚与阿宝

婚姻关系中有一个约定俗成或司空见惯的现象：男性可以“低就”，女性可以“高攀”。什么意思呢？如果男女身份地位悬殊的话，那么一定是男性的身份地位比较高，他们或出身豪门，或家庭富有，女子则出身低贱或家境贫寒，比如王子娶了灰姑娘，这样的婚姻关系是成立的，似乎也能获得幸福。在《王桂庵》中，男主人公为世家子弟，既富且贵，女主人公出身贫寒，二人终成眷属，我们会被二人的痴情与赤诚所感动，并没有觉得二人有什么不般配。但是如果男女主人公的情形反过来呢？女子既富且贵，男子家境贫寒，相貌平平，我们仍觉得他们般配吗？我们可以接受王子娶了灰姑娘，但是你能想象白雪公主嫁给小矮人吗？不能。即使像潘金莲这样的女子嫁给了武大，世人都会说“一块好羊肉倒落在狗口里”，更何况其他？如果不幸真的发生了这样的事情，一个家境贫寒相貌平平甚至有些痴愚的男子爱上了一个富比王侯貌若天仙的女子，他如何才能赢得女子的芳心，最终抱得美人归呢？

孙子楚是粤西名士，家贫，丧偶，枝指，迂讷，有人骗他，他都信以为真，人称“孙痴”（卷二《阿宝》），除了名士一点，几乎一无可取。名士指虽有才学但没有入仕的人，在那个时代，读书人即使才高八斗学富五车，如果不能出仕为官，人生又有何前途呢？另一方面，阿宝是出身既富且贵的女子，家庭环境“与王侯埒富，姻戚皆贵胄”，她的容貌更是人间“绝色”。这样的两个人，一个天上，一个地下，让人无论如何也没法将他们俩放在一起，甚至将二人相提并论都觉得是对阿宝的侮辱。

偏偏有这样的好事之徒，要去戏弄孙呆子一番，世间的事，有时还真多亏了这些吃瓜群众，他们穿插其间，才让很多故事得以发生。这些好事者让孙子楚去向阿宝求亲，呆子竟然真的请媒婆去了。结果可想而知，媒婆碰了一鼻子灰，一来因为他的呆，二来因为他的贫。阿宝听说此事，大概也感觉自己被羞辱了，这不是“癞蛤蟆想吃天鹅肉”吗？或者用《儒林外史》里胡屠夫骂范进的话，这叫“癞蛤蟆想吃天鹅屁”，你连吃肉的资格都没有。所以她也想给孙子楚一点教训，于是对媒婆说：“渠去其枝指，余当归之。”他如果剁了他多出来的指头，我就嫁给他。我们常说十指连心，枝指也是血肉构成，也与心相连啊。一般的人听这么一说也就作罢了，那时没有麻醉术，没有外科手术，也不会有什么特别有效的止血方法，这一刀剁下去，也许命就没了，值得为一个从未谋面的女子冒生命危险吗？我们都是精明的人，我们都会计划、会盘算，会进行成本比对，这在我们看来，是件得不偿失的愚蠢的事情。孙呆子跟我们不一样，因为他是呆子，他不会去进行利害的分析比较，一切从其心中所愿，已然是呆子，何妨更呆点？他真的“以斧自断其指，大痛彻心，血益倾注，滨死”，这让人想起电影《霸王别姬》里面剁枝指的画面，但孙子楚更狠，他是自己动手剁掉自己的指头，只是读着文字，我们都觉得疼。

如果说阿宝本来是戏弄孙呆子，现在听说他真的剁了指头，那“戏”就变成了“奇之”。奇，一是认为此人不同于常人，以之为奇；二是对其人心生好奇。奇已不同于单单的戏弄了，可以看出阿宝的心思也在悄悄地发生着变化。但二人毕竟有天壤之别，阿宝总不能真的因为孙呆子剁了根手指就嫁给他，所以又找了一个借口，让他“再去其痴”。虽然人人都说孙子楚是呆子，但他从来不觉得自己呆，反而觉得这是一片赤诚的待人之道。对此，他也没有办法去跟阿宝解释，只好自我安慰：也许阿宝并非美若天仙，她如此自抬身价也不是一个好女子所当为。所以暂时就冷却了心思。

二　第一次离魂

清明节这天，妇女都出门郊游，阿宝也在其中，观者如堵，阿宝之美是“娟丽无双”，以至于“众情颠倒，品头题足，纷纷若狂”，其情其景，可与路人围观罗敷相媲美：“行者见罗敷，下担捋髭须。少年见罗敷，脱帽着帩头。耕者忘其犁，锄者忘其锄。来归相怨怒，但坐观罗敷。”孙子楚本来不想出门的，又被好事者拖了出去，再次感谢好事者，正因为他们，才有了故事继续的可能。当阿宝之美颠倒众生时，唯有他“默然”。等别人都离开了，唯有他“痴立故所，呼之不应”。众人将他又拖又拽地送回家去，他僵卧床上，如喝醉酒一般昏睡不醒。

孙呆子这是怎么了？他魂丢了！人究竟有没有灵魂？如果有，灵魂与肉体是一种什么样的关系？它们是互相依托还是各自独立？它们是完全阻隔，不通音讯，还是彼此联系，共生共灭？对此，儒释道三家都各有论述，文人们也在以各种方式寻找答案阐发自己的理解，如陶渊明就写了《形赠影》《影答形》《神释》三首诗来讨论形、影、神之间的关系，这些讨论在小说、戏曲中，就衍化为丰富多彩的离魂故事。我们先来看看聊斋之前的一些离魂故事，这样可以更好地认识蒲松龄的伟大之处。

《幽明录》中有《庞阿》一篇，写石氏之女爱上了俊美的邻家男人庞阿，可惜庞阿已有妻室，并且还是颇为凶悍善妒的女子。有一天，庞妻看到石氏女来找庞阿，就让丫环将石氏女绑起来送回去，但走到半路，女孩子就化作烟气消失了。做父亲的听说此事，大为恼火，说：我女儿足不出户的，你们怎么可以如此败坏我女儿的名节？但这样的事情又发生了一次，做父亲的也觉得奇怪，让母亲去问女儿，女儿说：以前曾见过庞阿，从此就像在梦中一样去找他，但每次一到他家，就被他妻子绑住。作者的解释是“夫精情气感，灵神为之冥著，灭者盖其魂神也”，当一个人的感情太过执着，灵魂就会离开他（她）的身体，故事中像烟气般消失的实际上是石氏之女的灵魂。这里身体能够感受到灵魂的处境，二者之间并未完全阻隔。灵魂的出走对身体亦无太大影响，她会有些神思恍惚，但行动如常，仍可以跟自己的母亲一起劳作。当灵魂如烟飞散时，正是灵魂回归肉体之时。

在唐传奇中，陈玄祐有一篇《离魂记》，讲张倩娘与王宙相爱，家人不知，要将她另许他人，于是张倩娘的灵魂随着王宙私奔而去，五年间，两人还生了两个儿子。失去灵魂的张倩娘的肉体五年间一直卧病在床。灵魂可以结婚，甚至生儿育女，这样的过程是如何完成的呢？难道灵魂不是如我们想象的如烟如雾的状态，必须有一个依附物才能存在吗？故事中的灵魂与肉体之间是否能够沟通，在文章里我们也看不出来。

元杂剧《倩女离魂》由《离魂记》发展而来，当张倩女与王文举的婚姻受阻时，张倩女的灵魂也随之私奔而去。这个故事中的灵魂与肉体处于完全隔绝的状态。灵魂享受着充分的自由，陪伴在深爱的男人身边，分享着他的快乐与成功，对自己只是一缕魂魄毫无感知。另一方面，肉体也完全不知道自己的灵魂已出走，一直病着。但这副肉体似乎还有另一个灵魂，能思考能感知，所以她仍在担心着自己的婚姻，担心着有婚约的男子另娶他人。当她看到王文举说“与小姐一时回家”的书信时，第一感觉以为自己被抛弃了，所有的担心都成了不幸的现实。这是一部灵魂与肉体分离的剧作，虽然表现了女子不幸的人生，但读起来总有些别扭，当一个人灵肉分离后，她的肉体真的还能有如此强烈的自我意识、个人情感吗？

以上都是女性的离魂，当才子佳人相遇后，两人一见钟情却婚姻无望该怎么办？文人们用离魂这种浪漫手法让爱情得以继续，用灵魂与肉体的团聚让一切变得圆满。圆满的背后实际上是爱情的不自由，女性婚恋的艰辛。《聊斋》中的离魂故事很多，而这些离魂故事的主角多是男性，他们为了爱情（如孙子楚），为了复仇（如向杲），为了补偿（如《促织》中的孩子），通过离魂的方式来弥补人生的缺憾人世间的不圆满。孙子楚是男性离魂中的一个，前面说过我们可以接受王子娶了灰姑娘，但我们受不了白雪公主嫁给小矮人，孙子楚与阿宝就是小矮人与白雪公主的差距。但不幸的是，小矮人竟然爱上了白雪公主，于是作者只能通过离魂，让灵魂帮助孙子楚跨越身份、地位、财富的差距，让他抱得美人归。

离魂究竟是如何发生的呢？原来孙呆子看到阿宝要离开：

> 意不忍舍，觉身已从之行，渐傍其衿带间，人无呵者。遂从女归，坐卧依之，夜辄与狎，甚相得。然觉腹中奇馁，思欲一返家门，而迷不知路。女每梦与人交，问其名，曰："我孙子楚也。"心异之，而不可以告人。

原来，孙子楚见阿宝要离开，心中不舍，其灵魂竟然攀附着阿宝的衣带来到了阿宝的闺房，坐卧相依，这是怎样的浪漫与柔情。这里，作者在处理灵魂与肉体的关系时比前面的故事都更为合情合理，阿宝虽然在梦中感到与男子交合，但并没有一个真正的男人出现在她的面前。而孙子楚的魂魄因为没有依附物，虽然与阿宝两情缱绻深感幸福，却因无法进食而腹饿难忍。与此同时，失去灵魂的肉体完全卧倒在床，只剩一缕游丝。而灵魂与肉体又是相通的，灵魂想寻找回家的路，肉体也知道自己的灵魂正在阿宝闺房，能指示家人前往寻找。

第一次离魂，让阿宝深切感受到孙子楚用情之深，一改对其轻视戏弄的态度，但两个人仍是天差地别的一对，姻缘仍是镜中花水中月，怎么办呢？只有让孙子楚继续展示他的深情了。

三 第二次离魂

孙子楚又回来了，但这非他所愿，他魂牵梦绕都是阿宝，希望能再见她一面。浴佛节，四月初八，孙子楚听说阿宝将去水月寺烧香，一早就守候在路旁，“目眩睛劳”四个字将孙呆子望眼欲穿、两眼一眨不眨的神情传神地描画出来。二人终于见面了，阿宝以手搴帘，“凝睇不转”，同样是写目不转睛，这四个字就多了一层妩媚，有一种泫然欲泣的感觉。二人在眼神交汇间已经倾诉了千言万语，孙呆子情难已，一直跟在阿宝的马车后面。阿宝也有惊人之举，竟然让丫环下车去询问孙子楚的姓字等等。这里暗伏了一笔，孙子楚的灵魂在阿宝的闺房待了三天，并没有显示形象，她一来要确认眼前之人是孙子楚，二来通过丫环传话，向孙子楚传达自己的心思，让他明白自己对他也是用了心的，否则一位待字闺中的少女去打听一个陌生男子的姓名做什么呢？这已是阿宝所能做的最大胆、最直接的告白。

阿宝的举动让孙子楚更加目荡神摇了，回家后就一病不起，心心念念只想着阿宝，“每自恨魂不复灵”，深恨自己这时不能再次离魂。正好家里一只鹦鹉死了，孙呆子想：自己如果能化身鹦鹉就可以飞到阿宝身边了。“心方注想”，他全神贯注一心一意地想着这件事，心诚则灵，身随心动，他果然翩然成了一只鹦鹉，飞去了阿宝的闺房。

作者一路写来摇曳生姿，文中不止一次离魂，而是两次离魂，离魂的方法又各有不同，正如冯镇峦所云：“若仍前魂随之去，便少趣，忽附一鹦鹉，又开异境，文情之妙，不可名状。”这样的不同，不但让我们见识到蒲松龄写作技巧之高超，还让我们进一步体会到他对灵魂的认识。书中是这样描写的：

> 女喜而扑之，锁其肘，饲以麻子。大呼曰："姐姐勿锁！我孙子楚也！"女大骇，解其缚，亦不去。女祝曰："深情已篆中心。今已人禽异类，姻好何可复圆？"鸟云："得近芳泽，于愿已足。"他人饲之不食，女自饲之则食。女坐，则集其膝；卧，则依其床。如是三日，女甚怜之。阴使人瞯生，生则僵卧气绝已三日，但心头未冰耳。女又祝曰："君能复为人，当誓死相从。"鸟云："诳我！"女乃自矢。鸟侧目若有所思。少间，女束双弯，解履床下，鹦鹉骤下，衔履飞去。女急呼之，飞已远矣。女使妪往探，则生已寤。

阿宝高兴地捉住鹦鹉，想将它的腿用绳子绑住，用麻籽喂它。鹦鹉忽然大声说："姐姐别绑我，我是孙子楚啊！"阿宝吓了一跳，忙解开绳子，鹦鹉也不飞走。阿宝对着鹦鹉祷告说："你的深情已铭刻在我心中。但现在我们人禽不同类，良缘怎么能复圆呢？"鹦鹉说："能在你的身边，我的心愿已经满足了。"这只鹦鹉，其他人喂它它不吃，只有阿宝喂它，它才肯吃。阿宝坐下，鹦鹉就蹲在她的膝盖上；阿宝躺下，鹦鹉就依偎在她的身边。这样过了三天，阿宝很可怜它，就悄悄派人去察看孙子楚的情况，见孙子楚僵卧在床已经断气三天了，只是心口还有点热气。阿宝又祷告说："你要是能重新变成人，我就是死也要与你相伴。"鹦鹉说："你骗我！"阿宝立刻发起誓来。鹦鹉斜着眼睛，好像在思索什么。一会儿，阿宝

鹦鹉骤下，衔履飞去。女急呼之，飞已远矣。

裹脚，将鞋脱在床下，鹦鹉猛地冲下，用嘴叼起鞋飞走了。阿宝急忙呼叫，但鹦鹉已经飞远了。阿宝派个老妈妈前去探望，孙子楚果然已经醒了过来。孙子楚借助一只鹦鹉的身体，飞进了阿宝的闺房，与阿宝同食同住。因为有了一个依附物，他可以进食，可以说话，但因为他的灵魂附着在鹦鹉的身体里，也就再不能以男子的形态与阿宝交合。同样，失去灵魂的肉体仍是奄奄一息。当灵魂获得了阿宝的承诺，鹦鹉衔着阿宝的绣鞋归来，孙子楚也就灵肉合一，又醒了过来。

在这篇小说中，灵魂与肉体的存在方式在我们看来最合理，灵与肉本是人的一体两面，它们共生共存，不可能完全隔绝。如果像《庞阿》中的石氏女那样，失去灵魂还能自由劳作，那灵魂又有何存在的必要？或者说她对庞阿的爱只是她灵魂的一小部分，失去那一点并不影响她的生活，那这样的爱情又不免让我们怀疑了。如果像《倩女离魂》中的张倩女那样，灵魂与肉体完全隔绝，肉体又有着强烈的自我意识，似乎那一部分出走的灵魂跟自己毫不相干，就更加不合情理。《阿宝》在此点的处理上可谓完美，既让我们充分感受到灵魂的力量，也让我们看到肉体对灵魂的制约，以及对灵魂的帮助：因为身体会饿，所以孙子楚不能一直留在阿宝的闺房；又因为肉体的存在，才能让姻缘得以成立。

第二次离魂同样让我们感受到孙子楚的深情，只要能待在阿宝身边，他就已经心满意足，并没有太多的奢求。如此深情之人，世间也许再无第二个，如何不令阿宝芳心暗许，一定要嫁与他呢？孙子楚的灵魂也忽然变聪明了，本来别人说什么他都相信，现在却不相信阿宝“誓死相从”的承诺，即便阿宝发誓赌咒，他仍是若有所思将信将疑，却忽然叨走了阿宝的一只绣花鞋。在过去，女性的脚是身体最隐秘的部位之一，只有未来的夫婿才能看到，绣花鞋也就成为女性最私密的贴身用品，作为订情信物而言，它的价值要在一块手帕、一件首饰之上。

阿宝的父母难得地通情达理，前面允许孙子楚的家人去阿宝闺房招魂，不计较此举对女儿名节的影响，现在虽然觉得孙子楚太过贫寒，与自家门第不相当，还是将心肝宝贝的独养女儿嫁给了他。这种看起来条件极不般配的婚姻，总会面临很大的阻力，最大的阻碍一般都是父母，他们常常不惜以死相逼，但天下哪有犟得过儿女的父母呢？阿宝也很有骨气，虽然出身富贵，却不想依靠父母，拒绝了让孙呆子入赘的提议，宁愿跟着呆子过着粗茶淡饭、粗衣烂衫的日子。

四 痴人痴福

故事到此该结束了，与王桂庵相比，孙子楚是幸运的，他与阿宝不但见过两次面，而且因为离魂曾经跟阿宝朝夕相处过六天。也许与那个时代大多数的男女相比，他们都是幸运的，可以说他们是经历了相知相恋的过程才步入婚姻之门的，二人从此过上幸福的日子也就顺理成章了。但作者意犹未尽，孙子楚为了阿宝断指、离魂，置自己生死于不顾，阿宝是否当得起孙子楚的一往情深呢？所以他这次又为这对有情人设置了磨难。

孙家得阿宝操持家务之力，三年的时间里，家境越来越富足，日子也是越过越滋润。但乐极生悲，孙子楚忽然生病，忽然去世。

阿宝不眠不食，夜里上吊自杀，意欲殉情。虽然发现得早救了下来，还是不吃不喝，死意已绝。三天后是孙子楚入殓的日子，他忽然又活了过来。原来阎王被阿宝的痴情感动，让孙子楚复活了。阿宝愿意跟着丈夫同生死，这样的深情当不亚于孙子楚的离魂，这夫妻二人都是至情至性之人，所以能感动天地，打动死神，圆他们人世间的幸福。

作者似乎觉得这对深情的夫妻还应该得到生活更多的回馈，现在他们的人生还不够圆满，总觉得差了些什么。差了什么呢？功名！于是又安插了一个情节，又让好事之徒来戏弄孙子楚，拟了七个生僻的题目透露给呆子，说是通过内部关系拿到的。结果，老天也站在呆子这边，考试竟然真的考的这七题，呆子理所当然地中了头名，此后也就成功步入仕途，也成为既富且贵之人了。

最后两个情节颇有些画蛇添足之感，但从时尚大戏的角度来说，也有它们存在的合理性：不但有人世间的奇异离魂，还有阴间的死后生还；不但有贫士的生死之恋，还有仕途的飞黄腾达、帝王召见。上天入地，从山野到庙堂，作者无不网罗其中。

作者在这篇故事中要传达的不仅仅是爱情，他讲的主要是一“痴”字：

> 异史氏曰：“性痴则其志凝：故书痴者文必工，艺痴者技必良，世之落拓而无成者，皆自谓不痴者也。且如粉花荡产，卢雉倾家，顾痴人事哉。以是知慧黠而过，乃是真痴，彼孙子何痴乎！”

一个人性情专注，他的志向才会凝聚，所以读书专注的人，文章必然工整；对技艺专注的人，技术必然精工。社会上那些落拓而一事无成的，都是自认为不痴不傻的人。例如那些为了女人而荡尽家产的，因为赌博而败家的，难道是痴傻人干的事吗？由此看来，过分聪明狡黠的人才是真正的痴傻，孙子楚哪里傻了？

第十八讲 《连城》：为爱出生入死

一 知己之遇

浪漫爱情的极致是什么？王桂庵对一位一见钟情的女子，可以抛下世家子弟的身份，为她相思，为她等待，寻寻觅觅数年之久。那“非以卿故，昏娶固已久矣”的朴实表白，让人感动不已。孙子楚，一个贫寒木讷的读书人，为了抱得美人归，两次离魂，帮他跨越了身份、家世、金钱的鸿沟，最后有情人终成眷属。这些故事已经足够浪漫了，蒲老先生还能让他笔下的爱情更浪漫一点吗？

乔大年已二十多岁，虽有才名，仍未能发迹。他正是蒲老先生欣赏的男子，为人正直坦荡有义气。作者无论说宁采臣“慷爽”，还是说耿去病“狂放”，都只是一笔带过，并无事实，比较缺乏说服力，但在这里，作者特意举了两个事例。一、乔生与顾生友善，在顾生死后，经常救助他的妻儿。二、县宰因为乔生的文章很器重他，县宰死于任上，家人滞留当地无法回归故里。乔生变卖家产送县宰的灵柩及家人返乡，往返两千多里。士林中人因此都很看重乔生，而他却为此越发潦倒。通过这两个例子，作者强化了读者对乔生的印象，并且为下文打下伏笔。因为帮助了顾生，所以此后才会得到顾生的协助。县宰赏识乔生，乔生为此可以千里奔波，如果再遇到一个比县宰更欣赏他的人，乔生会怎么样呢？大概要以生命来报答知遇之恩了吧。

史孝廉有个女儿叫连城，精于刺绣，知书识理。父亲很宠爱她，将她绣的《倦绣图》拿出来让年轻士人题咏，有为女儿择婿的意图。乔生的两首诗云："慵鬟高髻绿婆娑，早向兰窗绣碧荷。刺到鸳鸯魂欲断，暗停针线蹙双蛾。""绣线挑来似写生，幅中花鸟自天成。当年织锦非长技，幸把回文感圣明。"（卷三《连城》）第一首写女子高贵动人的外貌，揣摩其盼偶思嫁的心思；第二首赞赏其绣工精致，更将她比作写回文诗的苏若兰，其文才更胜其刺绣。两首诗既传情又得体，连城看后很高兴，向父亲夸奖不已。但孝廉嫌乔生家贫，并不乐意。这就跟富豪选女一样，看起来要选有智慧的，结果选了貌美的；史孝廉似乎想给女儿选个才子，结果选的是有钱的。连城逢人就夸乔生有才学，又派老妇假冒父亲之命，赠送乔生钱财助他读书。乔生很感慨，说："连城我知己也！"从此对连城"倾怀结想，如饥思啖"。

在《王桂庵》中，王桂庵与芸娘曾经见过面；《阿宝》中，孙子楚也曾见过阿宝。因为见过面，被对方的外貌、气质吸引，才会陷入一见钟情的旋涡中。在这一篇中，乔生与连城并未见过面，他们爱情的基础是什么？那就是"知己"二字，这成为乔生与连城之间最紧密的联系，李劼在谈到他写《木心论》时说到："人生在世，两大幸福，一个是相爱，一个是相知。这两个幸福都是可遇而不可求的。”如果很幸运地既相知又相爱呢，那该是人间极致的幸福了。由相知而相爱的情感，也就超越了仅停留在皮相之上的爱恋，可以为对方生，也可以为对方死。

不久，史孝廉将女儿许配给了一个盐商的儿子王化成。孝廉也算是读书人，却去跟商人结亲，这里也可以看出士商关系的变化，经济对社会阶层的影响。在稍后的《儒林外史》中，也有文人自降身份与商人结亲的事，甚至有些人抢着巴结着跟盐商结亲。乔生至此才绝望，但无论是心里还是在梦中都思念着连城，无法忘怀。

没有多久，连城得了瘵病，卧床不起。一个西域僧人说能治此病，但需要男子心头肉一钱作为药饵。西域僧人也就是胡僧，在明清小说中是一种特别的存在，他们颇有法力，当然这是正反两面的。如在《金瓶梅》中，西门庆碰到的胡僧送给他一些春药，结果助他走向了黄泉路；这里的胡僧则是来救人的，为了成全这一对多灾多难的情侣。

孝廉让人去找女婿，女婿笑着说：“痴老翁，欲我剜心头肉也。”不但没有怜惜着急之意，而且极为轻佻，根本无视连城的死活。孝廉无法，只好宣称：“有能割肉者妻之。”谁愿割心头肉救人，我就将女儿嫁给他。所谓重赏之下必有勇夫，但这是生命攸关的事，跟《西厢记》里张生修书一封请白马将军出手解普救寺之围可不一样，自己的性命跟一个女人相比，哪个更重要？更何况这个女人自己都没见过面，是美是丑还不知道，傻瓜才会做这样的事吧？乔生就是这个傻瓜，他自己拿出刀子，从胸口将肉割了下来，鲜血染湿了衣服裤子，乔生真是忍人。连城的病好了，孝廉要将她嫁给乔生。王家不依不饶，要去告官。孝廉没办法，用一千两银子

生闻而往，自出白刃，封膺授僧，血濡袍袴。

酬谢乔生。乔生大怒："仆所以不爱膺肉者，聊以报知己耳，岂货肉哉！"我不吝惜自己的心头肉，只是为了报答知己的知遇之恩，我难道是卖肉的？拂袖扬长而去。"知己"二字可谓文脉，这是文中第二次出现，加深了读者对这两个字的印象以及对背后的情意的理解。

连城听说此事，让老妇来宽慰乔生，说：以你的才华，不会一直困顿。天涯何处无芳草？我做的梦很不吉利，三年必死，你不必跟别人争我这个将死之人。乔生说："士为知己者死，不以色也。诚恐连城未必真知我，但得真知我，不谐何害？"这是第三次用"知己"二字，作者一直在提醒读者这是此篇主线。士为知己者死，并不因为你是女子。大概连城并不是真的了解我，如果真的了解我的话，做不成夫妻又有什么关系？并且说了："果尔，相逢时，当为我一笑，死无憾。"如果她真是我的知己，相遇的时候，请她为我一展笑颜，那我就死而无憾了。这是何等情怀！为了一个素未谋面的女子，只因彼此惺惺相惜，可以将生死置之度外，为她割肉治病，而这样的行为并没有任何功利目的，不需要任何酬谢，更不是一定要将她占为己有。

过了几天，乔生出门，正好碰到连城从叔叔家回来，乔生目不转睛地看着连城，连城"秋波转顾，启齿嫣然"，的确眼睛迷人笑容好看，正是蒲老先生喜欢的美女。乔生大喜，说："连城真知我者！"乔生与连城以前见过面吗？他们彼此认识吗？没有，他们没有见过面，从来不相识。这样我们就能理解乔生为什么说"连城真是我的知己"了，这是他们第一次见面，此前连城最多从老妇口中得知乔生的长相，现在却能一眼认出人群中的乔生，可见二人的确心意相通，从对方的凝眸就能确认无疑：那就是我钟情的人。这相视而笑的一刻，只觉天地间再无他人，恰似清风对明月，一片开阔高爽，脱出尘俗。有这样心灵相通的时光，真是死亦无憾了。

二 生死与共

王家人来商议婚期，连城旧病发作，也许是乔生的心头肉在作祟吧，几个月以后，连城就去世了。乔生前往祭奠，“一痛而绝”，这“一痛”该有多痛，竟无法用语言来形容，就这样乔生也死去了。想来也是，心头肉既死，自己如何还能活着呢？

乔生也知道自己已经死了，却一点不难过。这也许正是他所期待的，生不能相聚，死却能相会，何尝不是一种幸福。乔生走出村子，一心一意只希望能见到连城，不一会儿走到一个官署，正好碰到顾生，也就是乔生一直帮忙照顾他妻儿的那位同窗好友。前面作者列举两件看起来不相干的事，除了介绍乔生其人，更是为此刻打伏笔。顾生很奇怪乔生为什么会过来，要将他送回去。乔生长叹，说：“心事殊未了。”要寻找连城。顾生带着他转了几个地方，终于看到连城与一位白衣女郎在一起，两人花容惨淡、泪眼婆娑地坐在走廊上。连城看到乔生过来，喜出望外，问他为何而来。乔生说：“卿死，仆何敢生。”你死了，我如何能独活？世间竟有如此情痴，两人只见过一面，没有说过话，并无太多纠葛，却互引对方为知己，为此可以同生共死。

连城泪下如雨，不能给乔生今生，只能许他来世了。乔生也对顾生说："仆乐死不愿生矣。"并拜托顾生查查连城将托生何处，他要跟她一同前往。是啊，人世间知己已亡，则茫茫人世又有何乐趣？既能相逢于泉壤，定然不离不弃。顾生受托离去，等他回来时，带来了更好的消息，阎王不但允许乔生回去，而且同意连城还魂，成就他们世间的姻缘。

在重回人世的路上，连城一路缓慢行来，歇了又歇。重生不是一件喜悦的事情吗？不是会让人迫不及待吗？不是应该一路狂奔吗？难道连城是因为身体娇弱？不是，是因为连城心有顾忌，她说："重生后，惧有反覆，请索妾骸骨来，妾以君家生，当无悔也。"她考虑得很周到，要在乔生家重生，这样王家就无理由纠缠了，可惜人算不如天算，钱权法相加总是大于情大于理。

乔生将连城带回家，连城又说自己觉得四肢飘摇，六神无主，担心事情不能如愿以偿，要与乔生好好谋划一下，看复活后如何才能自主。于是乔生也先不还魂，二人躲在了侧厢房中，四目相对，情形颇有些尴尬，这才是他们第一次真正单独相处，虽然视对方为知己，可以生死相托，但这一刻能说些什么、做些什么呢？过了一会儿，连城笑着说："君憎妾耶？"乔生很惶恐，问原因，连城终于说了实话："恐事不谐，重负君矣。请先以鬼报也。"原来连城想以身相许，让自己真正变成乔生的女人，以免复活后又节外生枝。哎，女人就是女人，即使做了鬼也无法坦白自己的想法，先说要在乔家重生，跟着乔生回家，再说还需要继续谋划，为两人制造独处的机会，偏偏乔生是个呆头鹅，完全不解风情，害得连城只好害羞地自己说出口。乔生自然没有说不好的道理，于是两人又在厢房中待了三天。但明伦在此有精彩分析："生以肉报，女以魂报；一报于生前，一报于死后；一报于将死之际，一报于将生之前。是真可以同生，可以同死，可以生而复死，可以死而不生。只此一情，充塞天地，感深知己。”

第三天，乔生生还，立刻让人将史孝廉请了过来，说要连城的尸体，自己有办法让她复活。孝廉同样没有不答应的道理，刚将女儿的身体背到乔家，连城就醒了过来，第一件事仍是担心不能与乔生在一起，立刻跟父亲说：“儿已委身乔郎矣，更无归理。如有变动，但仍一死。”毫不隐晦自己已是乔生的人。如果还有什么变化，我仍只有一死。王家听说连城复活，自然不会让他们如此称心如意，去打官司要连城。官员受了贿赂，竟将连城判给了王家，乔生虽然非常愤怒，却无可奈何。连城在王家一再寻死，王家这才害怕了，还是将连城还给了史孝廉。连城终于又回到了乔生身边。

文学史里因情而生、因情而死的爱情最动人的当属汤显祖的《牡丹亭》，杜丽娘只因梦到柳梦梅，梦中缱绻，就爱上了梦中的男子，因他而相思成疾，因他而死去，又因他而复活。故事很感人，但我们知道她的感情是没有根基的，梦中的男子只是一个幻影，这样的生生死死虽然很强烈，但在当下却不容易打动读者。相对而言，乔生与连城因为彼此欣赏、彼此相惜的知己相遇之情，让他们能一起面对死亡、一起面对困难，也就更有说服力。

如童话里所说，王子与公主从此过上了幸福的生活，我们也有理由相信，乔生与连城这一对出生入死的情侣一定会很幸福。但是，另一个人来了。乔生在阴间曾看到连城与一白衣女子在一起，这名女子就是宾娘。在乔生的努力下，在顾生的鼎力相助下，她也还魂了。她在还魂后，说自己为乔生所救，非乔生不嫁，她父亲只好将她送了过来。宾娘听说了连城与乔生之间的故事，被乔生赤诚种子的禀性所感动，希望自己也能嫁一个这样的男人，这是合情合理的，但别人穿着合脚的漂亮鞋子，你只看到漂亮而已，是不是适合自己的脚很难说，最后只能做削足适履的事情。感情的世界里，两个人最合适，三个人总是太拥挤，两个女人即使再投缘，难道不会嫉妒不会生气不会结怨吗？三个人的世界里王子与公主能够幸福吗？蒲老先生只娶了一个妻子，颇艳羡其他男人一夫多美的生活，所以总忍不住让他笔下的男子代替自己享受一下这样的“美妙人生”。如果蒲老先生能在西门庆家待一段时间就好了，那样他也许就不会觉得一男多女是件幸福的事情了。

将宾娘这个角色忽略不计吧，乔生与连城的故事还是很感人的，为“知己”二字二人舍生忘死最终走到了一起，如作者感慨的：

> 一笑之知，许之以身，世人或议其痴，彼田横五百人，岂尽愚哉。此知希之贵，贤豪所以感结而不能自已也。顾茫茫海内，遂使锦绣人才，仅倾心于蛾眉之一笑也。悲夫。

连城之赏识，连城之笑靥，让乔生将她视为知己，可以为她生为她死。只因为知己难求，人生得一知己足矣。茫茫人海中，乔生这样锦心绣口的人才，竟然只有一个女子赏识，又何尝不可悲可叹呢。

三 余论

“知己”二字如此牵动人心，让人想起了瑞云。瑞云是杭州一名“色艺无双”的名妓，身价极高。余杭贺生，虽富才名，但“家仅中资”，也去求见瑞云，不想竟得到瑞云的青睐，赠诗一首：“何事求浆者，蓝桥叩晓关？有心寻玉杵，端只在人间。”（卷十《瑞云》）诗中颇有暗示缠绵之意。贺生得诗大喜过望，情难自已，又去了第二次。瑞云希望能与他有“一宵之聚”，贺生说：“穷踧之士，惟有痴情可献知己。一丝之贽，已竭绵薄。得近芳容，私愿已足。若肌肤之亲，何敢作此梦想。”贺生非常理性，自己是贫穷的读书人，只是两次求见瑞云的小礼物已是竭尽全力，哪有与瑞云肌肤相亲的财力？自己能做的只有将这一片痴情献给知己而已。贺生回家后，想着瑞云的郁郁不乐，也有倾家荡产换一夕之欢的冲动。然后呢？“更尽而别，此情复何可耐？”天一亮就得告别，从此天各一方，日子还得继续，如何忍受那样的相思离别之苦呢？如何熬过近在咫尺却不得相见更无法触摸的煎熬呢？理性战胜了冲动，贺生慢慢冷了心肠，也与瑞云断了往来。

瑞云忽然变丑了，额头上多了块黑斑，斑还越来越大，一年以后，已经蔓延到颧骨与鼻子上，再无贵客上门，她也失去了赚钱的价值。鸨母就收回了她的妆饰，让她与丫环们一起干活。当贺生听说此事，再次见到瑞云时，她“蓬首厨下，丑状类鬼”，见到贺生，“面壁自隐”，不愿让贺生见到自己的丑陋与狼狈。这时候的瑞云虽然身价大跌，贺生还是要卖掉全部的田地家产才能为她赎身，将她娶回了家。瑞云自惭形秽，不敢以妻子自居，只愿做个小妾，将妻子的位置留给后来的人。一个倾国倾城的佳人，忽然遭遇毁容，由一个众星捧月的美女，变成众人嘲讽欺凌的对象，能顽强活下来已属不易，所有的自信、从容都已荡然无存。贺生说："人生所重者知己。卿盛时犹能知我，我岂以衰故忘卿哉！"人生最重要的是知己，你得意的时候对我另眼相看，我怎么能因为你容貌衰减就忘记你呢？仍是知己的相亲相惜，让二人跨越了过去的贫富差距，忽视了现在的容貌美丑。虽然别人都在嘲笑贺生，笑他痴笑他傻，但贺生不为所动，不但没再娶妻，对瑞云的感情还越来越深厚。这对苦命鸳鸯能跨越贫富美丑，能无视别人异样的眼光，就这样风平浪静安安稳稳地在自己的小世界里享受生活该多好。

但瑞云竟然又恢复了过去的容貌，原来她脸上的黑斑出自仙人和生之手，和生想以此保全她，帮她找到不以容貌美丑为念、真心爱她疼她的人，而贺生正是这样的人。和生很感慨："天下惟真才人为能多情，不以妍媸易念也。"和生略施法术，瑞云"艳丽一如当年"。夫妻二人很高兴，读者却隐隐觉得不安，一个平凡的家庭，有一位非凡的美女，贺生能守住这份美丽这份幸福吗？

"知己"二字帮助乔生与连城出生入死，也帮助贺生与瑞云跨越贫富与美丑，这一份知己之情也就使这两个故事与前代的才子佳人、妓女从良的俗套拉开了距离，为爱情定下了不同凡响的基调，而这一份对知己的欣赏与尊重在现代爱情婚姻生活中尤为重要。彼此欣赏，互相尊重；彼此信任，各自独立——这样的婚姻关系才能真正幸福吧。

第十九讲 《封三娘》：当她爱上了她

一 封三娘与范十一娘

《封三娘》（卷五）似乎是讲一个女子帮自己的闺蜜找如意郎君的故事，看起来与另一篇《青梅》（卷四）颇有雷同之处。青梅本是狐狸与人所生之女，不幸沦落为富贵之家王家的丫环。青梅貌美聪明，与小姐阿喜情同姐妹。青梅有识人之明，要为小姐结一门良缘，看中了贫贱书生张介受。但才子佳人小说中最大的障碍就是门不当户不对，阿喜的父母也不如阿宝的父母通达，他们嫌弃张家贫穷，不肯将女儿嫁给张生。青梅就想自己嫁过去，在阿喜的帮助下终于如愿。此后风水轮流转，王家败落，阿喜只能寄身尼姑庵。张生则科举入仕，平步青云，青梅也做了夫人。青梅最终见到落魄的阿喜，宁愿退位，让阿喜嫁给丈夫，自己仍以婢女自居。结果二女同侍一夫，生儿育女，并且一起封了夫人，又是一个大团圆的故事。

这个故事比较俗套，文中让人印象深刻的是青梅之母，难得的坦荡刚烈的女子。程生也是蒲松龄欣赏的男子，“性磊落，不为畛畦”，这天从外面回来，觉得衣带很沉，就看到“有女子从衣后出，掠发微笑，丽绝”，“掠发微笑”的动作神情真是妩媚动人。程生以为她是鬼，女子很直接：“妾非鬼，狐也。”两人生活在一起，一年后生下青梅。女子跟程生说：“勿娶，我且为君生子。”程生刚开始还能答应，但经不住别人的嘲讽讥诮，另娶了他人。狐女勃然大怒，说：我为什么只能代人做奶妈？丢下青梅就离开了。青梅之母的行为虽然简单粗暴，但她希望获得尊重、捍卫自己爱情婚姻的努力让人动容。青梅也继承了母亲的刚强，在为阿喜谋划不成后，就开始为自己谋划，晚上亲自去找张生，达成二人共谋婚事的约定。青梅的行为颇有淫奔之嫌，在当时委实骇人听闻，但她为自己寻找出路、追求幸福的勇气同样让人佩服。可惜这样的幸福都是绑架在男性身上的，他们必须入仕，必须做官，才当得起一个女子所做的牺牲，这样的关系里，有几分跟爱情相关呢？

《封三娘》故事的主人公是封三娘与范十一娘。封三娘是狐狸精，范十一娘是普通的人间女子。青梅只是人与狐狸的女儿，就颇有些特别的能耐，身为狐狸的封三娘应该有更强的法力吧？她能识人，能断前程，能起死回生。能看透别人的前程，自然也能看到自己的未来。这样的女子却也有过不去的情缘，明明知道是劫是魔，还是要往里跳，“情”之一字该有多大的魔力？冯镇峦评曰：“聊斋各种题都做到，惟此中境界未写，故又畅发此篇。”《聊斋》作为一本短篇小说集，人世间的各种状况、各种情感、各种关系它都写到了，但就是没有写过这种境界，所以作者要写下这个故事来进行补充。那这篇故事究竟在写什么境界呢？如果只是帮闺蜜择婿并没有什么特别之处啊。

范十一娘，是𨜹城祭酒之女，也算是出身诗书礼仪之家。她自己不但外貌美艳，还知书识理，文辞出众。父母很疼爱女儿，有来求婚的都让十一娘自己挑选，而十一娘都不满意。十一娘是个出色的女子，对另一半要求很高，这也是理所当然。

范十一娘于上元日，也就是正月十五元宵节去水月寺，“是日，游女如云，女亦诣之。方随喜间，一女子步趋相从，屡望颜色，似欲有言。审视之，二八绝代姝也。悦而好之，转用盼注”。虽是游人如织，两人还是在人群中认出了彼此，一个频频看过来，欲言又止；一个心生欢喜，目不转睛地看过去。冯镇峦评云：“男子相悦，常也；乃以女子悦女子，深情缠绵，如蚕自茧。”冯氏火眼金睛，一眼看出不同之处，将二人的相遇称为“女子悦女子”，与“男子相悦”对应，如果男子彼此喜欢欣赏是常态的话，女子的深情缠绵就如作蚕自缚，引火焚身。

女子先开了口，与范十一娘互道姓氏里居，她就是封三娘，住在邻村。二人“把臂欢笑，词致温婉，于是大相爱悦，依恋不舍”。二人虽是初识，却全无陌生之感，而是把臂言欢，如同故人。彼此心生爱慕，分别时已是依依不舍，封三娘“凝眸欲涕”，范十一娘“亦惘然”，个双眼含泪，一个面带忧愁。十一娘邀请三娘去家中作客，三娘以两人门第相差太远拒绝了。女子之间的情谊也要考虑门当户对吗？十一娘再三邀请，封三娘说：改天再去。于是二人互赠了礼物，就此别过。

十一娘回去后，非常想念封三娘，每天都等待着她的到来，相思心切，竟然病倒了。到了重阳节，两人一别已是八个月，十一娘病弱不堪，百无聊赖之下，让丫环扶着她去花园游玩，封三娘竟然忽然来了！不是登门拜访，而是翻墙头过来的。封三娘为什么不是正式拜访，而一定要翻墙而入，瞒过他人呢？十一娘责怪她负约，封三娘说自己分别后也很想念十一娘，但：“贫贱者与贵人交，足未登门，先怀惭怍，恐为婢仆下眼觑，是以不果来。”仍然认为自己与十一娘门第悬殊，不免自惭形秽，又怕被丫环奴仆看低了自己。可见封三娘是个心高气傲的人，但这是她不来见十一娘的全部原因吗？

十一娘诉说自己生病的原因，封三娘听后泪如雨下。虽然同意留下来，但千叮咛万嘱咐：“妾来当须秘密，造言生事者，飞短流长，所不堪受。”两个女子一般美丽，一般可爱，二人互相欣赏，情同姐妹，为什么要秘密往来？又为什么会担心有飞短流长？担心的又是什么样的飞短流长呢？难道是怕别人说她攀缘富贵之家？十一娘一一答应下来，将封三娘带回闺房，二人同榻而寝，有聊不完的天，说不完的话，十一娘的病也很快就好了。二人结为姐妹，衣服鞋子换着穿，不分彼此。二人的确是情同手足的好闺蜜，但奇怪的是，封三娘不愿见外人，不但没有拜见过十一娘的父母，而且每当有人来，她就藏在帷幕间，这样一待就是五六个月。长期在别人家里住着，怎么可以不去拜见别人的父母呢？

这一天，两人正在房中下棋，范夫人悄悄走了进来，见到封三娘，大喜过望，说封三娘真正配得上做十一娘的朋友，并责问十一娘：“闺中有良友，我两人所欢，胡不早白？”你有好闺蜜，也是我们做父母愿意看到的，你为什么不早点告诉我们呢？又问封三娘：“伴吾儿，极所忻慰，何昧之？”你来与我女儿作伴，老怀欣

忽一女子攀垣来窥，觇之，则封女也。

慰，为什么要瞒着我们呢？范夫人的疑问，也是读者的困惑，为什么她们的情谊不能让别人知道呢？对于范夫人的疑问，封三娘“羞晕满颊，默然拈带而已”。封三娘初见十一娘就步步跟随，凝目注视，主动搭话，其后又翻墙来到范家，应是比较大胆活泼的女子，此时为何如此害羞呢？

等范夫人一走，封三娘就要辞别，十一娘苦苦挽留，她才勉强留了下来。不几天，因为撞见了十一娘的兄长，封三娘更是坚决辞归，十一娘无法，只好让她回去。十一娘“伏床悲惋，如失伉俪”，女友的离别，竟让十一娘如失恋如丧偶般悲伤。十一娘的哀伤丫环们都看在眼里，数月后，丫环偶遇封三娘，说：“三姑过我。我家姑姑盼欲死！”因为思念闺中密友，竟至欲死的状态，感情何其深厚！

二　十一娘的婚事

对封三娘的再次到来，十一娘仍是欢喜的，两人“各道间阔，绵绵不寐”，等丫环熟睡后，封三娘起身，“移与十一娘同枕”，如此亲昵的行为，作者给我们的解释是因为封三娘要与十一娘商讨婚姻大事。女大当嫁，女孩子终究要嫁人的，无论多美多有才华，总要为人妻为人母，在婚姻中找到自己的位置。嫁一个什么样的人才能真正幸福呢？封三娘说：“如欲得佳偶，请无以贫富论。”要找到称心如意的夫婿，请不要计较当下的有钱没钱。

封三娘立即付诸行动，为范十一娘相中了贫穷书生孟安仁，他虽然“布袍不饰，而容仪俊伟”。孟安仁也看到了这两个美丽的女子，“归涉冥想”。晚上，不想其中一位竟然真的出现在自己面前，

“生大悦，不暇细审，遽前拥抱”。本来封三娘在十一娘面前大力夸赞，说他如何的非“长贫贱者”，加上他仪表不俗，让我们对这个男子抱有很高的期待。此时，他不问情由就突然上前拥抱封三娘的孟浪行径不免让人大失所望。当封三娘说自己只是来做媒的，十一娘愿嫁给他时，他先是不信，随即“喜不自已”。两个女子，哪个都好，只要愿意嫁给他就行，当然如果两个人都嫁给他就更好了。

十一娘与孟安仁最终喜结良缘，二人的婚姻颇费了些周折。先是十一娘以死抗争，封三娘将她救活，又帮十一娘与孟生隐居在五十里外的山村。当初范十一娘在寺院曾与封三娘一起见过孟安仁，封三娘虽对孟生赞赏有加，称他为“翰苑才”，十一娘也只是“略睨之”，对他并不上心。当封三娘打听清楚孟生的情况来向十一娘汇报时，十一娘“知其贫，不以为可”；封三娘赌誓发咒，说：如果此人一直贫困下去的话，自己就挖出眼珠子，不再相天下士。十一娘担心父母不会同意，封三娘又蛊惑她：“志若坚，生死何可夺也。”即便如此，“十一娘必不可”，仍然坚决不同意。封三娘就自作主张地将十一娘送给自己的金钗转赠给了孟生。

十一娘对孟生并未一见钟情，更无以身相许的激情，当范夫人拒绝了孟生的求婚时，十一娘是“深恨封之误已也”，她恨的是封三娘耽误了自己，对自己的父母并无怨言。因为象征定情信物的金钗已在孟生手中，为保全自己的名节，只能一死了之。十一娘婚姻的过程都是封三娘一手安排，其间并没有多少个人意愿，至于嫁给孟生还是服从父母的安排嫁给某绅之子，有什么差别呢？当她死而复生时，她甚至不记得眼前这个男人，要封三娘告诉她：“此孟安仁也。”事已至此，她只能接受一切的安排，远离父母家人，隐居偏僻山村，与全然陌生的男子开始全新的婚姻生活。也算是一种安慰吧，封三娘还陪伴在自己身边。

封三娘说十一娘经历的一切磨难是因为她“姻缘已动，而魔劫未消”，现在算是安定下来了，她又准备离去，十一娘仍然不让她走，哀泣挽留，让封三娘居住在别院中。封三娘每每碰到孟安仁，立刻回避。十一娘说：“吾姊妹，骨肉不啻也，然终无百年聚。计不如效英、皇。”我们虽亲如姐妹，但天下没有不散的筵席，我嫁作人妇，你也须有自己的归宿，我们如何才能永远在一起呢？不如效法娥皇、女英，共嫁一夫。封三娘不愿意，说自己正在修炼，可以得长生。十一娘自然不信，即使相信，她大概也不想错过当下在一起的时光。“十一娘阴与生谋，使伪为远出者。入夜，强劝以酒，既醉，生潜入污之。”好一个“容仪俊伟”的男子，虽是妻子主谋，但他也是知情者、参与者，在封三娘酒醉后奸污了她，实在让人不齿。让生米煮成熟饭，让二美同归于己，未尝不是他期待已久的事情，所以他不拒绝这样的好事。这是怎样的魔障？封三娘的计策让十一娘自缢身亡，又远离了亲人，但毕竟帮她造就了看起来还算美满的婚姻；十一娘这算以其人之道还治其人之身吗？她也想帮封三娘成就姻缘，却让她的修行功亏一篑。

封三娘若不破色戒，本可得长生，道成升第一重天，现在都前功尽弃了，她说这是“命”。但封三娘终究还是要走的，走时，她说：“实相告：我乃狐也。缘瞻丽容，忽生爱慕，如茧自缠，遂有今日。此乃情魔之劫，非关人力。”爱是爱情的唯一理由，它是超越一切的存在，无论年龄，无论性别，无论阶层，无论宗教，甚至无论物种。她是一只修行的狐狸，却爱上了人间的一个女子，她知道自己是作茧自缚，她知道情魔之劫，但还是飞蛾扑火般地扑了上去。

她抗拒过，一面之缘后，不再相见，但敌不过相思怜惜，又来到了十一娘身边；她努力过，对抗可能到来的危险，不见外人，更不让男子接近自己。她想让十一娘拥有人世间的幸福，她也尽力了。她本可以走的，却不忍不舍，最终消耗的是自己的修为。

三 另一境界

《封三娘》写出了“另一境界”，写得含蓄，写得美好，又让人有深深的怅惋。李渔的戏曲《怜香伴》可以作为此文的补充，让我们更清晰地理解“另一境界”，感受封三娘的挣扎，以及范十一娘最后的“奸计”。《怜香伴》中，崔笺云嫁给范石为妻，在遇到曹语花后，二女一见倾心。两人结拜，不是今世的姐妹相称，而是求的来世，来世不要做姐妹，不要做兄弟，要做夫妻。今生如何才能不分离，崔笺云说：“我如今嫁了范郎，你若肯也嫁范郎，我和你只分姊妹，不分大小，终朝相和，半步不离，比夫妻更觉稠密。”曹语花也答应了，说：“我曹语花遇了知己，此身也不敢自爱了。”两人同嫁一夫，就可以今生今世在一起，这与范十一娘的建议如出一辙。

当两个人因为各种原因，不得不离开时，曹语花也相思病重，范十一娘的相思与此又有什么不同呢？女性的两情契合与男女相悦或男子间的相悦有什么区别呢？曹语花说：

> 你只晓得“相思”二字的来由，却不晓得“情欲”二字的分辨。从肝膈上起见的叫做情，从衽席上起见的叫做欲。若定为衽席私情才害相思，就害死了也只叫做个欲鬼，叫不得个情痴。从来只有杜丽娘才说得个“情”字。你不见杜家情窦，何曾见个人儿柳？我死了，范大娘知道，少不得要学柳梦梅的故事。痴丽娘未必还魂，女梦梅必来寻柩。我死，他也决不独生。我与他，原是结的来生夫妇，巴不得早些过了今生。

女子相悦出自“情”，而非源于“欲”；它发自“肝膈”，而非出自“衽席”；它是精神的，而非肉体的。曹语花将自己与崔笺云的感情比之于杜丽娘与柳梦梅的男女之恋，她坚信“我死，他也决不独生”，甚至想着来世结为夫妻的约定，巴不得早点离开人世。与《封三娘》不同的是，《怜香伴》是大团圆结局，曹语花还是嫁给了范石，临嫁前，她对崔笺云讲得很清楚：“我当初原说嫁你，不曾说嫁他；就是嫁他，也是为你。”她嫁给范石只是因为崔笺云，只有这样她们才能今生今世在一起，不会被各自嫁人、生儿育女等隔断了情缘。范石以为自己可以左拥右抱，实际上他不过是帮助二美在一起的纽带。

《怜香伴》作为戏曲作品，要比《封三娘》更为直白大胆，但两篇在表现女性之间的恋情时非常相似，都是一见倾心，为对方形销骨立，为对方相思难眠，都希望通过两个人嫁给同一男子达到彼此相依相守的目的。所以《封三娘》看起来像讲两个女子的友谊，其实是一篇比较另类的小说，如冯镇峦所言是他人未道的“另一境界”。

虽然李渔借曹语花之口将女性之间的情与欲分割开来，那女性之间是否存在性的诱惑呢？蒲松龄也涉及了这一更为大胆的话题。嫦娥为仙，颠当为狐，二人同嫁宗子美，三人相处融洽。一日，嫦娥让颠当学童子拜，颠当束发作童子模样，变出各种姿态，“嫦娥解颐，坐而蹴之。颠当仰首，口衔凤钩，微触以齿。嫦娥方嬉笑间，忽觉媚情一缕，自足趾而上，直达心舍，意荡思淫，若不自主”（卷八《嫦娥》）。嫦娥很高兴，用脚一踢，颠当正好抬起头，口衔嫦娥的小脚，微微用牙齿轻咬。无论是姿势还是动作都很魅惑，充满了性的挑逗，连嫦娥都把持不住，只觉情欲由脚尖上涌直达心头，竟有意荡神迷欲火难耐之感。嫦娥是又羞又恼，对颠当严加斥责。颠当既愧又怕，事后对宗子美解释说：“妾于娘子一肢一体，无不亲爱，爱之极，不觉媚之甚。”因为相爱所以相媚，情与欲自是难以分割。

绩女也是落入凡尘的仙女，来到人间与一寡老太太作伴，两人各展被褥，同床共寝。“罗衿甫解，异香满室。既寝，媪私念：‘遇此佳人，可惜身非男子。’”（卷九《绩女》）老太太见到如此美丽的女子，竟然想入非非，有身非男子之憾。绩女一语道破老太太的邪念，老太太心惊肉跳，拜在床下，“女出臂挽之，臂腻如脂，热香喷溢，肌一着人，觉皮肤松快。媪心动，复涉遐想。女哂曰：‘婆子战栗才止，心又何处去矣。使作丈夫，当为情死。’媪曰：‘使是丈夫，今夜那得不死。’”老太太一接触到绩女雪白细腻散发着香气的肌肤，觉得很舒服，立刻欲念又起，她也承认：我若真是个男子，今夜必然死于牡丹花下，做个风流鬼。老太太自叹非男子，不能真有肌肤相亲的事实，但由她的感受也可以看出，女性之间的性诱惑是存在的，看到美丽的身体，想靠近想触摸，这也是一种本能的反应。

蒲松龄真是个大胆的文人，对人性的描写也是方方面面真切细腻，他所涉入的“另一境界”何止女性之情谊?

第二十讲 《婴宁》：大自然的精灵

一 相遇相思

《婴宁》（卷二）是我最熟悉的聊斋故事，大概还是刚上小学的年纪，拿到一册白话本的《聊斋》，每天晚饭后，就在油灯下边翻书边给奶奶讲里面的故事，而这个爱笑的女子婴宁便是故事的主角。故事情节很简单，但故事却不好讲，如何才能将她千姿百态的笑用语言表达出来呢？白话译本不能，我更不能，于是讲故事的过程中不时卡壳，“这个……”“那个……”“然后……”，然后也就没有了下文。

仍然是才子与佳人，仍然是人间的男子与狐狸的后代，看起来仍然是一个俗套的故事。王子服是极为聪慧的男子，十四岁就中了秀才。他很早就失去了父亲，由母亲抚养成人。对于聪明有才的儿子，母亲自然是呵护有加；对于含辛茹苦的母亲，儿子自然是孝顺听话。所以母亲从来不让他随便出家门，更不会让他去郊野荒凉之地远足游玩。这样在母亲羽翼下长大的男孩子，多是单纯善良的，多是敏感细腻的，多是柔弱任性的。

元宵节，这是古人的狂欢节，不论男女老幼都会走出家门，享受难得的自由时光。子服舅舅的儿子吴生也邀他一起出去走一走瞧一瞧，两个人才走到村外，吴生因家中有事先回去了。这大概是王子服长到十七岁第一次独自出门闲逛，路上行人熙熙攘攘，人群中不乏或年轻或年老、或美丽或普通的女子，王子服呼吸着空气中的脂粉香，只觉眼花缭乱，目不暇接，不知今夕何夕。忽然“有女郎携婢，撚梅花一枝，容华绝代，笑容可掬”。鲜花与美女的组合永远是最动人的风景，《西厢记》中，崔莺莺“撚花枝”走上舞台中央，张生一见之下只觉“正撞着五百年前风流业冤”，神魂荡漾。王子服的感受大概也是如此吧，他目不转睛地盯着女郎看，恨不能就跟着她去了。女子走过去一段距离，对身边的丫环说：“个儿郎目灼灼似贼。”语言很生动，她也注意到了那个男子，感受到了他眼神中灼人的热浪，感受到了他像贼一样要将自己攫取的强烈渴望。对此，女子似乎并不反感，她“遗花地上，笑语自去”，将手中的花枝扔在了地上，与丫环说笑着飘然而去了。

王子服痴了傻了，拾起花枝，闻了又闻，嗅了又嗅，只觉余香仍在。这个情窦初开的少年就这样丢了魂失了魄，百无聊赖地返回家。藏花枕底，倒头便睡，不说话也不吃饭。母亲心疼儿子，请巫作法、求医问药，却全无效果。母亲追问原由，但少年的心事又如何能对母亲说出口？只能保持沉默。幸好还有一个年岁相当的表兄，吴生成了救命的稻草。吴生说一定帮他寻访到女子，过了一段时间，又说女子找到了，竟然还是王子服的姨妹，并且最最重要的是，女子“今尚待聘”，女子住哪里呢？“西南山中，去此可三十余里。”当然，这些都是骗王子服的。

全是好消息，王子服的病慢慢好了，枕底花仍在，虽已枯萎，却并未凋落。王子服见花如见其人，少年的心里全是女郎的笑容女郎的身影。可惜的是，吴生既然是骗人的，撒完谎也就不敢再出现了。对于母亲其他议婚的提议，他是拒不接受。怎么办呢？十七岁的少年忽然长大了，既然吴生不来，那我就自己去找，三十里又不是太远。少年怀袖梅花，没有告知家人，负气出走了。

二 自然的精灵

蒲老先生如果生活在现在，一定是位了不起的摄影师，随着镜头的推移，我们先看到了群山，王子服走了三十余里，只见“乱山合沓，空翠爽肌，寂无人行，止有鸟道”。等镜头拉近一点，我们看到了山谷间的村落，隐没在丛花乱树间。镜头继续推近，进入小村落，只见“舍宇无多，皆茅屋，而意甚修雅”，这里没有高门府第，贵族之家，但整洁雅致。最后一个特写镜头：“北向一家，门前皆丝柳，墙内桃杏尤繁，间以修竹，野鸟格磔其中。”门前垂柳随风轻摇，墙内桃花杏花开得正艳，花间是青青翠竹，鸟儿在花间树丛欢快地跳跃鸣唱。呵，原来从元宵节到现在，已经几个月时间过去了。

如此美景，让王子服流连忘返，如果给我选择，我也想终老其间。王子服稍作休息，忽听到墙内有女子叫“小荣”，“其声娇细”。张生听到莺莺的声音后，说“我死也”，可见女子娇柔妩媚的声音也有夺人心魄的力量。多么幸运啊，说话的竟然是王子服思念了几个月的女子，她“执杏花一朵，俛首自簪。举头见生，遂不复簪，含笑撚花而入”，又见鲜花与美女的组合，又见女子巧笑嫣然的脸庞。

王子服再也不想离开了，但这不谙世事的少年也不知道如何才能走进院内，如何才能与女子搭上话。于是“坐卧徘徊，自朝至于日昃，盈盈望断，并忘饥渴”。而女子呢？不时探出脑袋来偷看：少年怎么还不离开？

幸好屋内走出一位老太太拯救了王子服，将他带回了家。我们再随着王子服的脚步与眼睛来看看院内的景象吧：“见门内白石砌路，夹道红花，片片堕阶上；曲折而西，又启一关，豆棚花架满庭中。”白的路，红的花，落红遍阶，花架满庭，真是神仙居。屋内“粉壁光明如镜，窗外海棠枝朵探入室中，裀籍几榻罔不洁泽”，无处不见花影，无处没有花香。从进入村落开始，我们似乎就进入了花木的海洋。在如此美丽、雅致、洁净的地方生活的人儿又该是如何美好呢？

老太太在与王子服话家常时，发现王子服竟是自己的姨侄，也就是说那爱花爱笑的女子正是王子服的姨妹，吴生编造的谎言竟然成了现实。老太太姓吴，嫁入秦家，自己未生育，女孩子叫婴宁，是庶出，其母改嫁后，就由老妇人抚养成人。老太太让婴宁来拜见姨兄，只听见“户外嗤嗤笑不已”，丫环将她推入屋内，她“犹掩其口，笑不可遏”，被老妇人训斥后，方忍笑而立。王子服问她年纪，“女复笑，不可仰视”。只好由老妇人代为回答了，婴宁十六岁，小王子服一岁。老妇人听说王子服尚未娶妻，说正好婴宁亦未婚配，两人正合适，只可惜二人是姨表亲，稍有妨碍。王子服听老妇人说自己与婴宁正相配，心里是高兴的；又听老妇人说有“内亲之嫌”，不免心中一咯噔。对这样的婚配之言，婴宁会怎样想呢？王子服再一次目不转睛地看向婴宁，似乎想从她脸上找到答案。这一次丫环不作美，说：“目灼灼，贼腔未改！”婴宁忍不住大笑，找个借口要离开，匆忙站起，“以袖掩口，细碎连步而出。至门外，笑声始纵”。一连串的动作，勾勒出一个俏皮动人的女子。

既然是亲戚，老太太便让王子服多住几天，说：“舍后有小园，可供消遣。有书可读。”作者再次让我们跟随王子服的脚步领略了屋后花园的风光，“次日，至舍后，果有园半亩，细草铺毡，杨花糁径；有草舍三楹，花木四合其所”。细草如茵，杨花铺径，三数间茅屋为花木所环绕，王子服徜徉在花丛中，身心俱爽。忽然他听到头顶传来悉悉索索的声音，抬头一看，树上有人，原来婴宁在上面。女孩子爬树，放在现在似乎都非淑女所为，更不要说那个要求女子“笑不露齿，行不摆裙”的时代了。婴宁看到王子服，“狂笑欲堕”，纵声大笑，差点从树上掉下来。王子服成长于书香门第，母亲又管教甚严，大概是一个非常规矩老实的男孩子，与婴宁的带有野性的美看似格格不入。正因为这样的不同，才引成一种张力，让彼此间更具吸引力，这也是性格互补的道理。王子服吓了一跳，紧张地说：“勿尔，堕矣。”别这样，小心掉下来。婴宁越发觉得好笑，边笑边下树，快到地面的时候，手一松真的掉落，这才止住了笑声。王子服赶紧去扶她，少年也有少年的滑头，借机偷偷捏了一下婴宁的手腕。婴宁又忍不住笑起来，直笑到全身酥软倚在树上，许久才停下来。可见婴宁对少年稍显孟浪的行为并不反感。此时的王子服在做什么呢？大概正静立一旁痴迷地看着花海中娇笑不已的

仰视，则婴宁在上。见生来，狂笑欲堕。生曰："勿尔，堕矣！"

少女吧，笑声振落片片花瓣，洒在少女的发间，也落于少年的衣襟，此刻时间已停止，天地亦动容。

王子服感受着婴宁的快乐，等她笑声止住，才拿出一直珍藏的早已干枯的梅花。我们以为一切不言自明，婴宁会很感动，结果王子服碰上了有力使不上的棉花堆、一堵没有出口的墙。婴宁问：花已经枯了，留着它做什么？王子服说：这是你元宵节扔掉的，所以我一直珍藏着。这意思还不清楚吗？偏偏婴宁不明白，继续问：留着有什么用？王子服说："以示相爱不忘也。自上元相遇，凝思成疾，自分化为异物；不图得见颜色，幸垂怜悯。"因为爱恋所以不忘，自从元宵一面，已是相思成疾，原以为性命难保，不想还能相见。王子服的表白真诚而直率，婴宁没有不明白的道理，该是娇羞满面了吧？可是，她就是不理解，说：这是小事一桩。自家亲戚没有什么不舍得的，等你走时，我让老仆摘一大捆花给你背回去。婴宁竟然将王子服对她的"相爱不忘"，理解为对花的相思爱恋，读者不禁哑然失笑，可怜的王子服该是瞠目结舌、不知所措了吧。

王子服无可奈何，只能叹息：妹妹是傻子吗？婴宁还很奇怪：你为什么说我傻？王子服只好将自己的心思掰开来揉碎了一点点讲给婴宁听，他说："我非爱花，爱撚花之人耳。"婴宁说：我们是亲戚，自然相亲相爱。王子服说："我所谓爱，非瓜葛之爱，乃夫妻之爱。"婴宁仍在追问："有以异乎？"王子服回答："夜共枕席耳。"真是佩服王子服的勇气，在少女面前如此赤裸裸地袒露自己的心迹，简直能看到他面红耳赤羞恼的样子。这样的解释够清晰了吧，连同床共枕的话都说出来了，婴宁似乎听明白了，她"俯思良久"，看来无忧无虑的少女碰到了前所未有的难题，一下子变得郑重起来，我们以为她在考虑自己是否喜欢眼前的少年，是否愿意嫁给他，王子服此刻应该也在忐忑不安地等待她的决定吧。等她话一出口，王子服发现自己想多了，读者也想多了，她说："我不惯与生人睡。"如果地上有个坑，王子服大概会立刻跳下去将自己埋起来。幸好婴宁的丫环过来了，王子服匆匆逃离，不然真不知道对话还能如何进行下去。当老太太问起婴宁在花园做什么时，她说跟表哥聊天，老太太问他们聊什么，婴宁说："大哥欲我共寝。"幸好老太太有点耳背，没听清婴宁说什么，不然王子服大概会被扫地出门了。王子服"大窘，急目瞪之"，如果眼光带刀，不知道王子服这一刀会不会割下去。婴宁终于接收到王子服恼怒、羞惭的眼神，"微笑止之"，俏皮地翘了翘嘴角把话打住了。从我们世俗之人的眼光来看，这可算是婴宁唯一一次比较正常的表现。当王子服责怪她不应该将两人之间的悄悄话告诉母亲时，婴宁说："背他人，岂得背老母？且寝处亦常事，何讳之？"儿女与母亲之间岂可欺骗相瞒？况且睡觉也是常事，有什么好隐讳的？

王子服说婴宁痴，婴宁真的痴吗？她是真的不懂男女之情，还是故意装痴卖傻，逗弄王子服呢？对此，我们可以从两个方面来讨论：一是人的天性，二是后天的学习。婴宁是大自然的精灵，她生活在山野之间，为花、草、树木、鸟虫环绕包围；她无忧无虑地成长，与母亲、丫环相依相伴。她的笑是一种天性，是无须掩饰的纯真自然。孝也是一种本性的流露，她与母亲生活在一起，母亲对她呵护有加，所以她觉得要尊重母亲，听母亲的话，不要做违背母亲的事，不能欺瞒母亲。男女之情，是一种本能，孔子说"饮食男女，人之大欲所存焉"，霍桓一见青娥，虽口"不能言"，"只觉极爱之”（卷七《青娥》）。婴宁虽然懵懂，但十六岁的少女，能感受到王子服火辣辣的眼神，感觉到他像贼一样要将自己攫取的迫切，对此她并不反感，这是家有小女初长成的自然反应。

男女之间的好感等同于夫妻之实吗？不但不同，而且有着遥远的距离。如果说男女相悦是一种天性本能，那婚姻所带来的夫妻之事则是社会的、家庭的、伦理的，有一个后天习而得之的过程。蒲松龄对此有深刻体认，《聊斋》中有一个书痴叫郎玉柱，他坚定地相信“书中自有黄金屋，书中自有颜如玉”，这种百分百的坚定信念，真的让颜如玉从书中走进了他的生活，但他不知“枕席二字有工夫”，与颜如玉虽然“枕席间亲爱倍至，而不知为人”（卷十一《书痴》）。在颜如玉的调教下，他才明白“夫妇之乐有不可言传者”，见人就说此事。颜如玉责备他，他振振有词：那些背着父母的偷欢才不可以告诉别人，天伦之乐人人都有，有什么可避讳的？郎书痴此言可为婴宁之语作一注脚。婴宁生长于山野之间，虽然心里喜欢王子服，但不明白夫妻之爱与亲戚之爱的差别，不明白共枕席的实质内涵，这很正常。在过去，父母也不可能教自己的孩子这些事情。只能在女儿出嫁时，在箱子里放上一些“压箱底”的东西，材质不同，可能是瓷的、陶的，也可能是木的、布的；功能不同，可能是枕头，可能是杯子，也可能是鞋垫、香囊，相同的是上面会有一些春宫图，通过这样的方式让小儿女去感受、体会夫妻之事。

后天要学习的东西，除了夫妻间的关系，更重要的还有礼仪规范、各种技能，婴宁跟母亲、丫环住在山里，生活所需的日常用品主要靠自给自足，可以想见婴宁一定是擅长女工的。至于礼仪规范，对于生活在山里的无需与外人打交道的孩子来说并不重要，加上母亲的溺爱，对她较少束缚，所以婴宁的野性毫无约束地发展着，可以纵情大笑，可以爬树奔跑。天性的充分生长与后天礼仪规范的缺失，就形成了婴宁纯真而混沌的奇特表现。

王子服的母亲派人找到了“出逃”的儿子，秦氏对婴宁说：我已年迈，你随表哥回去吧。去了就别回来了，“小学诗礼，亦好事翁姑”。秦氏也知道女儿缺乏管教，要她下山后也学点诗书礼仪，这样嫁人后才能好好融入家庭生活中。就这样，婴宁辞别了母亲，告别了丫环，孤身一人跟着王子服离开了，“回顾，犹依稀见媪倚门北望”，舐犊之情直击人心，让人忍不住湿了眼眶。

三　不复笑

对于婴宁的到来，王子服的母亲非常惊讶。吴生编的都是假话，事情怎么这么巧？自己是有一个姐姐嫁入秦家，但早已去世，王子服哪里会碰到？吴生倒是更清楚其间的瓜葛，说：嫁入秦家的姑母去世后，姑丈鳏居，为狐所迷。姑丈病死后，狐生一女，即名婴宁。后秦家求人作法驱赶狐女，狐女就带着婴宁离开了。婴宁大概就是狐狸所生的女孩。两人在聊天时，满屋子都是婴宁的笑声。子服之母让婴宁来拜见吴生，“母入室，女犹浓笑不顾。母促令出，始极力忍笑，又面壁移时，方出。才一展拜，翻然遽入，放声大笑。满室妇女，为之粲然”。看婴宁如此“不合时宜”的笑，不免替她担心，她怎么就不知道何时当笑，何时不当笑呢？怎么就不能忍住笑呢？幸好她的笑声很有感染力，旁边的人虽然不知道有什么可笑之处，也会被她的笑容打动，情不自禁地跟着笑起来。

吴生决定去探访婴宁生活的地方，“寻至村所，庐舍全无，山花零落而已”，埋葬秦氏姑母的地方，也是坟头荒芜无法辨认。王母怀疑婴宁是鬼，将吴生的话告诉她，她一点也没有被识破真实身份的恐惧；可怜她无家可归孤苦伶仃，她也没有丝毫悲伤，只是嗤嗤傻笑。婴宁的表现实在让人摸不着头脑，王母也不知道该怎么办了。她让婴宁跟小女儿一起生活起居，婴宁每天一早就来给王母请安问候，特别乖巧懂事。更厉害的是婴宁有一手精巧绝伦的针线活。正如秦氏所言，“若不笑，当为全人”，但她就是喜欢笑，“禁之亦不可止”，现在开始让她学习礼仪规范已是太迟了，“然笑处嫣然，狂而不损其媚，人皆乐之”，她虽纵情大笑却不损害她的妩媚，还给身边的人带来快乐，所以人缘很好，邻居的少妇姑娘都争着跟她交往。

王子服的母亲真是了不起，儿子自幼丧父，宝贝得不得了，究竟要不要同意他跟这个身份不明的女孩的婚事呢？女孩除了喜欢笑，没有什么不好；在阳光下也有影子，应该不是鬼，那就不会危害儿子。既然儿子那么喜欢她，那就答应吧。于是，王母选了个好日子为二人操办婚事。拜堂时，婴宁“笑极不能俯仰，遂罢”，笑得前俯后仰拜不了堂的新娘该是文学史中的唯一人吧。而这样的不圆满让人心里多多少少有了一点阴影，这会不会带来什么不吉利的事呢？新婚的王子服除了心愿得偿的愉悦，还有点心事重重，婴宁真的太痴了，她会不会将夫妻房里的秘密透露给别人啊？结果“女殊密秘，不肯道一语”。这看起来有些矛盾，但从天性的角度很容易理解，“羞恶之心，人皆有之”，对于身体的羞耻感也是不用教的，每个人从稍微懂事开始，就知道要穿衣服，不能在别人面前裸露身体。夫妻之事，与身体相关，自然是不可与人道的。婴宁的痴是对礼仪规范、人情世故的陌生，并不是因为她真的傻，智商有问题。

自从婴宁来到王子服家，王家就充满了欢声笑语。王母发怒生气的时候，只要婴宁“一笑即解”；奴婢们偶有小过失，都请婴宁先去跟王母聊天，等奴婢们再去认错时，都会免去惩罚。一家人从上到下其乐融融，大家都很开心。如果生活中只有欢声笑语该多好，那也是人世间的天堂了。

婴宁仍然爱花成癖，到处跟亲朋好友寻找花种，甚至暗地里典当金钗首饰，购买优良品种。几个月的时间，院子里所有的地方，连台阶两旁、茅厕周围都栽满了花。这里，我们又看到婴宁逾越规矩的地方，那就是典当首饰购买花种，这未尝不是有伤王家家声、可能给家庭带来麻烦的行为。不但如此，她仍然没改掉爬树的爱好。后院里有一架木香花，挨着西边邻居家，婴宁经常爬上花架去摘花。做婆婆的有时看到了，也会责备她，但她始终不改。这天，婴宁又在花架上摘花，被西邻子看见了。西邻子一下为婴宁的容貌倾倒，目不转睛地盯着她看。婴宁并不回避，仍然一脸笑容。西邻子以为婴宁也对自己有意，更加心荡神驰。婴宁又用手指指墙根，笑着离开了花架。西邻子以为那是告诉他幽会的地方，非常高兴。等到黄昏时，西邻子来到指定地点，婴宁果然在那里。西邻子欲行奸淫之事，忽觉下身钻心地疼痛，大叫着跌倒在地。再仔细一看，根本不是婴宁，而是横在墙角的一根枯木，上面有一个被雨水泡烂的洞，洞里有一个小螃蟹一般大的蝎子。西邻子被家人背回家去，半夜就死了。

本是晴空万里的文章忽然之间乌云密布，人命关天的事情怎么会跟那个爱花爱笑、纯真可爱的女孩子联系在一起呢？书中没有写西邻子有其他什么恶行，他见到婴宁，被她的美貌吸引，目不转睛地凝视，虽然显得失礼，但也是情理中的事。在那个时代，良家女子应是不苟言笑的，见到陌生男子应该立刻回避。而婴宁“不避而笑”“指墙角笑而下”的行为与良家女子大相径庭，让西邻子误以为婴宁对自己有意，可以做一点不轨的事情，同样也是情理中的事。西邻子若无淫之一念并想付诸行动便不会死，但他的表现真的十恶不赦到要付出生命的代价吗？好像也不至于。如此看来，婴宁委实有些可怕，故事的发展已偏离了快乐美好的一面。作者为什么要这样写呢？我们仍然需要回到天性与后天的讨论中来。从天性上说，婴宁觉得自己被一个陌生男子冒犯了，感觉非常不愉快，要对那个男子进行惩罚。但她是自然的精灵，对社会规范很陌生，无论是礼仪还是法律她都不知道“度”在哪里，惩罚一个男子，是略施小计让他病倒数日，还是夺他性命呢？这不是她会去思考的问题。人活在世间，最难的就是一个“度”，说什么话、做什么事，与人打交道如何才能做到恰当，是每个人都要面对的问题，需要无数历练碰得鼻青脸肿才能略有体会，连冯生都会因为“近则狎”而得罪楚公子，导致牢狱之灾，更何况婴宁这样刚刚进入世俗社会的女孩呢？结果就导致了西邻子的死亡，留下一个忽然成为寡妇的年轻妻子。

儿子不明不白地死了，邻翁就去状告王子服，说婴宁是妖怪。前文作者做了很多铺垫，说王子服少年得名，品行端正，所以这时邑宰一听此事，就先入为主地认为邻居是诬告。事情就这样了结了。王子服的母亲独自一人将儿子拉扯成人，对儿子非常溺爱，儿子爱婴宁，便只好接受了她，但前提是她不能伤害自己的儿子。现在，王子服因为婴宁要对簿公堂，若不是邑宰偏袒，可能也免不了牢狱之灾，这是对儿子的危害，也是对王家门楣的危害。做母亲的心疼不已，将所有的过错都怪责在婴宁头上，因为你“憨狂尔尔”，才乐极生悲引发这样的祸事。婴宁终于露出一本正经的样子，“矢不复笑”，发誓再也不笑了。王母说：“人罔不笑，但须有时。”人没有不笑的，但要知道什么时候该笑什么时候不该笑。这又是一个“度”的问题，如果婴宁知道“度”在哪里，也就不会发生西邻子的事了。既然无法把握这个“度”，那还是别笑了吧，免得再引来麻烦，“女由是竟不复笑，虽故逗，亦终不笑”，从此我们很喜欢的千姿百态的笑、在屋子的每一个角落回响的声音彻底消失了，不再笑的婴宁还是婴宁吗？

不再笑的婴宁哭了，“一夕，对生零涕”，说自己本是狐产，生母离开时，将她交给鬼母秦氏抚养。秦氏去世多年，一人孤零零待在九泉之下，也没有人帮她迁坟合葬，希望王子服能帮忙完成这件事。王子服自然会答应，二人选定日子，拉着棺木，找到秦氏的坟墓，“女抚哭哀痛”，将秦氏与丈夫合葬了。此后，每年的寒食节，夫妻二人都要去拜扫秦氏之墓。

婴宁从笑到“不复笑”再到“零涕”的过程，看似简单，或者说略显牵强，仔细想来又颇有深意。婴宁之笑虽然不合时宜，但她是快乐的、美好的，也会给别人带来快乐。她作为一个自然的精灵，不需要考虑规范、礼仪、尺度、底线，等等，可以自由随性地生活着，这种单纯自在的状态更符合人的天性，但当她进入世俗社会以后，她就必须在礼仪规范的框架下生活，她自在随意的天性也就被世俗社会给泯灭扼杀了，她将努力变成一个“恰当”的人，恰如其分地生活着，不再快乐，不再欢笑。婴宁在被世俗社会改造的过程中，也在主动适应各种规范。她爱秦氏，母女情深，听母亲的话，不做违背母亲的事，这是孝的自然流露。而当她流下眼泪让王子服帮她迁坟合葬时，已是向世俗礼仪的妥协，甚至是主动的认同了。

《婴宁》看起来是写爱情，其实不是，它更多的还是反映一个自由随性的灵魂被扼杀改造的过程，让人读来有深深的惋惜与惆怅。小说最后说婴宁生下一子，“见人辄笑，亦大有母风云”，希望这个孩子能一直欢笑下去，而不是在生活的各种规范下成为一个不会笑的人；也希望每一个人都能面带微笑，轻松愉悦地活在人世间。

后　记

小说解读只是我个人的兴趣爱好，每听人介绍说我是研究《金瓶梅》、研究《聊斋》的，我都非常惶恐，因为我从来没有写过与小说相关的论文，并且也没有写相关论文的计划。我只喜欢解读，读文字背后的情绪，揣摩小说人物的心理，分析故事情节的发展，琢磨遣词造句的妙处，然后乐在其中。如果能将想法形诸文字，或者分享给学生，我就很满足了，并没有解决什么问题，或建构什么理论的远大志向。

胸无大志的我，沉浸在自己的兴趣爱好中，我要感谢深圳大学让我的兴趣爱好变得光明正大，不但让“金瓶梅人物写真”“品读聊斋”成为深大学生可以选修的课程，而且拍摄成MOOC，让这两门课在网上有更多的受众。自己在小说解读中的点点心得体会能为更多的人了解，甚至影响到他们对中国古典小说的接受与阅读，必须承认我是有些窃喜的。希望自己以后还能邂逅更多优美的故事、更为精彩的选题，让自己在小说解读这一块还能有所发挥。

当从兴趣爱好中走出来，我还是要回归自己的专业——域外汉籍的研究。研究的前提是搜集资料，翻看各种文人文集。几乎每本文集的编排都一样，先是自己给别人写挽诗、祭文、行状、墓志铭，然后是别人给自己写挽诗、祭文、行状、墓志铭。所有人的行状、墓志铭都是孝悌友爱、忠君爱国、品行端方，每个人都光明正大，没有丝毫瑕疵。可是啊，不正是人性的裂缝中透出的微光才让人成为人，成为不同的人吗？我不想看那样的文章，更不想写那样的文章，我更想看到的是人之所以为人的真正表情，这也许就是解读小说的乐趣吧，一切人性的光明与黑暗、美好与丑陋都一览无遗，还有更多难以言表的心酸、怅然、纠结交织其间。人前欢笑，人后流泪，还有无处流、不敢流的泪，这就是生活。

人到中年，不必再在意别人的看法，不必再在乎别人的眼光，如何与自己相处成为最大的难题。知道自己想过什么样的生活，不被外界左右，不会无聊无趣，总是充实自在，总是从容自得，有一个可以欢笑的场所，有一个可以流泪的地方，这样就很好。变化是必然，无常是常态，一切都回归到心态。

我很幸运，一直做着自己喜欢的事，每天宅在家里，看看书，码码字，养养猫，日子在不知不觉地流淌。蒲老先生说世间的关系都是因缘而起因缘而散，这本小书在河南大学出版社出版源于我与编辑杨全强的缘分。江湖人称“杨师傅”的这位是我硕士同学，后来成了出版人，我很喜欢他出的书，无论是内容还是装帧，所以一直想跟他合作一回。这一次他愿意帮我出版这本小书，也是我的荣幸。希望这本书是我们出版缘的开始，以后还能有更多合作的机会。谢谢杨师傅，谢谢河南大学出版社。

在此我还要感谢深圳大学人文学院，给予这本书“深圳大学高水平大学建设项目经费”的资助，使这本小书得以顺利出版，虽然不能确定此书是否能为高水平大学的建设添砖加瓦，但不至于辱没这一经费设置的初衷，这一点我还是有信心的。

我特别喜欢《聊斋》中有始有终的故事，比如《双灯》，比如《犬灯》，比如《冯木匠》，故事中男女的缘分虽然忽然而至，但分开时能认真地告别，认真地说再见，从此天各一方，可以相思，可以怀念，却不留遗憾，这让人很安心。在这里也让我跟《聊斋》好好告别吧，分别是另一种方式的陪伴。

戊戌六一于三一斋